Eve Berlin

Tentação

Tradução:
Alice Klesck

2ª reimpressão

QuintaEssência

Esta edição foi publicada de acordo com Berkley Publishing Group, membro do Grupo Penguin (USA) Inc.

Diretor editorial: Pascoal Soto
Editora executiva: Maria João Costa
Assessores editoriais: Bruno Fiuza e Raquel Maldonado
Preparação de texto: LeandroWoyakoski
Revisão de texto: André Uzeda
Diagramação: Abreu's System
Designer de capa: Maria Manuel Lacerda

CIP-BRASIL. CATALOGAÇÃO-NA-FONTE
SINDICATO NACIONAL DOS EDITORES DE LIVROS, RJ

B441t Berlin, Eve.
Tentação / Eve Berlin; tradução Alice Klesck; [organização Raquel Maldonado e Bruno Fiuza; coordenação Maria João Costa]. – Rio de Janeiro: Leya, 2013.
304 p. : 23 cm

Tradução de: Temptation's
ISBN 978-85-8044-663-0

1. Romance americano I. Klesck, Alice. II. Título.

13-1457. CDD: 813
CDU: 821.111.(73)-3
06.03.13 11.03.13 043313

2013

TEXTO EDITORES LTDA.
[Uma editora do Grupo Leya]
Rua Desembargador Paulo Passaláqua, 86
01248-010 – Pacaembu – São Paulo – SP – Brasil
www.leya.com.br

Eu preciso agradecer minha amiga K. B. Alan por sua crítica conscienciosa; à minha assistente, Kitty Kelly, pela beta leitura desse manuscrito; e especialmente à fabulosa R. G. Alexander, por dar uma olhada rápida, no último capítulo, na fase de revisão deste livro. Quando eu estava tomada pelas inseguranças neuróticas habituais de escritora. Vocês sabem que eu adoro todas vocês!

Também preciso agradecer minha editora, Kate Seaver, por não somente me permitir escrever, mas me incentivar a escrever sobre esses personagens que são um tanto fora do "romance comum". Mulheres tatuadas também podem encontrar o amor!

UM

Mischa Kennon era uma perfeccionista. Em seu trabalho como tatuadora. Como autora dos contos eróticos que havia publicado. Nos cuidados de seus cabelos louros platinados, que ela usava em ondas compridas, passando dos ombros, e suas unhas pintadas de vermelho, que ela mantinha curtas por conta do trabalho. Seu apartamento, em São Francisco, era impecável como o estúdio de tatuagem, a Thirteen Roses. Ela trabalhava duro, e jogava mais duro ainda. E nunca, nunquinha se atrasava. O que tornava particularmente frustrante o atraso de seu voo para Seattle, para a festa de noivado da melhor amiga.

Ela finalmente estava lá. O táxi parou na frente do restaurante – ela já deixara a bagagem no apartamento de Dylan, onde ficaria –, ela pagou o motorista e desceu na calçada, sob o tempo chuvoso, na frente do Wild Ginger. Ela abriu a porta adentrando o interior aquecido. Ela já havia estado ali, quando visitou Dylan e seu noivo, Alec. Era o restaurante predileto deles e lugar perfeito para comemorar o casamento que seria em apenas algumas semanas. Mischa respirou fundo, ao assentir para a recepcionista e seguir pelo restaurante tailandês, rumo à parte de trás, onde eles realizavam festas particulares.

Ela estava feliz pela amiga, embora todo esse negócio de casamento não fosse pra ela, pessoalmente. Ela era do tipo independente. Bem, Dylan também era, mas ela e Alec tinham um negócio especial.

– Querida, você conseguiu! –, o sorriso de Dylan era radiante, quando se levantou da mesa comprida para abraçar Mischa, numa nuvem de baunilha picante, perfume que ela sempre usava.

– Eu lamento muito pelo atraso, meu bem –, Mischa se desculpou. – O maldito clima.

– Eu sei. A culpa é nossa, por querermos nos casar nesse outono, mas simplesmente não podíamos esperar e realmente queremos estar casados até o Dia de Ação de Graças.

– Olhe pra você – você está com aquele esplendor das noivas – ela disse a Dylan, segurando a amiga com os braços estendidos. Era verdade. Seus olhos cinzentos brilhavam, assim como os longos cabelos ruivos cacheados. – Ou talvez você e Alec tenham passado um tempinho, sozinhos, antes da festa? – ela provocou, com uma piscada.

Dylan sorriu, conforme seu noivo se aproximou, por trás delas. Alec Walker era uma parede, com mais de 1,80m e porte de jogador.

– Talvez, sim – disse ele, rindo, ao se inclinar e beijar o rosto de Mischa. – Mas um cavalheiro nunca é indiscreto. Como vai você?

– Bem, obrigada. Contente por estar aqui.

– Dylan mencionou que você tem uma possível proposta de trabalho, pra sondar, enquanto estiver aqui, é isso? – Alec ajudou-a a tirar o casaco respingado da chuva.

Mischa assentiu, passando a mão nos cabelos para assentá-los. – Obrigado, Alec. Sim, outra tatuadora que conheço talvez queira abrir um novo estúdio em Seattle e está torcendo que eu me interesse na sociedade, então, pensei em dar uma olhada nisso, enquanto estou aqui para ajudar com os preparativos do casamento.

Dylan apertou a mão dela. – Não acredito que tenho você aqui por duas semanas inteiras. Você tem certeza que não é inconveniente? Seu estúdio vai ficar bem?

– Eu nem sonharia em deixar você cuidar de tudo nesse casamento, sozinha. E Billy é o melhor gerente que eu podia querer. Por isso até posso pensar em abrir algo aqui. Acho que posso trabalhar meio período, nos dois lugares. O que significa que eu a verei mais. Mas nós podemos falar disso depois – essa noite é de vocês dois.

– E nós a deixamos aqui em pé depois dessa longa viagem. Venha conhecer todo mundo.

Dylan pegou sua mão e elas seguiram na direção da mesa onde estava Kara, amiga de Dylan, que Mischa já conhecia de outras visitas, e já levantava da cadeira. Kara veio lhe dar um rápido abraço.

– Que bom vê-la. Você se lembra de Dante?

O namorado de Kara apertou a mão dela. Dante era tão alto quanto Alec, porém, mais magro, de cabelos e olhos escuros, de um tom castanho cintilante. Ele rodeava Kara da mesma forma protetora que Alec fazia com Dylan.

Mischa ficou imaginando se esse negócio protetor tinha a ver com o fato de os dois serem dominadores. Ela própria tinha brincado com isso – a dinâmica da dominação e submissão. Ela tinha até ido a alguns clubes de escravidão sexual e sadomasoquismo. Não que ela precisasse de uma sacanagem, no entanto, era divertido quando estava com um cara que gostasse disso. Mas ela nunca tinha conseguido se entregar inteiramente a isso. Certamente, não da forma como deveriam fazer Dylan e Kara, para estarem em relacionamentos com homens dominadores. Isso não queria dizer que *ela estivesse* num relacionamento e ponto final. Mas era adorável ver pessoas tão felizes. O brilho que esses dois pares emanavam era quase o suficiente para fazê-la pensar a respeito... talvez, por um instante.

– Mischa, você precisa conhecer quem faz nossa confeitaria fabulosa.

Ela se virou – e se viu resfolegando ao encontrar o olhar deslumbrante, um mar verdejante pontilhado de âmbar. Ele estava olhando pra ela, encarando-a por baixo das sobrancelhas escuras. Ele tinha um rosto rústico. Uma boca generosa que parecia séria, até que ele sorriu pra ela. Então, surgiram seus dentes brancos indefectíveis e uma sensualidade espontânea. Mischa levou um instante para perceber que precisava inclinar a cabeça pra trás para realmente vê-lo – ele era ainda mais alto que Alec, com ombros igualmente largos. Ela sentiu um revolver nas veias, um aperto na barriga.

– Você é o confeiteiro?

Ele riu, um som encorpado e ressonante. – Deus, não. Eu sou Connor.

O tom profundo era pontuado por um sotaque irlandês.

Deus, ela adorava homens com sotaque. Isso a deixava extasiada. Nossa, ela estava assim desde que colocara os olhos nele.

– Connor Galloway, Mischa Kennon. Connor é amigo de Alec. Ele estará na festa de casamento. E eu duvido seriamente que Connor saiba ferver água, que dirá fazer bolo. Ele queimou as salsichas da última vez que os caras foram acampar.

– Ei, eu sei fazer macarrão com queijo no microondas desde pequenininho – ele reclamou, num tom forte que fez sua barriga revirar de carência.

Menos, garota.

Dylan riu, colocando a mão de Mischa na de uma loura miúda e sorridente. – *Essa* é nossa confeiteira – e amiga – Lucie.

– Oi, Mischa. Eu ouvi falar muito de você.

– Mischa? – Dylan lhe deu uma cutucada com o cotovelo, fazendo-a perceber que ainda estava olhando pro Connor.

Componha-se.

Ela virou e sorriu. – Que ótimo conhecê-la, Lucie. Já sabemos que tipo de bolo eles querem?

O sorriso da loura se abriu. – Vamos fazer cupcakes. Espere até que você veja o que tenho em mente. Vamos fazer uma degustação, na quarta-feira.

– Ficarei na expectativa.

Açúcar era uma de suas coisas prediletas. Ela não era uma garota de fazer dieta – gostava demais de comida – e ficava à vontade com suas curvas. Mas nem a ideia de uma degustação de cupcakes poderia distraí-la da presença altiva de Connor Galloway, enquanto Dylan a levava ao redor da mesa, apresentando-a aos amigos.

Ele não estava exatamente seguindo-as, no entanto, Mischa tinha a sensação de que ele a observava, por baixo daquelas sobrancelhas escuras. Sempre que ela erguia o olhar, por um instante – o que fazia com mais frequência do que queria admitir –, ela o pegava olhando. Independentemente do lugar no salão em que ele estivesse debruçado sobre a mesa, conversando com várias pessoas. O olhar era misterioso. Penetrante. Ela não tinha certeza do que ele queria, mas estava claro que queria *alguma coisa*. Era mais que desejo – isso, ela reconhecia com certa facilidade. Ela não era nenhuma tímida. Ela acolhia o desejo, do homem certo. Sabia exatamente como lidar com isso. Ela sentia o desejo dele. Mas havia mais alguma coisa... algum tipo de curiosidade profunda que *exigia* sua atenção.

Ah, devia ser isso. Ele devia ser outro dominador. Mas se aquele ar de comando evocava uma reação provocadora dela, quando se tratava da maioria dos homens com quem ela estivera em contato, o olhar inquisitivo e direto de Connor a fazia sentir... toda aquecida. Uma sensação estranha, de derretimento. Como se os seus joelhos realmente estivessem fracos.

Não seja tola.

Ele era apenas um homem. Um homem dominador. Mas muitos homens dominadores viram que ela era páreo pra eles. Não seria agora que ela seria vencida pelo sexy e arrebatador Connor Galloway.

Deus, como ele era sexy.

Ela suspirou, prendeu os cabelos louros atrás da orelha, conforme Alec puxou uma cadeira pra ela. Mischa agradeceu ao sentar junto à mesa comprida de banquete. E teve que puxar o ar, conforme Connor sentou-se ao seu lado.

– Somos parceiros de jantar –, disse ele.

Uma simples observação, mas pareceu cheia de segundas intenções. Como se ele quisesse dizer mais que o fato de que sentariam, um ao lado do outro, durante uma refeição.

Ela estava interpretando as coisas excessivamente com esse homem. Devia estar cansada da longa viagem de São Francisco. Ou isso ou fazia tempo demais que ela tinha transado.

Dois meses era tempo demais?

– Devo pedir um drinque pra você? – perguntou ele. – Estou vendo que você ainda não tem um.

– Ah... sim, um drinque seria bom. – Talvez isso fosse exatamente o que ela precisava para relaxar e se recompor. – Vou tomar um saquê gelado. Eles têm uma boa seleção aqui.

Ele ergueu uma sobrancelha. – Nada mais forte?

Ele se inclinou mais perto e ela sentiu seu cheiro, uma mistura da chuva e algo terroso. – Você me parece uma mulher forte. E talvez precise de um drinque mais forte depois de sua longa jornada. – Ele sorriu, um sorriso terno que ela achou contagioso.

Mischa não pôde evitar a risada. – Você tem razão, eu até que preciso de algo mais forte. Que tal uma vodca com gelo?

– Grey Goose?

– Por que não?

O homem entendia de vodca. Ela não pôde deixar de pensar no que mais ele entendia. O que aquelas mãos enormes já teriam experimentado...

Certo, isso realmente tem de parar. Ela estava sentada na festa de noivado de sua melhor amiga e sua calcinha estava ficando mais úmida a cada minuto que passava. Por causa de um cara que tinha acabado de conhecer. Claro que com ela as coisas costumavam ser assim. No instante em que conhecia um homem, ela sabia se o queria. Não havia rodeios, como parecia acontecer com outras mulheres. Nada de dúvidas. Ela sempre sabia, quando *queria* alguém. Mas raramente a esse nível absurdo.

Talvez nunca.

Ainda mais absurda era a sensação de garotinha que ela teve, quando ele pediu sua bebida, dizendo ao garçom: – Um Grey Goose com gelo para a senhorita. Com duas azeitonas, por gentileza.

Aquele sotaque... o tom de autoridade na voz, independentemente do quanto fosse delicado. Isso a fez estremecer, deixando-a distraída. Do fato de ser a festa de Dylan e Alec, não *seu* abatedouro pessoal. Embora a vitrine fosse bem legal.

Os drinques chegaram e Connor os pegou do garçom, assentindo de forma quase imperial, ainda assim, encantador. Ela notou que ele estava tomando uísque puro. Deu pra sentir o aroma, depois que ele deu um gole e se inclinou em sua direção.

– Como está o seu? –, perguntou ele.

Ela ergueu o copo, deu um gole. – Perfeito.

– Ah, eu posso não ser confeiteiro, mas tenho outros talentos.

Ela riu. – Você diz isso como se tivesse feito os drinques.

– Não era necessariamente a isso que eu estava me referindo.

Ela baixou o tom de voz e bateu os cílios. – Você está flertando comigo, Connor Galloway?

– Por quê? Você se opõe à ideia?

– Pelo contrário.

Ele sorriu, com aqueles dentes brancos contrastando com os lábios vermelhos e grossos. Tão beijáveis que ela sentiu os próprios lábios dando uma rápida contração.

Ele pegou a mão dela, levou aos lábios e beijou levemente os nós de seus dedos, fazendo o desejo revolver em ondas.

– Você tem dedos longos –, disse ele, mantendo a voz baixa. – Mãos de artista.

– Você acha?

Ele ainda estava sorrindo pra ela. Continuava fazendo com que ela se sentisse uma adolescente loucamente apaixonada. – Bem, eu admito que Alec e Dylan talvez tenham mencionado que você é, de fato, uma artista, porém, sim, você tem lindas mãos.

Por que esse pequeno elogio a deixou vermelha? Isso e seu sotaque irlandês acentuado. Ela sentiu uma pontada de decepção, quando ele soltou sua mão.

– Obrigada.

– Eles me disseram que você tem um estúdio de tatuagem, em São Francisco. É um caminho difícil administrar um negócio próprio.

– É difícil, mas maravilhoso. Depois de anos aprendendo nos estúdios dos outros, depois dividindo espaços alugados, eu adoro ser minha chefe.

– Aposto que sim. – Seus olhos verdes cintilavam. Ele estava provocando e ela estava gostando.

– Na verdade, eu gosto mesmo. Gosto de estar no comando da minha vida. Fazendo a minha arte do meu jeito.

Ele assentiu. – Isso eu compreendo. Também sou artista, embora de outro tipo.

Ela tomou outro gole de vodca, inclinou-se na direção dele, intrigada. – O que você faz?

– Sou artista conceitual. Desenho para vídeo games, um pouco para cinema e televisão. Espaçonaves, robôs, esse tipo de coisa.

Ela riu. – Isso é a realização do sonho de todo garoto.

– É, sim. Só que me resta pouco tempo para fazer meu próprio trabalho.

– E qual é o seu próprio trabalho?

– Gosto de fazer croquis à carvão.

– Mas não as espaçonaves e robôs?

Ele sacudiu os ombros imensos, forrados de músculos por baixo de sua camisa marrom de botões. – Tenho me interessado mais pela forma humana nos últimos anos. Comecei a fazer desenhos eróticos.

Ela sorriu pra ele. – Sonho de todo *jovem*.

Ele concordou. – Quando tenho tempo. E agora estou começando a ter. Cheguei a um ponto no qual posso começar a escolher os contratos que quero aceitar. Você tem sorte de ser sua própria chefe, no comando de sua agenda, embora eu imagine que cuidar do negócio dê muito trabalho.

– Dá mesmo, mas eu tenho uma equipe ótima, e isso ajuda. E eu adoro.

Conseguir abrir o próprio estúdio tinha sido uma de suas maiores realizações, até maior que o diploma em artes. Seu negócio era tudo, aquela coisa na vida que ela *sabia* ter feito certo.

– O que sua família acha de você ganhar a vida fazendo tatuagens? –, perguntou Connor.

– Minha irmã caçula, Raine, é... diferente de mim. Ela é professora de inglês, casada com um professor de matemática. Ela me apoia bastante, à sua maneira, embora acredite que ela tenha dificuldade em se identificar com meu trabalho. Evie tem um espírito mais livre, também é artista, portanto, adora a ideia.

– Evie? Outra irmã? –, perguntou ele.

– Minha mãe.

– Você chama sua mãe pelo primeiro nome? – Ele não era a primeira pessoa a perguntar isso.

Ela riu, mas havia um tom de sensibilidade que travou em sua garganta. – Se você conhecesse Evie... ela realmente nunca foi mãe de ninguém.

Por que ela disse isso? Mischa tinha certeza de que ele não estava a fim de ouvir sua história chorosa sobre a mãe inconstante. Ele ficou em silêncio, por um instante, observando-a novamente. Ela sacudiu a cabeça, ligeiramente assustada consigo mesma.

– Quer mudar de assunto? –, ele sugeriu, gentilmente.

– Sim. Claro. E quanto a você? Tem família aqui?

– Só eu. Minha família está em Dublin. É só minha mãe e minhas irmãs, Molly e Clara. Eu tento voltar todo ano, pra visitar.

– O que o trouxe aos Estados Unidos? Você veio pra cá trabalhar?

Foi a vez dele de empacar. Ele sacudiu novamente os ombros, mas o gesto não foi tão casual quando antes. – Eu me casei com uma americana. Estou divorciado há muito tempo.

– Ah. – Ele obviamente estava desconfortável com o assunto, então, ela mudou de rumo. – Mas você ficou aqui.

– Gosto daqui. Fiz minha vida aqui, tirei meu diploma em artes, comecei uma carreira.

Por que ela desconfiava haver mais alguma coisa que ele não estava contando? Talvez porque ele desviou o olhar, pela primeira vez, desde que eles começaram a conversar e, por vários momentos, ficou olhando para a janela salpicada de chuva, antes de virar de volta pra ela.

– Quer mudar de assunto? –, desta vez ela sugeriu.

– Sim, com certeza.

Ele sorriu e ela viu suas feições relaxarem. Notou leves rugas ao redor de seus olhos. Por algum motivo, ela sempre adorou isso num homem.

– De que devemos falar? –, perguntou ela.

– Podemos falar mais de você. – Ele se inclinou na direção dela.

– Realmente, não há muito mais a dizer.

– Ah, eu discordo. Eu a acho fascinante.

– Você está flertando comigo outra vez?

– Estou.

Ela sorriu pra ele. – Eu gosto.

Ele ergueu novamente sua mão e, falando junto a ela, com uma voz meramente sussurrada, deu um beijo ali. Seus olhos verdes da cor do mar olhavam-na fixamente. Ele tinha cílios compridos, escuros e cheios.

Ela viu uma pequena cicatriz, de aproximadamente dois centímetros, abaixo do olho direito, que o tornava ainda mais masculino. Mais sexy.
– Então, temos muito a discutir mais tarde.

– Discutir?

Deus, ela mal conseguia falar, seu corpo inteiro parecia envolvido em chamas. Ele só beijara sua mão!

Ele chegou mais perto. – Você pode ter adivinhado quem – e o que – eu sou, conhecendo Alec e Dylan, não é?

– Sim.

– Então, talvez você saiba que nunca fico com uma mulher, sem primeiro negociar.

Ela se endireitou, tirando a mão da dele. – Acha que vai "ficar" comigo?

– Acho. E acho que você vai gostar. Dá pra ver a centelha em seus olhos azuis adoráveis. Olhos como o céu da costa de Dun Laoghaire, no verão.

– Dun Laoghaire?

– Bem ao lado de Dublin. Já foi à Irlanda?

– Não, nunca. Eu adoraria conhecer, algum dia.

Como ela conseguira mudar de assunto, tão sutilmente? Ah, ele era sutil. Ainda assim, ela nunca tinha conhecido um homem que conseguia manobrá-la. Esse homem não seria diferente, apesar de sua reação a ele. Ele poderia interpretar o papel de chefe – e ela já sabia que eles iam parar lá –, mas se ele achava que se daria bem com isso, em qualquer outro lugar, estava redondamente enganado.

Ela deu uma golada em sua vodca, pousou o copo na mesa, ao lado do prato quadrado de porcelana vermelha. – Então, voltando a essas negociações que você mencionou.

– Ah, moça, você não concorda que isso deve esperar até depois de esta festa terminar?

Claro que ele estava certo. O que havia de errado com ela? Uma conversa totalmente inapropriada, quando eles deveriam estar comemorando, com Dylan e Alec. Mas ele a deixou andando em círculos... não foi?

Ela assentiu brevemente, deu mais um gole no drinque. E ficou aliviada quando Dylan parou para papear com ela, por alguns minutos, mudando o clima. Concedendo-lhe tempo para pensar, endireitar a cabeça.

– Estou tão contente que você esteja aqui, Mischa. Há mil coisas a fazer.

– Não se preocupe, meu bem, nós faremos tudo. Estou inteiramente à sua disposição.

– Tem certeza de que não se importa em ficar na minha casa, sem que eu esteja lá? Eu que... eu não quero ficar longe dele. – Dylan abaixou a cabeça, mas Mischa viu que ela corou.

– Ah, querida, como você está apaixonada –, ela riu. – Mas, honestamente, eu estou acostumada a viver sozinha. E nós vamos ficar juntas o tempo todo, para trabalharmos nos preparativos do casamento. Até o final da viagem você vai estar cansada de mim.

– Vou nada – insistiu Dylan. – Fico grata que você esteja aqui. Preciso de um braço direito. Nunca fiz essas coisas de casamento.

– Nem eu. Mas nós vamos descobrir como fazer.

– Valeu, Misch.

– Sem problemas, *chica*.

O jantar chegou, uma variedade maravilhosa de sushi, curry apimentado de vários tipos, macarrão e arroz, e Dylan voltou ao seu lugar, onde se aconchegou ao futuro marido. Por um breve momento, Mischa se perguntou se algum cara, algum dia ia querer ficar com ela, do jeito que Alec queria ficar com Dylan – aquela devoção mútua era algo quase palpável. Mas por que ela estava considerando isso? Ela sempre vivera bem sozinha. Igual à sua mãe assumidamente excêntrica, que finalmente descobrira não precisar de um homem para ter uma vida feliz e plena. Sua vida já estava repleta, com um negócio pra cuidar, suas amigas, sua arte, sua escrita. Homens eram um passatempo agradável, sem o qual ela não queria ficar. Mas algo além disso? Não, não era pra ela. Ela tinha aprendido essa lição bem cedo, através da ausência de seu próprio pai. Isso só se confirmou quando o pai de Raine deixou Evie grávida dela. Ele estivera presente para Raine, ao longo dos anos, mas Evie foi abandonada outra vez. E repetidamente, até que ela teve uma manifestação divina a respeito da independência alguns anos atrás. Não, ela estava muito bem sozinha.

Mais que bem. Será que seu sucesso como mulher de negócios não provava isso?

– Sonhando acordada? –, perguntou Connor, com sua voz profunda irrompendo em seus pensamentos.

– Hmm, sim, eu estava.

– Sobre o quê?

Ela se virou para olhá-lo de frente. O rosto dele estava sério. Era lindo demais. – Ah, eu duvido que você realmente queira saber.

Ela deu de ombros novamente, lembrando-a da largura de seu porte. Ele parou para comer um pedaço de sushi, mastigando pensativo, por alguns momentos. – Talvez eu queira.

Bom Deus, e como ele queria. Connor percebeu que queria saber exatamente o que se passava naquela cabeça deslumbrante. Ele queria saber tudo sobre ela. E isso não tinha nada a ver com sua investigação minuciosa de uma mulher com quem ia brincar. Ele simplesmente queria *saber*.

Que diabos havia de errado com ele? Ele estava tão arrebatado quanto um adolescente segurando o primeiro seio morno. E ele nem estava com a mão nos seios dela, se bem que só Deus sabia o quanto ele queria estar. Queria tê-la *sob* suas mãos. Sob seu comando. Mas Mischa não era uma garota quieta, passiva e submissa. Ela era cheia de fogo, essa aí. O que tornava a ideia ainda mais tentadora.

Ele não se importava com uma pequena disputa de poder. Não, contanto que ele saísse por cima. Ele sempre saía, inquestionavelmente. Mas ele tinha a sensação de que, com essa garota, seria uma luta e tanto.

A ideia o intrigava. Fascinava-o. Droga, ele não tinha conseguido pensar em mais nada desde que colocara os olhos nela. Com aquelas curvas deliciosas, aqueles cabelos claros compridos, caindo por cima de um dos olhos, fazendo-a parecer uma sereia de Hollywood. Lábios fartos pintados de vermelho vivo, com a intenção de sugerir sexo. Uma mulher tão confiante quanto ela, tão pretensiosa quanto qualquer homem, não seria vencida tão facilmente. Mas, apesar do que ela pensava

– e estava óbvio que ela achava estar no controle –, ele vira algo nela. Aquela reação inconsciente que sinalizava a centelha de desejo submisso. Podia ser apenas uma pequena centelha, mas ele era o homem que a traria à tona. Não era simplesmente seu ego falando. Ele era bom no que fazia nos domínios da escravidão sexual e do sadomasoquismo. Ou, talvez, fosse, sim, um pouco de *ego*. Ou simplesmente a força de seu desejo por essa garota, que estava realmente conseguindo deixá-lo meio balançado. Ele queria dormir com ela. Dar-lhe umas palmadas. Sentir seu corpo nu em suas mãos. Ver como era seu corpo, por baixo do vestido preto e justo que ela estava usando. Ela parecia uma garota de calendário dos anos 50, com seus cabelos louros platinados caindo nos ombros. Deslumbrante.

Ele estava quase ficando de pênis duro, só de pensar. Precisava se controlar, lembrar-se de que estava na mesa de jantar de um amigo, não no Pleasure Dome, onde ele preferia estar.

A boate de escravidão sexual e sadomasoquismo foi onde ele e Alec se conheceram, onde depois Alec o apresentara a Dante. Eles todos tinham um gosto parecido, e era um prazer ter amigos com quem podia se abrir inteiramente. Mas não era a hora, nem o lugar. Não era hora de fazer nada além de flertar com essa garota, pelo menos, até que festa acabasse. Provocá-la. Calibrar sua reação.

Ela decididamente estava reagindo. E ele certamente estava tendo uma reação infernal a ela. Já era o suficiente que ele quase quis pedir mais uma dose de uísque pra se acalmar. Mas isso era algo que ele nunca fazia. Um drinque era seu limite. Ele era duro consigo mesmo, assim como era com qualquer garota submissa com quem brincava. Regras eram regras. Elas sempre existiam por um motivo, e Deus sabia que ele tinha seus motivos. Então, por que ele estava permitindo que essa garota desafiasse essa regra, ao menos por um momento? Era bom que ele colocasse as coisas novamente sob controle.

Ele se forçou a conversar com as outras pessoas sentadas no mesmo lado da mesa, ao longo do jantar. Embora Mischa fosse a única com quem quisesse falar. Mas se ele fosse bancar o idiota por causa dessa garota – e esse parecia ser o caso –, então, ele achou que deveria esperar pelo menos até ficar sozinho com ela, em algum lugar.

Ah, sim. Sozinhos. Nus. Simplesmente tirar aquele vestido preto e ver seus seios voluptuosos, encher as mãos com eles. Sua boca...

Ele gemeu baixinho, deu o último gole em seu uísque, e saboreou o ardor, conforme este deslizou por sua garganta.

– Estava bom?

– O quê?

Ele girou a cabeça pra ela, encontrando a sobrancelha clara de Mischa arqueada.

– O *satay* de frango – disse ela. – Eu ainda não experimentei.

Ele apenas ficou parado, olhando pra ela por alguns instantes, antes de conseguir se recompor. Ele forçou para desviar o olhar de seus lábios vermelhos para seus olhos azuis brilhantes.

– A comida aqui é sempre excelente. Você deveria experimentar o *satay*. Aqui, prove um pouco do meu.

Ele pegou um pedaço macio de frango grelhado, mergulhou na tigelinha de molho de amendoim e segurou diante dos lábios dela. Ela deu um rápido sorriso, cheio de promessa sensual, antes de abrir aqueles lábios deslumbrantes e aceitar que colocasse o pedaço em sua boca.

A mulher sabia exatamente o poder que exercia sobre os homens. Ele não era imune – isso era certo. Porém, igualmente certo era o fato de que ele ganharia o controle sobre ela. Só precisava esperar até tê-la a sós. A julgar por seu comportamento de flerte, isso não deveria ser problema. A única questão era: quando?

– Hum, que delícia.

Ela lambeu os lábios. A virilha dele se contraiu.

– Você também é, se não se importa que eu diga.

– Não me importo nem um pouco.

Ela sorriu e, novamente, ele sentiu aquele mesmo tranco de desejo que sentia, toda vez que ela sorria, toda vez que ela falava com ele. O anseio correu por suas veias.

Ele se aproximou mais um pouquinho, mantendo a voz baixa. – Então, talvez você não se importe com um convite.

– Um convite?

– Para ter aquela discussão que eu mencionei.

– Você quer dizer as negociações?

Ah, ela ainda estava flertando com ele. Que belo jogo eles estavam jogando, mas ambos tinham ideia de como terminaria.

– Sim. E depois disso...

– Depois disso, o quê? – perguntou ela.

A expressão em seu belo rosto era puro sexo. Ambos sabiam a resposta. E ambos compreendiam a pequena excitação em ter essa conversa na frente de todas essas pessoas, falando baixinho e criando um clima ao redor deles.

Sim, essa garota é puro sexo.

– Depois disso vai depender do andamento das negociações. De como você responder às minhas perguntas.

– E se eu tiver perguntas pra você?

– Isso faz parte, não faz? – Ele deixou seu dedo mindinho roçar nas costas da mão dela, observou suas bochechas corando, o colo roliço acima dos seios ganhando um rubor rosado. Exatamente o que ele almejara – ver essa reação. – Jogo de poder tem tudo a ver com dar e tomar, independentemente do que podem pensar os menos hábeis no assunto. É um *intercâmbio* de poder. Funciona em mão dupla. Só que eu que estarei no comando.

Ela piscou e seu rosto foi ficando mais escuro, num lindo tom de rosa.

– Ah, você está pensando em discutir sobre isso, é? Acho que não, minha garota. Você ainda está dentro?

Ela parou por um longo instante, depois disse, ligeiramente sem fôlego – Sim.

Droga. Ele não via a hora de dar o fora dali.

– Mischa, você tem certeza de que não se importa de ir de carro com o Connor? Eu não me dei conta de que nosso carro estaria cheio de presentes.

– Não se preocupe comigo, Dylan. Está ótimo.

Estava mais que ótimo. Sozinha num carro com Connor. Depois, sozinha, no apartamento de Dylan. Eles tinham flertado durante todo o jantar. Ele estava tão interessado quanto ela – e havia deixado isso muito claro. E ela estava *muito* interessada.

– Tem certeza? – Dylan perguntou novamente.

– É claro. Você e o Alec vão descansar, abrir seus presentes. Vou vê-los pela manhã, de qualquer jeito, não é?

– Sim, vamos sair para comprar o vestido, depois de um café da manhã bem tarde, se estiver tudo bem pra você.

– *Adoro* café tarde. – Mischa sorriu pra ela.

Dylan riu. – Certo. Mas você tem meu celular, se precisar de alguma coisa.

– Conhecendo você, tenho certeza de que no apartamento não vai faltar nada do que preciso.

– Não tem nada pra comer... Não tenho ficado muito em casa.

Foi a vez de Mischa rir. – Como se você fizesse alguma coisa, exceto viver de comida pra viagem. Pare de se preocupar. Eu sei onde ficam os cardápios. Vá pra casa se enroscar com seu homem.

Dylan deu um beijinho rápido na bochecha, depois Alec a levou pra fora do restaurante, na hora em que Connor veio com seu casaco.

– Eu vim de táxi esta noite – disse ele, colocando o casaco nos ombros dela. – Estacionar aqui é um inferno. Não mencionei para Alec e Dylan. Espero que você não se importe.

– Táxi está ótimo. – Ela estava tentando ignorar a forma como seu coração ficou novamente disparado. Ele realmente era um homem incrível, todo musculoso, com feições bem talhadas, e olhos que pareciam penetrá-la. – São Francisco também não tem locais decentes pra estacionar, por isso, eu alugo um apartamento de onde dá pra ir a pé até meu estúdio. Pra quase todos os outros lugares, eu vou de táxi.

Ela estava tentando ter uma conversa normal com ele, quando tudo que queria era que ele a jogasse contra a parede e a beijasse até fazê-la perder os sentidos. Em vez disso, ela estava tagarelando. Totalmente atípica. Ela puxou o ar frio, ao sair. Somente agora, que eles estavam em pé, na calçada, que ela percebeu o quanto ele era alto, seu porte enorme por baixo do casaco preto de lã. A presença marcante de sua silhueta ali ao lado a fazia tremer tanto quanto o ar úmido noturno.

Calma.

Ele era apenas mais um homem. Essa seria apenas mais uma noite de sexo amistoso e descompromissado que era como ela preferia as coisas. Por que ela tinha que estar tão abalada?

– Você não me disse o nome do estúdio de tatuagem, lá –, disse ele, conforme chegaram à calçada.

– Chama-se Thirteen Roses. Eu já tenho há quase quatro anos.

– O negócio vai bem?

– Muito bem. Melhor do que eu esperava, com essa economia. Na verdade, parte dessa viagem será pra discutir a abertura de um novo local aqui, com outro tatuador que conheci no primeiro estúdio, onde eu fui aprendiz.

– Acho que esta cidade tem uma boa base de clientes para tatuagens.

– Você tem alguma? –, perguntou ela, torcendo para que ele tivesse. Mesmo antes que ela começasse a se tatuar, a arte corporal sempre fora como um fetiche, pra ela. Ela achava lindo – quando bem-feita, é claro –, mas ela realmente tinha uma queda por tatuagens. Por homens gostosos tatuados, principalmente.

Deus, ver tinta na pele dele...

– Eu tenho duas –, respondeu ele. – Estou pensando em fazer a terceira, assim que eu encontrar a tatuadora certa. A minha se mudou pra Nova York. Se você for uma boa garota, talvez eu lhe mostre, mais tarde.

Ela riu. Mas, por dentro, estava tremendo.

Boa garota.

Ninguém jamais lhe dissera algo assim. Francamente, ninguém se atrevera. Nem mesmo os poucos homens que ela havia deixado amarrá-la, dar-lhe umas palmadas, nas boates de escravidão sexual e sadomasoquismo de São Francisco. O negócio de submissão nunca tinha sido sério pra ela e ela frequentemente ficava por cima. Mas, vindo dele, era terrivelmente sexy.

Ele estava encarando outra vez. Observando-a, atentamente.

Ela sacudiu a cabeça. – O que foi?

– Eu só estava pensando...

– O quê?

– Se você vai pra casa comigo, esta noite. Pra ter aquela discussão, você sabe. – Ele abaixou o tom de voz, até que ela precisou se esforçar para ouvir, acima do barulho do tráfego da rua molhada. Espero que você vá. Porque, pra ser honesto, eu mal posso esperar pra colocar as mãos em você, Mischa. Mal posso esperar pra sentir seu corpo macio sob as minhas mãos. De tê-la sentada no meu colo. Ouvir você ofegante, quando eu te der umas palmadas. – Ele parou. – Exatamente como você está fazendo agora. E isso me diz qual será a sua resposta. Mas eu preciso ouvir de você. Você vem comigo? Ou devo deixá-la na casa de Dylan, para que pense mais um pouco?

Será que algum homem já tinha falado com ela assim? Tão certo de si? Apesar disso, ele estava basicamente pedindo sua permissão... pra quê? Pra fazer coisas com as quais ela só tinha brincado. Mas nunca, disso ela tinha certeza, tão seriamente como esse homem sabia brincar. Com ele, seria uma experiência totalmente diferente. Pela qual ela estava ávida.

– O que será, Mischa? – perguntou ele.

Ele estava perto o suficiente para que ela sentisse o leve cheiro de uísque em seu hálito. Ele estava com a mão em sua cintura. De alguma forma, apesar do casaco pesado de lã, ela jurava que sentia o calor de seu toque. Ela estremeceu:

– Eu vou com você, Connor. Vamos.

DOIS

CONNOR SORRIU, ASSENTIU LEVEMENTE COM SEU QUEIXO QUADRADO E desceu à rua. Ele chamou um táxi com um assovio alto e um breve aceno, comandando com a mesma facilidade com que ele fazia todas as outras coisas. Incluindo ela, aparentemente. Ela estava surpresa com isso. Atiçada por isso.

– Então, venha – disse ele.

Ele lhe deu a mão para entrar no táxi, um gesto antigo que ela imediatamente adorou, depois entrou e sentou ao seu lado, e disse ao motorista um endereço em Belltown, na mesma região de Seattle onde Dylan morava. Era feita de edificações bem mais velhas e boa parte da arquitetura antiga tinha sido preservada nos edifícios, galpões que haviam sido transformados em lofts, charmosos pontos comerciais e cafés. E a lembrava um pouquinho de sua cidade.

Assim que o táxi saiu pela rua, Connor passou o braço ao redor de sua cintura e a puxou mais pra perto, deslizando-a no banco sem qualquer esforço, como se ela fosse uma boneca. Seu rosto estava colado ao dela.

– Estive esperando a noite toda por isso. Pra ficar sozinho com você. Para beijá-la.

Ela se virou e o olhou acima, encarando seu olhar cintilante que refletia as luzes âmbares da rua. O desejo estava estampado no rosto rústico, espelhando o seu.

Ela lambeu os lábios. – O que está esperando? – perguntou ela.

Ele deu um sorriso que logo sumiu, e ficou com o rosto sério, se aproximando para pressionar a boca na dela.

Nossa, que lábios macios. Tão macios, conforme ele os deslizava sobre os seus. Bem de leve; ela queria mais. Ela ergueu o braço para pôr a mão no rosto dele, mas ele a pegou e segurou firmemente. Pressionou a palma da mão dela junto ao peito, abrindo-lhe os lábios com os seus, a língua morna deslizando pra dentro da boca.

Ele tinha um gosto bem leve do uísque que havia bebido ao jantar. Mas tinha o mais gosto puro de homem. Puro desejo.

Ela suspirou, se abriu pra ele, e ele a puxou pra mais perto. Ele passou o braço ao seu redor e a segurou firme, com tanta força que quase podia marcá-la. Mas, de alguma forma, ela precisava. Ansiava pelo toque rude. Esse tipo durão de paixão. E ele continuou a beijá-la, beijá-la, até que ela mal podia respirar. Beijos de puro desejo. Cheios de exigência. Aquilo a estava deixando com tesão e toda derretida. Molhada entre as coxas. Quando ele deslizou a mão para acariciar seu joelho, depois foi subindo, ela deixou. Abriu as coxas pra ele. Esperou que ele fosse mais acima.

Ele recuou o suficiente para murmurar: – Boa garota, é isso –, antes de se curvar e beijá-la, mais uma vez.

Ele enfiou a língua em sua boca e ela sugou. Ele ainda segurava a mão dela junto ao peito, onde ela sentia o coração disparado com o seu. Assim como o pulsar de desejo em seus seios, seu sexo. E conforme ele subiu a mão por sua coxa, deixando uma trilha de desejo no caminho, ela sugou o ar, ofegante. Inalou o cheiro inebriante dele: chuva, terra e a noite. Ela tremeu ao sentir os dedos dele roçando na beirada de renda de sua calcinha. Ao pensar que ele logo sentiria como ela estava molhada, a renda encharcou. Ele gemeu em sua boca e ela sentiu uma estranha satisfação, ao ver que ele percebeu e reagiu.

Ele abriu mais as coxas dela, com uma mão firme, e ela deixou que ele o fizesse. Ela ficou totalmente imóvel, enquanto ele roçava as pontas dos dedos sobre o tecido molhado, por cima de seu clitóris rijo.

Preciso dele. Preciso de mais.

Como se lesse seus pensamentos, ele deslizou os dedos por baixo do tecido, rapidamente roçando dentro das dobras inchadas de seu sexo.

– Hum... – ela gemeu junto aos lábios dele.

Ele não parou de acariciar, nem parou de beijá-la. Em vez disso, ele começou um ritmo adorável, os dedos esfregando sua fenda, enfiando a língua em sua boca. O desejo aumentava, queimando como uma labareda dentro dela. Ela se arqueou, saindo do banco do táxi, mas ele imediatamente usou a outra mão para pressionar seu quadril, mantendo-a no lugar.

Uma parte dela se rebelava contra seu controle. Outra parte dela adorava ainda mais. Ela estava muito fora de si para questionar.

Ela o inalava e o beijava com mais força – era tudo que ela podia fazer. Ela estava totalmente impotente junto a ele, na onda de prazer que se apoderava dela. Quando ele enfiou os dedos dentro dela, ela resfolegou novamente, sentindo que ele sorria junto à sua boca. Então ele estava transando com ela, usando os dedos, com uma pressão contínua. Entrando e saindo, com o polegar circulando seu clitóris, até que ela teve certeza de que ia gozar, a qualquer momento.

Ele recuou.

– Estamos chegando.

Ah, sim, estamos quase chegando...

Ela piscou. Sua respiração era um ofego áspero. Ele a observava. Seus dedos se moviam dentro dela. Ela mal conseguia vê-lo, observando seu rosto.

– Está pronta, minha garota?

– Sim. – Ela mordeu o lábio.

Ele sorriu. Um sorriso malicioso, naquele rosto deslumbrante, quando seus dedos pararam.

Bastardo.

Ele tirou os dedos de dentro dela e ela quis gritar. Ela estava tão perto do clímax que tremia inteira.

– Psiu, Mischa. Deixe-me ajudá-la a sair.

Ela estava tonta com aquilo tudo, seus modos adoráveis, e sentir o corpo inteiro arder, pelo tesão quase saciado. Que diabo era esse homem?

Ela estava com as pernas bambas, mas ele ajudou-a a sair do táxi, enlaçando-a com o braço forte. Eles estavam na calçada, em frente a um prédio antigo de tijolinhos. Ele a puxou para junto dele, e ela sentiu os músculos rijos de seu corpo grande.

– Vou te levar lá pra cima e fazer você gozar. Podemos conversar, depois que você gozar pra mim. Depois que você se acalmar. Ainda está comigo, garota?

Será que ele era maluco? Onde mais ela poderia estar, neste momento?

Ela assentiu. – Sim, droga.

Ele riu, um riso baixinho e retumbante de deleite.

– Ah, nós vamos ter uma noite e tanto. Eu mal posso esperar.

Nem ela. Na verdade, se ele não a levasse logo para o seu apartamento, se não cumprisse sua promessa e a fizesse logo ter um orgasmo, ela iria explodir bem ali, na calçada. Era só nisso que ela conseguia pensar.

Connor.

Desejo.

Fora de controle.

Totalmente fora de controle.

Por que isso não importava tanto, como deveria?

Ele a conduziu subindo dois lances de escada, segurando sua mão. Era uma mão grande e morna. Ela se lembrou da sensação de tê-la entre suas coxas, que roçavam uma na outra, instigando-a, enquanto eles subiam a escadaria larga. Ao chegar ao terceiro andar, ela estava ofegante. Não por causa da subida. Mas por tudo que ele fizera com ela, no táxi. Pelo que faria depois que eles entrassem. A possessividade em seu toque.

Ele abriu uma porta pintada de um tom de azul radiante e a levou para dentro do apartamento. Havia luz vinda de uma luminária de chão, iluminando o espaço. Numa rápida olhada, ela notou os móveis elegantes, uma longa parede de tijolinhos aparentes. Havia desenhos por todas as paredes, em molduras simples, pretas ou metálicas. Robôs, espaçonaves. Um nu excelente, de uma mulher reclinando uma cadeira. Mas ela não tinha tempo pra pensar nisso. Ele estava tirando o casaco de seus ombros, levando-a até um volumoso sofá em L, forrado de lona azul escura.

– Sente-se.

Não foi uma pergunta. Por que aquilo fez seu corpo inteiro vibrar de anseio? Ela sentou e ele se acomodou ao seu lado. Mais uma vez, ela notou como a camisa dele ficava esticada sobre seu peito largo, fazendo-a querer afagar o tecido. Sentir os músculos volumosos que ela sabia haver por baixo. Ela flexionou os dedos.

– Está nervosa, Mischa?

– O quê? Não, claro que não.

– Então, o que foi?

– Eu... eu não sei –, admitiu ela. – Talvez seja simplesmente saber que algo diferente vai acontecer essa noite. Algo além do que eu já experimentei. Eu fiz algumas coisas... já estive em algumas boates de fetiche. Mas você é mais... sério a respeito, eu acho.

– Isso a deixa assustada?

– Não. – Ela sacudiu a cabeça, sem querer admitir. – Não.

Ele sorriu. – Vamos ver se isso é verdade.

– Você parece ter um pouco de prazer com a ideia – disse ela.

Ele sorriu, com os olhos verdes dourados cintilando. – Eu *sou* um sádico, Mischa.

Isso a fez rir. – Justo.

Então, ele pegou a mão dela e levou à boca. Passou os lábios na parte de trás de seus dedos, fazendo-a estremecer. Olhando-a fixamente, ele desdobrou os dedos dela, um de cada vez e os beijou, um a um. Ela nunca tivera tanta atenção dispensada às suas mãos. Jamais imaginara o que isso poderia lhe fazer. Cada vez que ele pressionava os lábios mornos em sua pele, ela sentia o corpo aquecer, derreter inteiro.

Ele parou para perguntar – Tenho o seu consentimento, Mischa?

– Hum... o quê?

– Para fazer com você, do meu jeito. – Ele deu um sorriso deslumbrante.

Ela retribuiu. – Com certeza.

– Que tal um pouquinho de dor, com nosso prazer? Estou perguntando agora, desse jeito sucinto, porque, para ser honesto, mal posso esperar.

Ela adorava ouvi-lo admitir que a queria, adorava o tom rouco de sua voz. – Sim, claro.

– Nós ainda precisamos conversar, antes que algo mais sério aconteça. Mas, agora, eu só preciso tocá-la. – Ele passou uma das mãos atrás do pescoço dela, causando um pequeno prazer ali e ela ficou surpresa – chocada, na verdade –, com sua própria reação. Isso a fez sentir comandada por ele. E também cuidada, de uma forma estranha e indefinível, algo que ela não conseguia explicar a si mesma.

– Sim, mais tarde –, ela murmurou, concordando.

– Agora, venha –, disse ele, num tom baixo de voz. – Deite de barriga pra cima, minha garota.

Ele usou a mão no pescoço dela para guiá-la, até que ela reclinasse no sofá. Ele levantou, mantendo um joelho nas almofadas, debruçado acima dela.

– Você é realmente bonita –, murmurou ele, quase como se falasse consigo mesmo.

Ele deixou uma mão deslizar ao redor do pescoço dela, descendo por sua clavícula, depois, por entre os seios, afagando o colo, acima dos seios. O calor da mão dele a chamuscava, enrijecendo seus mamilos. – Adoro esses saltos finos. E essa meia arrastão que você usa, por baixo do vestido. Agora venha, deixe-me vê-la. – Ele mantinha os olhos no corpo dela, enquanto erguia o tecido macio do vestido até as coxas, revelando a calcinha preta de renda. – Muito bom –, murmurou ele. – Mas vamos tirar, pode ser?

Ele tirou a calcinha, sorrindo diante de seu sexo, que ficou à mostra. Seu olhar rapidamente cruzou com o dela, antes de voltar ao sexo raspado. Ele a tocou, somente com as pontas dos dedos, o toque de pluma, passando por sua fenda ávida e o prazer a varreu como um relâmpago, fazendo-a se contorcer.

– Ah, eu preciso saboreá-la –, disse ele.

Ela só teve um rápido instante para pensar. – Sim, por favor. – Então, ele estava debruçado sobre ela, a língua passando em suas dobras, forçando no meio delas.

– Ah, Connor...

Ela colocou as mãos em seus cabelos escuros e viu os dedos dele segurando firme em suas coxas. Adorando aquela pressão forte em sua pele. Adorando as lambidas que ele dava em sua fenda molhada, até seu clitóris.

– Deus...

Ele continuou lambendo seu sexo, num ritmo contínuo. Ela queria gozar, mas estava só um pouquinho devagar, sem deixar que ela chegasse ao clímax.

– Por favor, Connor. Mais rápido.

Ele parou e quando recomeçou, ele fazia ainda mais devagar, lambendo-a quase preguiçosamente.

– Ah, você está me torturando.

Não houve nenhuma resposta dele, que simplesmente fez outra pausa, e ela entendeu que quanto mais reclamasse ou implorasse, mais devagar ele faria.

Homem malvado.

Ela adorava.

Ela suspirou, acomodou-se nas almofadas macias, deixando as coxas caírem abertas. E assim que ela o fez, ele realmente se esmerou, enfiando a língua nela, depois voltando ao seu clitóris ávido, lambendo, lambendo, depois chupando com força.

– Ah!

Ela sentiu seu clímax chegando, deixou que o prazer sacudisse seu corpo, conforme os espasmos começaram. E quando ela começou a gozar, ele enfiou os dedos nela.

Ela explodiu gritando, arqueando os quadris com força, junto aos lábios dele, aos dedos em movimento. O prazer era um tranco que ecoava nela, repetidamente.

– Connor... ah, Deus...

As ondas foram diminuindo, mas ele não parou. Ele estava transando com ela com seus dedos, como havia feito no táxi, mas, desta vez, com golpes fortes, quase punitivos. E sugava seu clitóris, fazendo doer um pouquinho. Mas ela adorava, precisava daquilo, de alguma forma. Em instantes, ela estava gozando outra vez. Inacreditável. Seu corpo tremia de prazer, seu quadril avançava com tanto furor que ele teve que segurá-la. Ou ele simplesmente queria fazê-lo. Ela adorava tudo – suas mãos fortes, a boca quente deliciosa. Seu comando sobre ela.

Depois, ela ficou deitada tremendo, como pequenas ondas de prazer a percorrê-la. Connor ergueu a cabeça, limpou a boca com as costas da mão, sorriu pra ela.

– Isso foi lindo, minha garota. Senti-la assim, em minha boca. Vamos fazer novamente?

Ela riu, trêmula. – Acho que preciso de alguns minutos para me recuperar.

– Vou usar esse tempo para tirar sua roupa e colocá-la em minha cama.

Antes que ela tivesse tempo para responder, ele a ergueu nos braços e carregou por um pequeno corredor. Ela não conseguia se lembrar da última vez que um homem a carregara dessa forma – nos *braços*. Isso a fez sentir-se pequena. Profundamente feminina.

De canto de olho, ela viu mais desenhos emoldurados, pelas paredes do corredor, depois ele entrou no quarto, acendendo o interruptor com o cotovelo. O quarto era totalmente masculino, com peças volumosas de mobiliário preto elegante, uma cama enorme da mesma madeira preta, com quatro colunas. O edredom tinha vários tons de cinza, desde bem escuro até bem claro, em listras horizontais. Mas ela só conseguia pensar em trepar com ele ali.

Ele a colocou sentada na beirada da cama.

– Fique bem aí, Mischa –, disse ele, com uma voz baixa. Mas ainda havia uma autoridade inquestionável em seu tom, e isso a deixava cheia de tesão. Fazia seu coração disparar.

Ela observava, enquanto ele tirava os sapatos e os lançava com os pés, depois desabotoou e tirou a camisa. Ela sugou o ar ao ver seus ombros e peito musculoso, o abdômen todo definido. Ele tinha a pele dourada clara, como se tivesse tomado um pouquinho de sol, no verão. Em volta de seu bíceps direito, havia uma tatuagem preta e vermelha – uma faixa de guerreiro celta, com nós e espinhos tribais. Puramente máscula, como tudo nele. Havia um texto em letras grossas em gaulês, traçando uma linha ao longo de seu antebraço esquerdo, mas ela teve dificuldade para focar nas tatuagens, conforme ele tirou a calça preta, revelando coxas fortes e uma protuberância volumosa, do pênis duro por baixo da cueca preta samba-canção.

Um tremor de tesão a percorreu.

Preciso tocá-lo, sentir esse pênis na minha mão...

Ela lambeu os lábios.

– Agora, você –, disse ele, aproximando-se dela, com os olhos brilhando.

Ele se inclinou acima dela, ajudando-a a abrir o zíper do vestido e tirá-lo pela cabeça.

– Porra, como você é linda –, disse ele, com verdadeira admiração na voz. – Mas vamos tirar isso.

Ele esticou os braços ao seu redor, abriu o sutiã de renda e ela sentiu o peso dos seios, o calor, os mamilos rijos, no ar frio.

– Sim, deslumbrante, garota. Deus. Até melhor do que eu tinha imaginado.

Ele ajoelhou na cama, acima dela, pressionando-a junto ao colchão. A colcha de algodão era macia em suas costas. Ele tinha um hálito quente, junto à sua bochecha, ao sussurrar: – preciso ver suas tatuagens. Quero ver como você marcou sua pele, antes que eu marque também. Quero ver o quanto você é linda.

Ele pegou-lhe os seios nas duas mãos, enquanto falava, e ela só conseguiu suspirar, diante do calor das mãos dele, de sua pele pressionada aos mamilos rijos. Ele a beijou no rosto, pescoço, brincando com seus seios, primeiro, delicadamente, depois, deu um pequeno beliscão nos mamilos.

– Ah!

– Doeu?

– Um... pouquinho. Mas também é bom.

– Muito bom. Você sabe sobre palavras de segurança?

– Sim.

– Diga-me as suas.

– *Amarelo* para está demais. Significa vá mais devagar. *Vermelho* significa pare.

– Sim. Excelente. Confie em mim, vou respeitá-las inteiramente. Sim?

– Sim.

Ele a beliscou novamente, dessa vez, com força suficiente para fazê-la inalar o ar pela boca.

– Ainda está bom?

– Ah, sim...

Sua vagina doía por ele, encharcada. Ela precisava gozar de novo.

– Pegue em mim, garota –, ordenou ele.

Ela estendeu a mão, acariciando por cima da cueca de algodão, deleitando-se quando ela tragou o ar com força. Ele era enorme. Estava duro como ferro. Ela olhou abaixo, enfiou a mão no vão do tecido e puxou o pênis pra fora.

Nossa, que lindo. Duro que nem pedra, com a ponta escura e inchada. A pele era como veludo, do mesmo tom dourado que o restante de seu corpo. Tão grosso que seus dedos nem conseguiam envolvê-lo. Ela lambeu novamente os lábios.

– Acaricie –, ele disse a ela.

Ela começou a deslizar a mão fechada, subindo pelo pênis imenso, depois descendo.

– Ah, que bom –, disse ele.

Ele estava acariciando seus seios, com as mãos macias, parando para beliscar os mamilos repetidamente. Ela estava em fogo, ardendo por ele. Adorando cada momento dessa tortura delicada. Adorando o contraste do toque suave e dos beliscões fortes. Adorando tanto que nem tinha vontade de questionar a autoridade absoluta que ele tinha sobre ela, nesse momento.

Ele se aproximou, até ficar com uma das coxas entre as dela, usando-a para pressionar junto à sua fenda.

– Adoro como você fica molhada por mim, Mischa. Por *mim*. Está escorregando gostoso. Se você quer saber a verdade, parece o céu. Adoro como você pega no meu pênis. Essa mão feminina delicada em volta de mim. Ah...

Ela apertou o pênis dele, sentiu que ele reagiu com um pequeno espasmo, sorriu consigo mesma.

Ele arqueou o quadril na mão dela. Agora, ele estava ligeiramente ofegante. – Por mais que eu adore isso, eu vou adorar comer você ainda mais, principalmente usando essa meia arrastão e o salto alto. Está bom demais. Mas agora, eu quero que você pare.

Ele soltou os seios dela, tirou a mão dela de seu pênis duro e enlaçou os dedos aos dela.

– Suas tatuagens são lindas. Todas essas flores caindo pelo seu ombro. Adoro que sejam todas pretas e cinzas. Faz um efeito quase claro--escuro. Como meus desenhos de carvão.

– Sim. Essa foi a intenção –, ela disse a ele, quase sem conseguir pensar direito.

– Agora, eu vou virá-la de bruços e ver o que mais tem aí.

O desejo parecia algo vivo, serpenteando ao redor do corpo dela. Ela queria que ele admirasse suas tatuagens, admirasse seu corpo. – Sim. Faça isso, Connor.

Connor respirou fundo, forçando o corpo a se acalmar o suficiente para lidar com ela da forma como ele queria. Ele colocou as mãos na cintura dela e deslizou até as nádegas nuas e sedosas. Que pele incrível tinha essa mulher, que textura. Ele deu uma última olhada em seus seios lindos – eram alguns dos mais lindos que ele já vira, maravilhosamente carnudos, com mamilos vermelho-escuros que o lembravam de sua boca vermelha. E estavam rijos, contrastando com sua pele clara.

Ele a virou e ela deixou. Ele sentia que ela cedia, sabia que seus orgasmos tinham algo a ver com isso. Com o fato de que ele tivesse se apossado dela desse jeito, antes de fazê-la gozar, ela teria lutado mais.

Ele adorava que estava dando certo.

As costas dela eram tão lindas quanto os seios, o rosto: as linhas suaves e as curvas de sua silhueta, o balanço do pé das costas, as nádegas rechonchudas, arredondadas e em formato de coração. E sua pele era coberta por uma linha sinuosa de flores, todas feitas em estilo japonês: crisântemos, lírios, flores de cerejeira e ameixeira, algumas orquídeas miúdas. Detalhes incríveis. Elas ficavam espalhadas por sua pele clara, desde o ombro direito, até o quadril esquerdo, fazendo a curva pelo alto do quadril e descendo pela coxa. Ele tivera um vislumbre, quando havia descido sobre ela, mas estava distraído demais pelo seu cheiro – um aroma de mulher, de perfume e tesão – para realmente focar no desenho.

Ele mal conseguia focar agora, embora quisesse. Ele queria tragá-la inteira, conhecer cada centímetro de seu corpo delicioso e indefectível. Exatamente o tipo de corpo que ele preferia, todo arredondado com lindas curvas. Carne onde ele podia segurar. Melhor ainda, para uma bela sessão de palmadas.

Ele se inclinou acima dela, curvando-se para dar um beijo entre suas omoplatas. Ela estava deitada, totalmente imóvel, com os braços acima da cabeça, o que o instigava de um jeito estranho. Ele sempre adorava complacência, numa mulher. Mas sabendo o quanto essa era irascível, ficava ainda mais emocionante.

Ela tremeu sob os lábios dele, um tremor bem sutil. Ele a beijou novamente, bem de leve, sentiu a reação no arrepio. Ele fez novamente, e outra vez, descendo os lábios, até chegar àquele lugar delicioso, naquele vale, ao final de suas costas. Ele colocou a língua pra fora e ela se contorceu. Ele desceu mais ainda, chegando à firmeza de suas nádegas, deu uma mordida.

– Ah, Connor...

– Psiu.

Ele deu outro beijo ali, mordeu novamente. Sentiu que ela puxou o ar. Ela permaneceu quieta. Obedecendo. Ele fez o caminho de volta, subiu beijando a espinha lentamente, desfrutando do sabor, da pele macia sob seus lábios. Ele afastou os cabelos dela, viu os símbolos *kanji* tatuados numa linha que descia pela nuca, o leque japonês, em preto e âmbar, feito com extraordinários detalhes, na nuca, junto ao couro cabeludo, acima do *kanji*.

– Abra essas coxas lindas. Isso, isso mesmo.

Ele colocou a mão ali no meio, enfiando os dedos naquele calor molhado, sentiu sua vagina contrair, quente e apertada em volta dos dedos dele.

– Ah!

Ele enfiou e tirou algumas vezes, com o pênis incrivelmente duro.

Ele precisava possuí-la em breve. Mas, primeiro...

Ele levantou e deu uma palmada forte no traseiro dela. Ela tomou um sustinho, depois ele sentiu seu corpo todo derretendo, por dentro e por fora.

Nossa, como essa garota era adorável. Suas reações eram demais.

Ele deu outra palmada. Dessa vez, ela se assustou menos, seu corpo estava absorvendo o impacto. A bunda já estava ficando rosa. A pele era clara assim. Ele adorava.

Ele parou para massagear a pele do traseiro, primeiro, de leve, depois, com mais força, inserindo a dor no contexto. Ele flexionou os dedos dentro da vagina dela, empurrou mais fundo, depois tirou quase tudo. Então, ele deu um tabefe na bunda, cravou os dedos lá no fundo e ela gritou.

– Connor!

Ele ficou imóvel.

– O que foi?

– É que... Deus, faz de novo.

Ele sorriu, consigo mesmo. Seu pênis pulsava de tesão. Ele disse, bem baixinho: – Só pra que você saiba, minha garota, isto não funciona assim. Achei que você tivesse entendido, mais cedo. Mas eu vou lhe dizer claramente, agora. Se você quiser brincar comigo, então, precisa saber que quanto mais pedir alguma coisa, menos provável será de receber. Como acredito já ter dito, eu sou sádico. Sinto grande prazer em vê-la se contorcer de tesão não saciado. Terei mais prazer ainda em vê-la gozar. Mas só quando eu disser que está na hora. Mas antes da noite terminar, você confiará em mim, e farei essas coisas de um jeito que o resultado final seja seu acúmulo de desejo. Eu vou levá-la às alturas estonteantes que nunca podem ser alcançadas, quando lhe é dado o que você quer, no instante em que quer.

– Sim –, disse ela, com um mero sussurro.

– Sim, o quê, Mischa? Sim, isso faz sentido, pra você? Sim, você quer assim?

Ela parou por um longo momento. Então: – Sim, pra tudo.

– Ah, essa é a resposta certa. Exatamente o que eu queria ouvir de você.

Mischa tremeu, contraindo o sexo. Por que a excitava tanto saber que ela o deixara satisfeito? Isso era bem atípico dela. No entanto... tudo com esse homem era diferente. Ela não tinha controle sobre suas reações a ele. Isso a deixava profundamente perturbada. Ela estava totalmente fora de órbita. Pelo prazer. A dor. O comando dele. Sua cabeça estava perdida naquele lugar etéreo de onde ela ouvira falar, mas nunca alcançara, em suas experiências com escravidão sexual e sadomasoquismo: o subespaço. Ah, sim, agora, ela estava lá. Finalmente.

Ele se inclinou acima dela. Ela podia sentir o calor de seu corpo junto às costas. O calor da respiração, conforme ele falava em seu ouvido. – Agora, eu vou transar com você, Mischa. Bem assim. Fique parada.

Ela esperou, sentiu uma leve brisa, conforme ele se afastou dela, ouviu-o abrir uma gaveta da mesa de cabeceira e o som do laminado rasgado. Então, ele estava sobre ela novamente, dessa vez, realmente abaixando seu corpo imenso sobre o dela. Ela se sentia absolutamente dominada, apenas pelo tamanho dele. Diminuída em tamanho, o que, mais uma vez, fazia com que ela se sentisse absolutamente feminina. Ele estava apoiado nos cotovelos, com os antebraços musculosos nas laterais da cabeça dela.

– Abre bem –, ele disse a ela. – Isso, garota.

Ela sentiu as coxas dele nas laterais das suas. Depois, ele mexeu o quadril no meio, sentindo o primeiro toque delicioso da cabeça do pênis, de camisinha, entrando em seu sexo.

Se ela não estivesse encharcada antes, agora estava. Ela respirou e esperou.

Connor disse baixinho, com uma voz ofegante: – Eu realmente quero foder a tua bunda, Mischa. Agora, não, depois. Você quer?

Ela estremeceu de desejo. – Sim. Sim.

– Ah, você é demais. Deixe-me sentir essa vagina gostosa.

Ele passou um braço ao redor do quadril dela, puxou acima, erguendo a bunda acima da cama. Ele a segurava como se ela não pesasse nada, mas com tanta força que ela sentia o abdome musculoso junto às nádegas. Ele se curvou, enfiando só a pontinha do pênis imenso dentro dela.

– Ah...

Ela teve de respirar, relaxar em volta do diâmetro largo, diante da noção do que seria sentir esse pênis enterrado dentro dela.

– Como está quente aí dentro. Tão molhado –, murmurou ele. – Vou fazer bem devagar, até saber se você consegue me receber.

Ele enfiou dois centímetros e ela já estava toda arreganhada, porque ele era gigantesco.

Ele a beijou na nuca. – Está tudo bem, minha garota?

– Ah, sim.

Ele ajustou o quadril, mergulhou mais fundo, empurrando o prazer pra dentro do corpo dela, sua vagina, seu útero. Deslizou um pouquinho pra fora, mergulhou novamente pra dentro, dessa vez, preenchendo-a.

– Respire –, ele ordenou, e ela respirou. Ele empurrou com força, fazendo-a resfolegar.

– Ah, Deus...

– Eu sei, querida. Mas você aguenta. Você é apertada, mas está molhada como o mar. Dá pra sentir. Sua vagina linda me engolindo. Prendendo o meu pênis. Agora, vamos. Respire. Relaxe. Você consegue.

Ela fez conforme ele disse, respirando fundo, várias vezes. Deixando o corpo relaxar em volta do pênis grosso. Ele se mexia, tirando um pouquinho de cada vez, empurrando de volta pra dentro, enterrando até o talo. Ela sentia a pele macia dos testículos pressionando junto a ela. E acima dela, a rigidez do corpo dele, firme, atrás dela.

Ele começou a se movimentar, investindo lentamente, com força. Levando o prazer ao fundo. Fazendo-a arquear as costas para erguer a bunda, de encontro às cravadas dele. Ele a beijava na nuca, mordia, beijava de novo, se mexia mais depressa. O corpo dela estava se soltando, sua vagina se acomodando ao tamanho dele, conforme o desejo irrompia, deixando-a tonta. Seu cheiro a envolvia, terra escura, noite chuvosa. Ela o inalava, respirando no prazer e na dor desse homem gigantesco trepando com ela.

Ela abriu ainda mais as coxas, querendo mais. Ele deu uma risadinha, baixinho.

– Você é perfeita minha garota –, murmurou ele, mergulhando ainda mais o quadril forte. – Venha, agora aguente.

Ele começou a golpear com força, num ritmo de açoite, cravando o pênis lá no fundo. O prazer era intenso e aumentava a cada minuto, com cada golpe punitivo de seu quadril.

– Vou gozar de novo – disse ela, ofegante.

– Goza, gostosa... agora.

O prazer foi ao cume, subindo ainda mais, e explodiu dentro dela, com o brilho de mil estrelas. As luzes piscavam por trás de seus olhos, conforme ela o ouvia gritar, sentindo-o bater forte nela.

– Mischa... porra!

Ele segurou a mão dela, prendendo forte com os dedos, tão forte quanto o braço que tinha ao redor da cintura dela, e algo dentro dela se abriu.

Os dois ainda estavam gozando e ele se segurava nela enquanto estremecia, com o pênis pulsando dentro dela. Ele caiu sobre ela, por um momento, depois rolou, levando-a junto. Sua respiração estava ofegante e áspera. A dela também. Ela estava com o corpo aceso de sensação, num pequeno estado de sobrecarga. Algo quanto ao seu corpo grande... Deus, ela adorava o tamanho dele. Seus músculos. Aquele pênis lindo.

Algo na maneira como ele se agarrara a ela, quando gozou...

Quando ele a puxou para mais perto, bem ao lado dele, com um braço forte segurando seu corpo, ela não queria reconhecer o que aquilo lhe causava. O fato de que ele *queria* abraçá-la. Que ela queria – precisava – que ele o fizesse, de um jeito que deixava seu coração disparado.

O que era isso?

Ótimo sexo. Sexo absolutamente fabuloso, de arrasar. Uma incursão nesse verdadeiro negócio de dominação – não ainda em termos de radicalismo, mas absolutamente na forma como ela se entregara a ele, na forma como ele a comandara. Esse sexo incrível, com um dos homens mais gostosos que ela já tinha visto. Mas era só.

Por que ela sequer estava questionando a forma como estava se sentindo?

Talvez por estar sentindo coisas que nunca tinha sentido. Um tesão absurdo pra fazer aquilo novamente. Esta noite. Amanhã.

Será que qualquer sexo podia ser tão bom assim? Ou seria algo mais?

Sua cabeça automaticamente rejeitou a ideia. Era sexo, um homem gostoso. Nada mais, droga.

Droga.

Porque ela sabia haver uma mentirinha, em algum lugar. Uma mentira que ela não queria investigar atentamente. Ela aprendera suas lições bem cedo, com a mãe. Todos os homens com quem Mischa havia dormido – e, sem acanhamento, tinha experimentado de sobra – só confirmaram o que ela já sabia: os homens eram brinquedos, companheiros. Nada mais. Certamente, nada que ela precisasse. Ela tinha uma vida boa. Era ocupada, bem-sucedida. Feliz.

Não era?

Então, por que ela subitamente sentia que seria bem mais feliz, com Connor por perto?

Ele não é esse tipo de homem. E você não é esse tipo de garota.

Não. Ela se conhecia. Quando essa aventura passasse – e era exatamente isso –, mesmo que durasse algum tempo a mais do que ela pretendera, ainda era isso: uma aventura. Ela nunca precisou de nada além disso. Não pretendia começar agora. Mesmo que Connor fizesse sua pulsação disparar em suas veias, seu corpo pulsar de prazer. Mesmo agora, depois de gozar três vezes, durante a última hora.

Mesmo que ele a abraçasse de um jeito que fazia seu *coração* derreter, pela primeira vez na vida.

Ela estava sendo ridícula. Eles tinham acabado de se conhecer. E ela não era esse tipo de garota. Simplesmente teria que ficar repetindo isso, para si mesma, até que esse anseio terrível e estranho passasse.

TRÊS

O *LUAR ATRAVESSAVA O FORRO CLARO DAS CORTINAS DA JANELA, APENAS* o suficiente para que ele visse o contorno da silhueta imóvel por baixo da coberta, a qual escorregara de seus ombros, enquanto ela dormia, revelando a curva de seio lindo pressionado sob seu braço. Ele deu uma olhada para o relógio. Passava das duas. O que significava que eles não tinham dormido muito tempo. Mas ele sentia ter dormido durante horas, de tão grogue que estava. Ou talvez fosse toda a maciez *dela* que o deixasse meio tonto. Fora de si.

Ele *estava* ligeiramente fora de si. Tinha sonhado com ela. Eles tinham acabado de se conhecer e ele estava sonhando com ela, pelo amor da foda! Mesmo agora, ele não conseguia parar de encará-la. Imaginando... o quê? Se ela ficaria em sua cama, o máximo possível, pela manhã, certamente. Talvez tomar um banho quente bem demorado com ele. Ensaboá-la, sentir seu corpo delicioso escorregando com sabão. Talvez transar com ela outra vez, debaixo do chuveiro. Melhor ainda, talvez curvá-la sobre o tampo de vidro da imensa mesa de jantar e dar-lhe uma bela coça. Aquela que ele não pudera lhe dar, até que eles negociassem. Mais cedo, ele estivera ocupado demais para conversar. Ele precisava tê-la assim que pudesse. Ele quase não conseguira se conter por tempo suficiente, para fazê-la gozar algumas vezes, mesmo querendo. Ver uma mulher gozando sempre o matava. Ver Mischa gozando...

Ele gemeu, lembrando dos sons que ela fazia, sua respiração ofegante, sua vagina apertada.

Quando foi a última vez que uma mulher desafiou seu senso de controle absoluto, como ela fizera? O controle tão necessário para seu papel de dominador – para a forma como ele vivia sua vida – para nem sequer questionar.

Ele passou a mão no queixo, com a barba por fazer. Essa mulher era diferente. Ele logo entendeu isso. A forma como ela fazia seu sangue correr quente, só de olhar pra ela. Conversando com ela. Inacreditável.

E agora, vendo-a em sua cama, sua pele banhada pelo luar prateado... Droga, ele subitamente estava se transformando em algum tipo de romântico. Mas romance não era o que fazia seu pulso disparar, seu pênis ficar duro. Era o cheiro de sexo que pairava no ar fresco noturno. O cheiro da mulher perto dele. O calor de seu corpo, embaixo da coberta.

Ele esticou o braço, puxou um pouco a coberta, para vê-la melhor. Ela suspirou dormindo, rolou virando de barriga pra cima. Deus, ela tinha os seios mais perfeitos que ele já vira na vida. Eram fartos, de mamilos grandes. Estavam ficando arrepiados por causa do ar frio, provavelmente. Uma tentação infernal. Seu pênis pulsou.

Preciso tocá-la...

Ele se aproximou, sussurrou em seu ouvido – Vamos, Mischa. Acorde.

– Hmm?

– Acorde, meu bem. Quero transar com você de novo.

– Ah, Connor.

Ela estendeu os braços pra ele, meio dormindo, sem sequer abrir os olhos. Com um leve sorriso nos lábios, ela o puxou pelo pescoço.

Ele não precisava ouvir duas vezes. Deslizou por cima dela, seus seios macios apertados embaixo do peito dele. Ela já estava abrindo as coxas. E ele estava com o pênis petrificado por ela. Ele só conseguiu pegar uma camisinha e se erguer rapidamente para colocá-la, antes de mergulhar dentro dela.

Nossa, como ela era quente e sedosa – dava pra sentir, mesmo através do látex. E tão apertada. Ela enlaçou as pernas atrás das costas dele, como os braços ao redor de seu pescoço, as mãos mergulhadas em seus cabelos. Ele começou a se mexer, tentando não machucá-la, mas precisando simplesmente tê-la, de se fincar dentro dela, o mais fundo que pudesse. Ela arqueava o quadril ao dele, cada vez com mais força, acolhendo-o, e fazia pequenos sons, barulhinhos ofegantes que o deixavam maluco.

– Connor, por favor...

– O que foi?

– Eu só... Deus, eu quero mais.

Ele deslizou as mãos pra debaixo dela, segurou firme a sua bunda linda, erguendo seu quadril para que pudesse mudar de ângulo, entrando nela ainda mais fundo.

Ela estava se remexendo de verdade, trepando com ele tanto quanto ele fazia com ela, cravando-lhe as unhas nos ombros. O prazer era como uma serpente enroscada na barriga dele, cada vez mais forte, fazendo-o estremecer. E se espalhou para seus testículos, seu *cérebro*.

– É isso, gostosa... isso. Fode comigo. É isso.

Ele enfiou a mão no meio dos dois, pressionando seu clitóris.

– Ai, que gostoso –, murmurou ela.

Eles se mexiam mais rápido, juntos. Ele esfregava o clitóris enquanto se cravava dentro dela, que logo começou a gritar.

– Ah, Connor! É!

Enquanto ela gozava, ele sentia sua vagina prender seu pênis com força, como um punho fechado, cravando as unhas em sua pele. O prazer aumentou, com um pouquinho de dor por conta das unhas dela, os espasmos agudos, o cheiro de seu clímax, instigando-o a cravar mais forte.

Ele gozou, seu corpo tremendo, a cabeça girando. Um choque de prazer após o outro, reverberando por todo o seu ser.

Ele estava gemendo – ele ouvia a si mesmo, como se estivesse à distância. Ouvia os suspiros suaves dela. Vários instantes se passaram, antes que ele percebesse que ainda estava transando com ela, mesmo depois de gozar, e ela também. Ele não conseguia se fartar dela, de seu corpo macio, sua vagina doce e sedosa.

Ela.

Ridículo.

Ela era simplesmente uma mulher gostosa. Bonita pra caralho. E reagia absurdamente a ele. Que homem não seria arrebatado por ela?

Ele saiu de dentro dela, com a intenção de recuar. Mas deu uma olhada para o seu rosto, tão lindo, sob o luar, com as feições relaxadas pelo prazer recente. Seus olhos estavam brilhando sob as pálpebras meio fechadas, seus lábios vermelhos estavam entreabertos. E ele não pôde se conter, teve que beijá-la, pousando os lábios sobre os dela.

Sua boca era quente e macia por dentro, ao se abrir pra ele. Ela tinha lábios doces, a língua era mais doce ainda. E logo eles estavam se agarrando feito dois adolescentes. Só beijando que nem malucos, um comendo o outro. Ele não conseguiria ficar de pênis duro de novo, não tão depressa. Mas havia um *ímpeto* estranho, que ele não conseguia entender. Eles estavam apenas se beijando, com as mãos nos cabelos um do outro, e o dela era sedoso, enroscado nos dedos dele.

Ela estava ofegante, respirando junto aos lábios dele. Ele adorava a sensação. Da empolgação crescente dela. Ele queria tocá-la, fazê-la gozar de novo. Ele não ia parar de beijá-la, era bom demais. Ele chegou para o lado, só o suficiente para pegar no meio das coxas dela, passar a mão em seu sexo raspado. Encontrou-a encharcada novamente. Ele sentiu a barriga contrair, uma pontada no pênis. Se pudesse, transaria com ela outra vez. Mas enquanto espera se recompor, ele ficaria brincando em seu caldo, mexendo nela.

Ela gemeu quando ele afagou sua fenda molhada, encaixou a mão em ângulo para empurrar dois dedos pra dentro dela e circular seu clitóris com o polegar. Imediatamente ela estava remexendo o quadril. Sua vagina quente engolia seus dedos, apertando forte. Ele enfiou os dedos com força, pressionando o clitóris. Impiedosamente. Desesperadamente. Ele precisava que ela gozasse em sua mão. Precisava sentir o prazer do corpo dela. Precisava continuar beijando-a desse jeito: com as bocas abertas, as línguas se embolando. Tudo molhado e quente, e *ela*.

Em instantes, ela estava gozando novamente, gemendo dentro de sua boca. Sua vagina transbordou, encharcando a mão dele. E, incrivelmente, ele ficou de pênis duro outra vez.

Ele murmurou alguma coisa – ele nem sabia o que era – quando esticou o braço, meio cego, para pegar outra camisinha. Então, ele estava sobre ela, empurrando pra dentro daquela pele de seda.

– Connor, por favor, só me... fode... eu preciso... só... ah...

Ele queria foder com força, atravessar a parede, de tanto tesão que sentia. Mas quando ele mergulhou dentro dela, ela se derreteu toda, e seu corpo amoleceu sob o seu. Ele ainda a beijava, mas agora, mais devagar, deixando que ela desse o ritmo. E, de alguma forma, o desespero se transformou em outra coisa, uma necessidade desse movimento idolente, quase sonolento. Os quadris colidiam. Ela enfiava a língua vagarosamente em sua boca. Ele pressionava o pênis dentro dela. Mas era como se o mundo inteiro tivesse desacelerado, para que ele pudesse realmente *sentir* tudo aquilo.

Maciez.

Mulher.

Mischa.

Ela levou as mãos ao quadril dele, alisando suas nádegas, apertando com mais força. Ela flexionou os dedos, apertando um pouquinho. Mas até isso estava mais suave agora.

Dessa vez, quando ele gozou, foi como calor e água, uma sensação líquida, ondulando dentro dele. E quando acabou, ele ainda estava beijando, e ela retribuía os beijos, fazendo barulhinhos, respirando junto a ele.

Ele relaxou, saiu de dentro dela, e eles ainda se beijavam. Até que ambos ficaram sonolentos, os beijos diminuindo até que os lábios descansavam juntos. Ele adormeceu.

Mischa piscou sob a luz fraca do amanhecer. Ela sentiu o calor do corpo imenso de Connor ao seu lado, ouviu o ritmo suave de sua respiração. E se lembrou daquele espaço silencioso que eles compartilharam, no meio da noite.

Ela passou as mãos nos cabelos, olhando o teto, exalando lentamente. Isso tinha, mesmo, acontecido? Aquele sexo sonolento. A intensidade, mesmo fluindo sem qualquer esforço, sem sequer pensar. Como se eles estivessem num sonho.

Nenhum homem jamais a beijara daquela forma. Como se fosse morrer sem isso. Eles não pararam de se beijar nem por um momento. E tinha sido... maravilhoso.

Mas, agora, ela tinha de questionar por que tinha sido assim. Seria a intensidade de um cara tão envolvido com o negócio do jogo de poder? Ela tinha ouvido falar que os relacionamentos pesados de escravidão sexual e sadomasoquismo eram muito apaixonados, as ligações eram muito fortes – não que isso fosse um relacionamento, de forma alguma. Ou seria alguma fantasia romântica momentânea? Não que ela fosse o tipo de mulher que tinha essas fantasias. E Connor não lhe parecia esse tipo de homem. A ideia de que ele poderia querer algo além de uma ou duas noites de sexo fogoso era francamente tola.

Mas três ou quatro não seria nada mal... talvez mais. Ela realmente planejava ficar em Seattle por duas semanas, até que os preparativos do casamento de Dylan estivessem organizados e ela tivesse tomado uma decisão quanto a fazer negócio com Greyson. Duas semanas com Connor...

Ela sentou, segurando a colcha sobre os seios nus.

Má ideia. Muito má. Se ela estava se sentindo assim, tão confusa, tão vulnerável, depois de uma noite com ele, antes que eles tivessem tido a chance de fazer umas sacanagens de verdade, quanto mais isso poderia abri-la pra ele? Ela sabia muito bem onde isso poderia parar – numa estrada pedregosa que ela não tinha a intenção de percorrer, uma estrada que fatalmente acabaria em estrago. O tipo de estrago que sua mãe sofrera nas mãos dos homens que tinha amado.

Ela via isso na mente, como se fosse um filme passando, as lembranças assombrosas de sua infância, das quais parecia não conseguir se desvencilhar, se misturando a uma imagem sensível, dolorosa. Sua mãe deitada num quarto escuro, durante dias, com o rosto inchado de chorar. O cinzeiro inevitavelmente transbordando de cinza, o cheiro forte de fumaça de maconha no ar. A cama, sofá ou futon podia ser diferente, ao longo dos anos, conforme Evie se mudava de um apartamento, para uma comunidade, para uma casinha, mas sua mãe era sempre a mesma. Tomando um tombo feio, por causa de algum homem, mergulhando em fantasias românticas que eram esmagadas, depois que o cara partia. E o cara *sempre* partia. A inabilidade de sua mãe em encarar a realidade frequentemente obrigava Mischa a cuidar da irmã caçula, a cuidar da própria mãe, ainda bem jovem. Ela se lembrava de sacudir Evie, tentando fazê-la comer, levantar para tomar um banho, levar Raine e ela pra escola. Nenhuma criança deveria ter que passar por isso. Nenhuma criança deveria ter que presenciar a forma como Evie se permitia ser arrasada pelo amor. Nenhuma mulher deveria permitir que isso acontecesse.

Mischa se sacudiu. Ela *não* estava se apaixonando. Não era nada disso. Ela não sabia o que era, exatamente. Mas todos os sinais de alarme soavam dentro de sua cabeça e ela não ficaria por ali para descobrir.

Ela saiu da cama o mais silenciosamente possível, achou sua roupa, se vestiu, esforçando-se para não olhar para Connor. Mas era impossível. Ele era grande demais, imponente demais, até dormindo.

A luz que entrava pelas cortinas era fraca, cinza. Mas ela podia vê--lo, seu porte volumoso, os músculos em seus ombros, deitado de lado. Seu rosto era tão bonito quanto de qualquer homem que ela já vira, apesar da estrutura óssea rude, as feições puramente masculinas, a cicatriz embaixo do olho direito. De alguma forma, até dormindo, sua expressão, sua *presença* transmitia autoridade.

Ela estremeceu e disse a si mesma que estava apenas com frio, ao desviar, andando nas pontas dos pés pelo corredor, com os sapatos na mão. Ela deu uma olhada acima e viu uma fileira de desenhos eróticos, no corredor comprido, mulheres em vários tipos de nu, várias poses de servidão. Ela parou diante de um desenho – a mulher se parecia bastante com ela, com cabelos louros compridos, uma porção de tatuagens. Alguma outra mulher com quem ele fizera sexo, provavelmente. Será que tinha dormido com todas elas? Não que isso fosse de sua conta. Ela não tinha nada a ver com isso. Connor Galloway podia fazer o que quisesse. Exceto foder com sua cabeça. Por isso, ela estava indo embora.

Ela encontrou o casaco no sofá grande, teve um rápido flash dele, colocando-a nas almofadas, descendo sobre ela, fazendo coisas com a boca, que ela só *achou* que tivesse experimentado antes.

Ela sacudiu novamente a cabeça, diante do tremor seguinte, vestiu o casaco e abriu a porta da frente. Não pôde resistir uma última olhada por cima do ombro, antes de fechar a porta.

Tchau, Connor.

O café na cidade, onde Dylan pediu que ela fosse encontrá-la, estava fervilhando de gente na manhã de sábado, o ar aquecido transportava aromas adoráveis de café forte e doces no forno. Assim como tantas outras edificações em Seattle, este era antigo, com pé-direito alto, uma imensa vidraça na frente e um piso de madeira que tinha sido restaurado com verniz. Dylan acenou pra ela, de uma mesinha nos fundos, e Mischa abriu caminho, por entre a aglomeração.

– Bom dia, Misch.

– Oi. Você está esperando há muito tempo? – Ela tirou o casaco e pendurou no encosto da cadeira de madeira.

– Só o tempo de me sentar. Acabei de pedir café pra você.

– Deus te abençoe.

A garçonete chegou com o café das duas, pousou uma caneca em frente a cada uma, dizendo que lhes daria tempo para que dessem uma olhada no cardápio.

– Mischa? Você está bem?

– O quê? – Ela ergueu os olhos do café. – Claro, tudo bem.

– Certo... então, por que acabou de colocar quatro pacotinhos de açúcar no café?

– Eu coloquei? – Mischa olhou a caneca, como se ali houvesse alguma explicação. – Não faz mal. Vou tomar, mesmo assim. Eu preciso, hoje.

– Mas você está bem? – Dylan ergueu uma sobrancelha ruiva.

Mischa sentiu seu olhar. Ela sacudiu os ombros. – Não se preocupe comigo, Dylan. Eu já sou grande. Vou descobrir as coisas sozinha.

– É por causa do estúdio novo? Você já falou com Greyson?

– Não, só vamos nos encontrar na quarta-feira.

– Está de ressaca?

– Não, quase não bebi.

– Você está preocupada com a abertura do estúdio com Greyson?

– Talvez, um pouquinho. Mas eu concluí que decididamente quero fazer isso, se nós conseguirmos acertar os detalhes, então, estou me sentindo bem a respeito.

– Você parece cansada – Dylan comentou, agora olhando diretamente.

– Estou um pouquinho cansada.

– E não dormiu o suficiente porque...

Um sorrisinho surgiu nos cantos da boca de Dylan e Mischa percebeu que ela não ia abandonar o assunto.

– Você às vezes é bem insistente, sabia?

– É o que o Alec me diz. – Agora, ela estava sorrindo.

Mischa soltou um grande suspiro, segurando a caneca com as duas mãos. – Certo. Mas realmente, não é... nada. Eu fui pra casa do Connor, ontem à noite. Nada de mais. Só dormi pouco. Mas juro que isso não vai atrapalhar as compras.

– Não estou preocupada com as compras. Estou preocupada com você.

– Um pouco de falta de sono nunca matou ninguém. – Ela deu um gole em seu café, se retraiu ao sentir o quanto estava doce.

– Se ele foi um babaca com você, Misch, eu vou fazer o Alec lhe dar uma dura, independentemente de serem amigos.

Mischa riu. – Não precisa, mas obrigada pela oferta. Ele foi absolutamente cavalheiro. – Então, ela percebeu que era verdade, ele tinha sido, mesmo. Ele tinha cuidado muito bem dela. De um jeito que a fazia se sentir *cuidada*.

Talvez essa fosse a parte mais perigosa.

Ela sacudiu a cabeça.

– Está vendo, eu sabia que tinha mais alguma coisa.

– Dylan, é que... Olhe, você está certa, tem mais alguma coisa. Mas é só na minha cabeça. Ele foi muito legal comigo, nós fizemos um sexo doido, e agora eu estou só... sendo tola. Eu vou sair dessa.

– Nossa. Nem sei se já te vi se sentindo tola, por causa de um homem.

– É, nem eu –, murmurou ela, detestando admitir, em voz alta, que havia algo errado.

Dylan a observava, estreitando seus olhos cinzentos.

– Ora, vamos, Dylan –, Mischa protestou. – Não é nada. Quer dizer, é algo, mas eu vou resolver. Sempre resolvo.

– Verdade.

– Então, por que você não me mostra as fotos dos vestidos que você tem em mente, enquanto pedimos algo pra comer?

Dylan apertou os lábios, por um segundo, depois disse: – Está bem.

Elas estavam terminando o café e vestindo os casacos, para irem às compras, quando o celular de Mischa tocou em sua bolsa. Ela tirou e olhou o número. Era desconhecido, mas tinha o código de área de Seattle. De alguma forma, ela sabia que era ele.

Connor.

– Você não vai atender? – perguntou Dylan.

– Não. Hoje, eu sou toda sua. Tudo mais pode esperar.

Principalmente um lembrete direto do homem que ela estava se esforçando para esquecer.

Como se isso fosse acontecer.

Ela deu uma bufada e fechou o cinto do casaco. – Venha, vamos nessa.

Mischa destrancou a porta do apartamento de Dylan e entrou. Seus pés estavam lhe matando, embora ela tivesse usado seu par predileto de botas rasteiras, com suas meias de lã e seu vestido habitual – ela raramente usava calça. Ainda assim, ela estava morrendo para ficar de molho numa banheira quente. Sair para comprar o vestido de noiva não era mole e ela estava acabada.

Ela soltou o casaco no lindo sofá de camurça verde-claro que ela sempre admirou, sentou para desamarrar os cadarços das botas e tirá-las.

– Ah.

Ela flexionou os dedos dos pés, por um momento, depois carregou as botas pelo loft, andando descalça no piso branco de madeira, entrando no quarto, onde havia uma cama com lençóis brancos imaculados, junto às paredes de um tom suave de verde. Era um quarto confortável, os móveis bem *clean*, em estilo contemporâneo, pelo apartamento todo, mas a cor da parede e o edredom branco felpudo suavizavam o visual. Ela colocou as botas no chão e a bolsa na cama branca, tirando o celular. Três ligações perdidas, todos do mesmo número que ela vira de manhã. Ela puxou o ar longamente, conforme um ímpeto de carência irrompeu por ela.

Por que ela queria tanto falar com ele?

Desafiadora, ela arremessou o celular na cama, marchou até o banheiro e abriu a água quente para seu banho. O rubor em suas bochechas e as pupilas dilatadas não tinham nada a ver com cansaço. Ela havia passado o dia num estado estranho. Metade dela relutava determinada para não pensar em Connor. A outra metade estava perdendo terrivelmente. Agora, ela não tinha melhorado nada.

Apenas sexo. Era apenas sexo.

A porra do sexo mais quente que já fiz em toda minha sórdida vida.

Seus mamilos ficaram arrepiados, só em pensar. Ela não podia evitar lembrar o jeito como ele a tocara. Como ela tinha gozado, repetidamente.

Ela suspirou, fechou a torneira e entrou na banheira, recostando.

Connor.

Ele tinha os ombros mais largos que ela já vira de perto. E a sensação que seu corpo musculoso tinha dado, sob suas mãos... Incrivelmente forte. Ela se sentiu... totalmente arrebatada por ele. Até pelo sotaque irlandês carregado, o tom grave de sua voz.

Ela gemeu, um som baixinho no ar imóvel.

Talvez não fosse má ideia, só dessa vez...

Ela fechou os olhos, ficou se lembrando das mãos dele em seu corpo. Sua boca – Deus, sua boca – e de como ele beijava tão forte. Conforme ele foi descendo por ela, chupando seu clitóris, até que ela gozasse.

– Ah...

Ela abaixou as mãos, segurou um dos seios, acariciando o mamilo. A outra mão estava no meio das pernas abertas, pressionando o clitóris com força.

Ela se lembrou da língua sedosa junto à sua. Da forma como ele a segurou com tanta firmeza. Como se fosse seu dono. Como ela tinha adorado aquilo.

Ela começou a massagear o clitóris, pressionando, pressionando, parando para enfiar um dedo, em si mesma, depois dois.

– Ah, sim –, murmurou ela.

Ela inclinou o quadril, começou a se mover com ritmo, transando com os dedos. Deixando que o prazer a envolvesse em ondas adoráveis.

Lembrou-se do estranho tom de verde e dourado dos olhos dele, das sobrancelhas escuras que pareciam quase ameaçadoras, quando ele se mantinha acima dela, transando com ela. Tanta intensidade, uma escuridão empolgante. Era como se o prazer o *modificasse*, abrisse algo, o transformasse em algo mais primário. Ela adorava.

Ela pressionava os dedos mais fundo, virando em ângulo, em seu ponto G. Lembrando-se daquele pênis imenso e lindo. Ela abriu mais as coxas, enfiou o terceiro dedo, tentando imitar aquela sensação de ser totalmente preenchida.

O prazer irrompeu no fundo de sua barriga, em seu clitóris, seus seios, pulsando de tesão. Ela deu um beliscão no mamilo, deixou que a dor do prazer a varresse. Sabendo que ele fazia melhor. Ainda assim era bom, porém, menos, sem a troca.

Connor.

Ela se lembrou de sua reação sob o comando dele, a forma como aquilo a fez estremecer. Lembrou-se da sensação em seu corpo esmagado sob o dele. A emoção por ele transar com ela por trás, da primeira vez que gozaram juntos, de como pareceu indecente. Ela também adorou isso.

Connor.

Ela mexia a mão mais depressa, transando consigo mesma, sacudindo o quadril. Ela espremeu o mamilo entre os dedos. O prazer brotou nela e ela sentiu estar se aproximando do pico.

– Vamos –, sussurrou ela. – Vamos, Connor. Me fode.

Ela mergulhou os dedos no sexo ávido, soltando o mamilo para beliscar o clitóris com força. O prazer irrompeu, junto com uma pontada de dor que a fez explodir.

– Ah, Connor!

Ela estremeceu, sentindo uma onda após a outra, seu corpo em espasmos, a água respingando ao seu redor.

Finalmente tinha acabado e ela se deixou boiar no calor da água, com os músculos relaxados.

De alguma forma, não era suficiente.

Ela se lavou, com a esponja ensaboada parecendo acender a pele sensível. Precisando de mais. Precisando dele.

Ela se enxaguou, saiu da banheira, se embrulhou numa toalha grossa verde, evitando seu reflexo no espelho. Sem ter que olhar para sua gratificação pós-clímax. Para a fome que saberia estar evidente em seus olhos, uma fome que continuava insaciada.

Ela marchou de volta ao quarto. Vestiria sua calça de ioga, pediria uma comida de um dos cardápios que Dylan guardava na cozinha, e se distrairia com um filme. Ou talvez desenhasse, até a hora de ir pra cama.

Seu olhar passou pela cama, para seu estojinho prateado, no chão, onde ela guardava seus vibradores. Ah, sim, ela sabia o que faria, quando deitasse. Mas ainda não. Ela acabara de ter um orgasmo espetacular na banheira; não queria gozar de novo, tão rápido.

Só que queria.

Ela deu uma bufada. Onde diabo tinha colocado sua calça de ioga?

Seu celular vibrou. Ela tinha deixado vibrando o dia todo. Agora, mal podia ouvir aquele som, sem que seu corpo acendesse, ansiando pela vibração. Seria melhor colocar novamente pra tocar.

Ela pegou o telefone, olhando quem era e viu o número de Dylan no visor.

– E aí, tudo bem?

– Desculpe, Misch, mas acabei de me tocar que nosso compromisso no florista, amanhã, é às dez, não às onze.

– Sem problemas, eu estarei pronta.

– O que está fazendo? Já comeu?

– Eu estava prestes a pedir alguma coisa. Acabei de sair do banho.

E tive um dos melhores orgasmos da vida, mas não precisava mencionar. Nem que pretendia fazer de novo, em algumas horas – se conseguisse esperar tanto.

– Certo, Misch. Eu a vejo amanhã.

– Boa noite, querida.

Ela ia jogar o telefone na cama, quando ele tocou de novo. Ela apertou o botão. – O que você esqueceu, Dylan?

– Mischa.

Nossa, não era Dylan, não.

– Connor? Como conseguiu meu número?

– Eu pedi ao Alec.

Deus, seu coração estava a um milhão por hora. A empolgação guerreava com a irritação por ele não ter entendido a mensagem para deixá-la em paz. Se ela quisesse falar com ele, teria retornado suas ligações – ela tinha certeza de que era ele, tentando falar com ela, o dia todo.

– O que houve? –, perguntou ela.

– Precisamos conversar.

– Sobre o quê?

– Você fugir, hoje de manhã.

– Ora, vamos. Não vai me dizer que isso o incomodou.

– Prefiro falar pessoalmente, Mischa.

– Eu tive um dia longo. Não estou a fim de ir a lugar nenhum.

– Isso não será necessário. Estou na sua porta.

– O quê?

Ela foi batendo os pés descalços pelo piso de madeira, atravessando o apartamento, e escancarou a porta.

– O que está fazendo aqui, Connor?

Ele sorriu, aquela boca deliciosa se curvando nos cantos.

– Lindo traje.

Ela deu uma olhada abaixo, para a toalha verde, bufou e a prendeu mais apertada. – Você não respondeu à minha pergunta.

– Você realmente me alertou que haveria perguntas.

Por que ele ainda estava sorrindo pra ela? E ocupando a entrada, como se fosse um gigante? Mas ela não iria se intimidar.

– E aí? –, disse ela, contraindo o maxilar.

Por que ele tinha que ser tão lindo? E por que precisava ser tão equilibrado? Esse homem a deixaria maluca. Sem mencionar que seus mamilos já estavam se arrepiando, por baixo da toalha, e surgia uma *ponta* de desejo, entre suas pernas.

Pare.

– Então –, disse ele. – Seria mais fácil se você me convidasse pra entrar.

– Não sei se quero.

Ah, mas que mentira. Ela simplesmente não *queria* querer.

Ele se aproximou, sem passar da porta. Mas perto o suficiente para que ela inalasse um pouco de seu cheiro misterioso.

– Obviamente, as coisas não acabaram bem, como eu imaginei. Achei que tínhamos tido uma noite esplêndida, juntos. – Ele baixou o tom de voz. – Achei que você tivesse desfrutado, tanto quanto eu. Três orgasmos... ou foram quatro?

– Cinco – murmurou ela.

– Bem, então. – Ele parou, estendeu o braço e afagou o rosto dela com a ponta do dedo grande, parando no queixo. – Pensei em fazermos de novo, passarmos a noite juntos. Achei que você talvez fosse obediente. Mas agora estou vendo que cinco orgasmos talvez tenham feito você enjoar de mim.

Ele sorriu pra ela, piscou, um gesto que teria sido exagerado, pra qualquer outro homem. Pra ele, foi encantador.

Droga.

Ela suspirou. – Olhe, Connor, eu simplesmente não preciso de nenhuma... complicação, sabe?

Isso certamente era verdade. Ela tinha muita coisa pra fazer, enquanto estivesse na cidade. O casamento de Dylan não era a única coisa importante, mas abrir um estúdio novo com Greyson poderia ser um passo enorme para assegurar seu futuro. Ela precisava manter o foco, se fosse fazer isso acontecer.

– Eu jamais pensaria em complicar sua vida, Mischa. Você e eu somos tipos descomplicados, não somos?

Era verdade – pelo menos, aparentemente. Por dentro, ela sabia que tinha umas coisas pesadas pra destrinchar. Talvez, ele também. Mas quanto ao sexo... por que não? Talvez pudesse ser simples assim.

– Me convide para entrar, Mischa.

Ela piscou, com a cabeça girando, só em pensar.

– Convide –, disse ele, baixinho, mas com o mesmo tom de autoridade que ele sempre tinha.

Ela deu um passo atrás, segurou a porta aberta e ele entrou, fechando-a.

Ele a pegou nos braços, inclinando-se para beijá-la e eles tiveram alguns momentos sem fôlego, com ele enfiando a língua em sua boca, quente e doce, seus lábios macios sobre os dela, mas exigentes também. Então, ele recuou, segurando-a com os braços estendidos.

– Ah, não, você não vai fazer nada disso –, disse ele. – Desta vez, nós vamos conversar primeiro.

– Eu?

Ele riu. – Tudo bem, talvez seja culpa minha. Mas beijar você é bom demais. Mas, sim, nós precisamos falar de algumas coisas.

– Certo. Deixe-me trocar de roupa.

– Eu não me importo com a toalha.

Ela sorriu pra ele. – Tenho certeza de que não, mas você não pode me pedir para sentar ao seu lado, e pensar direito pra fazer essas negociações, depois do jeito que acabou de me beijar, comigo meio nua.

– Hum, argumento aceito. – Ele sorriu pra ela, depois sentou no sofá, como se fosse o dono. Mas, por outro lado, esse era o jeito que Connor fazia tudo.

Ela se apressou de volta ao quarto, encontrou seu quimono de cetim vermelho e vestiu. Levou alguns minutos no banheiro, soltando os cabelos e penteando, diante do espelho longo, de moldura de madeira. Ela tentou ignorar o brilho em seus olhos azuis, o rubor rosado nas bochechas.

Ela teria que aceitar que ele fazia isso com ela. Com um beijo. Droga, só em estar ali. Ela podia fingir estar irritada com ele, mas o que realmente a irritava era sua falta de controle sobre suas reações a ele.

Bem ela tinha estado irritada.

Vê-lo novamente trouxe tudo de volta – a forma como ele a fazia se sentir. Que era bom demais, para não saborear novamente.

Ela era forte o bastante, suficientemente independente, para simplesmente abrir mão, quando sua viagem terminasse, ou quando eles decidissem seguir caminhos separados. Ela sempre fora. Não havia motivo para pensar que não conseguiria fazê-lo agora.

Ela podia fazer sexo com Connor Galloway novamente. Ah, e ela já estava derretendo, sabendo que estava prestes a acontecer. Ela podia navegar em seu tipo de sacanagem. Não precisava significar nada além disso. Não precisava fazer sua cabeça girar. E, mesmo que fizesse, ela lidaria com isso. Exatamente como havia dito a Dylan, ela sempre lidou.

Havia outra mentirinha ali, em algum lugar. Mas ela estava distraída demais, sabendo que ele estava na sala ao lado, esperando por ela, pra prestar atenção.

– Você está numa grande encrenca, garota –, ela disse ao seu reflexo no espelho. Mas aquele reflexo só sorriu de volta pra ela, com um brilho sensual os olhos.

QUATRO

– *VENHA SENTAR PERTO DE MIM –, DISSE ELE.*

Ela sentou ao lado dele, mas não muito perto. Se eles tinham assuntos sérios a discutir, ela manteria certa distância, para manter a cabeça desanuviada. Pelo menos, um pouco. Afinal, o homem estava ali na sala. E ela desconfiava que de perto ele teria um cheiro bom demais para resistir.

– Quer beber alguma coisa? –, ela perguntou. – Um copo de vinho?

– Nada de álcool, quando brincamos. Nada de álcool quando negociamos. Cabeças limpas.

– Tudo bem. Como são essas negociações?

– Eu tenho uma lista de perguntas. Você responde. Essencialmente simples, só que você precisa pensar atentamente em suas respostas, ser honesta consigo mesma, quanto ao que quer, onde estão seus limites e temores. E é igualmente essencial que seja honesta comigo. Isso irá determinar o que podemos fazer e, talvez mais importante, o que não faremos. Você vai começar me dizendo sim, não ou talvez, para cada pergunta. "Talvez" significa que aquilo é algo que posso forçar no momento, ou trazer de volta depois, se eu decidir que você está no espaço certo para que seja abordado.

– Se *você* decidir? – Ela cruzou os braços. Isso não caiu nada bem pra ela.

Connor se inclinou à frente, pousando os cotovelos sobre os joelhos. – Mischa, ser um dominador é um grande prazer, mas envolve grande responsabilidade. Eu sei que acabamos de nos conhecer, mas você pode confiar no que já viu de mim, até agora? Pode confiar que sou amigo de Alec? Nós jogamos nos mesmos círculos, segundo o mesmo código de ética. Você tem familiaridade com o credo do Seguro, Sadio e Consensual?

– Sim. Já ouvi falar a respeito, nas boates em que estive. E já li a respeito.

– Então, você tem alguma ideia do que o código representa pra mim. Eu levo isso muito a sério. Está certo?

Ela concordou. Seu coração começou a bater com força. Isso era negócio sério. Os poucos homens com quem ela tinha "brincado", nas boates, tinham sido isso – brincadeira –, mas Connor era pra valer. Isso a deixou muito mais excitada do que ela esperava. Mas com Connor, toda vez que ela pensava saber o que esperar, ele a surpreendia. Incluindo, nesse momento, a rapidez com que se diluiu a sua irritação diante do estilo mandão, sob a força poderosa de seu comando natural. Era real – ele não era um imitador, algo que os outros homens que ela experimentara eram, conforme ela observava agora. E, de alguma forma, isso mudava tudo.

– Eu também devo lhe dizer – prosseguiu ele –, que quando nós tivermos terminado, se você ainda tiver perguntas para mim, é só me dizer e eu responderei da melhor forma possível.

Ela assentiu novamente. Lambeu os lábios.

– Lembre-se: sim, não ou talvez. Você quer apanhar?

Ela sorriu, ligeiramente surpresa com a rapidez da guinada da conversa, como ele foi direto ao assunto. Mas essa pergunta era bem simples. – Sim. Claro.

– Beliscada?

Também fácil. – Sim.

– Quer apanhar com um açoite, uma palmatória, um chicote curto?

Um arrepio adorável a percorreu. – Sim. Já usaram um açoite em mim, mas foi um daqueles macios, de camurça. E, francamente, ele foi muito hesitante ao usá-lo.

– E quanto a um chicote de um fio só?

– É como aqueles chicotes curtos, pra bois?

Ele concordou. – Sim.

– Não sei. Não sei qual é o nível de dor que consigo aturar, o que posso gostar, depois de determinado ponto.

– Mas você gosta da dor?

– Sim. Sempre gostei. Desde de sexo rude, até um boa surra.

– Mas você nunca sentiu que estava sendo submissa. – Foi uma afirmação, mas ela sabia que ele estava perguntando.

– No passado, não. Mas... com você é diferente. Não que eu serei realmente submissa, algum dia. A submissão faz parte do negócio do prazer. É uma ramificação disso.

– E você não fica inteiramente feliz com isso?

Ela sorriu novamente, meio de esguelha. – Inteiramente, não.

– Mas está disposta a explorar essas coisas comigo?

– Sim.

– E quanto ao sexo anal?

– Sim. Gosto muito.

Diante disso, ele sorriu lentamente. – Ah, boa garota.

Lá estava, aquelas duas palavras simples novamente, aquilo que a fazia derreter, transformando-se numa poça patética.

Somente por ele.

Ela estava dizendo a verdade. Embora já tivesse apanhado, sido amarrada, ela nunca tivera a sensação de ser submissa, de abrir mão do controle, de entregar isso a outra pessoa. Tinha sido mais sobre buscar formas extremas de sexo. Ter uma aventura. A aventura com ele seria algo totalmente diferente.

– Como se sente quanto a ser amarrada? Algemada? Acorrentada?

– Ser amarrada nunca me causou muita coisa. Não tenho fascínio por cordas e nem com lenços de seda. Isso me parece... amadorismo. Adoro algemas. Realmente adoro a ideia das correntes, embora nunca tenha usado.

– Ah, somos a combinação perfeita, você e eu. E quanto a ser vendada?

– Eu... não gosto. Nunca nem deixei que ninguém tentasse isso comigo. Não gosto da desconexão total do meu ambiente.

– Você sempre precisa de um fio de controle, ao qual se segurar, é isso?

Ela ergueu o queixo. – Sim.

– Tudo bem. Não vamos por esse caminho, agora. E quanto à cera quente?

– Já brinquei com isso, mas, na ocasião, não era eu que estava por baixo.

Ele riu. – E?

– Gosto muito da ideia. Teremos que ver qual é a sensação.

– Conte-me sobre a tatuagem com o *kanji*, atrás do seu pescoço, o que ela diz?

– Minha tatuagem?

– Sim.

Ela sacudiu os ombros, tentando não se remexer, embora não tivesse certeza por que sentia isso *agora*, em vez de ter sentido durante todas as perguntas sobre os chicotes e correntes. – Diz "dor é amor".

Ele ergueu uma sobrancelha escura. – Você realmente acredita nisso?

Desta vez, não houve hesitação, antes que ela respondesse. Amar qualquer pessoa sempre significava uma determinada quantidade de dor inevitável. Isso que a vida lhe ensinara. Isso que presenciar a vida da mãe lhe ensinara. Amor equivalia à perda. A vida com a mãe tinha sido uma perda após outra. Seu pai... ali não havia nada, exceto uma sensação de perda, nada além do anseio constante de ser amada por um homem que não se importava com sua existência. Sua tatuagem tinha a ver com isso. – Sim, você não?

Ele sorriu um pouquinho, embora, ao mesmo tempo, já não parecesse tão feliz. – Sim, acho que sim.

Ele parou, ainda olhando pra ela. Ela ficou olhando também, observando enquanto ele recompunha suas feições, deixando sumir a sombra que havia ali, aquele lampejo de emoção. Ela não perguntaria sobre isso. Conhecia bem a sensação.

– Você tem alguma pergunta pra mim? –, ele finalmente perguntou.

– As negociações terminaram?

– Por enquanto.

– Então, sim, eu tenho uma pergunta.

– Faça.

– Quando é que você vai me levar àquela boate, a Pleasure Dome?

Ele riu novamente. – Você gosta de brincar em público, é?

– Esse é o maior atrativo que sinto por esses lugares, ou, pelo menos sentia, no passado. Mais do que os equipamentos, os meus parceiros.

– Você gosta de se exibir, é? Eu também. Se realmente quer ir, então, certamente irei levá-la. Hoje, não. Talvez no próximo fim de semana. Quer dizer, se ainda estiver interessada. Talvez você fuja de mim de novo.

– Acho que não.

– O que a faz ter tanta certeza disso?

– É que... – Como ela poderia explicar pra ele, sem dizer mais do que pretendia? Sem admitir mais do que estava disposta a olhar para si mesma? – Eu quero ir. E tenho a impressão de que vai dar certo. Que nós seremos legais juntos.

– Você não é tímida, é?

Foi a vez dela de rir. – Nem tanto.

Ele levantou, ativo, acima dela. Intimidava ligeiramente, isso, ela podia admitir. O homem era uma *parede*. Grande e misterioso, com os olhos brilhando de malícia. Mas ela também adorava – seu tamanho, aquele seu lado enigmático. Sua malvadez.

Ele estendeu a mão pra ela. – Então, vamos começar?

Ela sorriu, ficou de pé. E foi arrebatada pelos braços dele, com tanta rapidez que sua cabeça girou. Ele a virou ao contrário, com o rosto para baixo, sobre o sofá, e seu robe sumiu como mágica. Ele segurou suas duas mãos atrás das costas, usando apenas uma das mãos. Ela instantaneamente ficou ofegante, chocada com a velocidade com que ele a despira e deixara nessa posição submissa. Ela também entendeu, de forma distante, que ele utilizara o elemento surpresa para penetrar quaisquer obstáculos que ela porventura tivesse criado. Isso não a assustou. Pouca coisa assustava. Ela confiava nele, por todas as razões que ele havia afirmado. E estava tudo funcionando lindamente. Havia somente uma pequena voz, no fundo de sua cabeça, tentando lhe dizer que desacelerasse, recobrasse algum equilíbrio do poder entre eles. Mas agora ela já estava excitada demais.

Ele se inclinou e sussurrou em seu ouvido, como se pudesse enxergar dentro de sua cabeça – Agora, apenas relaxe. Dê tudo pra mim. Você não precisa relutar. Nem brigar consigo mesma. Apenas faça. Pode ser fácil.

– Não é fácil –, disse ela, ofegante, percebendo que somente uma parte dela ainda estava se contendo, tentando se agarrar ao controle. Deus, isso era realmente uma piração.

– É tão fácil quanto você o fizer, Mischa.

Ela tentou sacudir a cabeça, mas ele a pressionou atrás do pescoço, com uma das mãos. Delicadamente, mas o bastante para manter seu rosto nas almofadas do sofá. E ele ainda estava usando a outra mão para segurar seus dois pulsos, ao pé das costas. Ela começou a tremer inteira. Em parte, era nervoso, em parte, era o desejo que emanava por ela em pequenas centelhas, como se fossem pequenos choques elétricos. Como ele podia saber que ela reagiria assim, se nem ela sabia?

Ele debruçou sobre ela, até que estava sussurrando em seus cabelos. – Eu sei o que você está passando, Mischa. Você está lutando contra. A luta dificulta pra você. Tenho de admitir que estou gostando um pouquinho. Mas quando você abre mão da luta, é quando realmente começa. É quando você sente tudo de um jeito novo e sublime. Esse é meu objetivo com você, meu bem. Levá-la até lá.

– Eu... eu não sei... – Sua ansiedade estava se acumulando, conforme ela se contorceu, percebendo que realmente não conseguia se soltar dele.

– Ah, mas eu sei. Dá pra ver isso em você, sua habilidade. A reação submissa até ao mais sutil tom de voz, ou toque. Isso não precisa significar que você algum dia será algum tipo de escrava. Há um mundo de diferença nisso. Não se preocupe com isso. Basta se submeter agora. Deixe acontecer, o máximo que puder. – Os dedos dele flexionaram no pescoço dela, os dedos da outra mão flexionando em seus punhos, como um pequeno lembrete. – Agora, respire pra mim. Profundamente, inalando e expirando. Como meditação. É um tipo de meditação, por mais estranho que possa parecer. Por mais estranho que possa parecer relaxar, enquanto eu te seguro assim. Esse é exatamente o objetivo. Você está em *minhas* mãos.

Assim que ele disse isso, ela entendeu. Ela fez como foi dito, inalando profundamente, soltando um pouquinho de ar de cada vez. Tentando desesperadamente aquietar a voz em sua cabeça, que lhe dizia para entrar em pânico. Mas seu tom tranquilizador, repetidamente instruindo-a para respirar, foi afogando a voz.

O tempo passou. Ela não sabia quanto. Ele finalmente disse – Muito bom. – E lhe deu um tabefe.

– Oh!

– Você aguenta, Mischa?

Ela parou, exalando ofegante. – Sim.

– Está sendo teimosa, ou realmente quer isso?

– Eu quero –, disse ela, dessa vez, sem hesitar. Ela não queria pensar. Só queria sentir. E era crucial que fosse Connor fazendo essas coisas com ela.

Ele deu outra palmada e o som ecoou no teto alto do loft. A mão dele desceu novamente, realmente ardendo a pele, dessa vez, e ela resfolegou.

– Psiu, está tudo bem –, ele disse a ela, com um sussurro rouco.

Ele passou a mão alisando sua pele macia. Foi uma sensação deliciosa. A voz dele em seu ouvido. A mão dele na sua. O ardor da palmada. Tudo parecia se fundir.

– Está pronta garota?

– Sim.

Houve uma longa pausa e ela ficou imaginando o que aconteceria. Então, ele desceu a mão novamente. E mais uma vez. Uma saraivada de tapas em seu traseiro, de um lado e de outro, num ritmo lento e constante. Ele batia mais forte, a cada tapa. E com o ardor vinha o prazer, igualmente intenso. Em minutos, ela estava totalmente encharcada, cheia de tesão. Ela inclinou o quadril, roçando a vagina no sofá.

– Não, nada disso – disse ele, segurando seus punhos com mais força, pressionando junto ao pé de suas costas, para que não houvesse dúvida quanto ao que ele estava dizendo. – Se você tiver tesão, eu que vou saciar. Está entendendo?

– Sim... entendi.

Ela ficou meio emburrada por dentro, por ele falar desse jeito. Mas também estava mais excitada do que nunca estivera na vida. Por ser *ele*, a lhe dizer essas coisas, impondo essas regras.

Para ela.

Parecia uma manifestação divina, uma descoberta, em algum nível profundo, tanto para ela quanto pra ele. Mas agora ela não conseguia pensar. Ele estava batendo de novo. Mais forte. A dor foi aumentando. E bem na hora em que ela já não conseguia mais suportar, ele soltou seus punhos e levou a mão até o meio de suas pernas, ao meio das dobras de sua vagina.

– Ah...

– Ah, que molhada. Que lindo, meu bem. Sentir seu prazer em minhas mãos. Saber que é mais que apenas teimosia que a mantém aqui. De saber que sua bocetinha doce está tão molhada quanto meu pênis está duro.

Ela contraiu o sexo. Ela virou o rosto para as almofadas e gemeu, conforme ele pressionava um dedo para dentro dela.

– Tão molhada. Tão apertada, por mais molhada que esteja. Você segurou meu pênis com tanta força, quando eu a estava fodendo, ontem à noite.

Ela gemeu.

– Você gosta disso, de me ouvir falando de foder com você, não gosta? Dá pra ver que você gosta. Eu sinto. O tesão emanando de você em ondas, como o calor do sol. Eu também gosto. De falar de foder com você. De dizer as palavras.

Houve uma longa pausa, enquanto ele enfiava os dedos, até ela se contorcer. Ela não conseguia evitar, não conseguia ficar parada. O prazer revolvia em ondas dentro dela, cada vez mais fundo.

– Quero foder com você, Mischa, minha garota. Quero foder com muita força, até você não conseguir parar de gozar. Quero foder com você até você gritar. E você vai gritar, minha garota. Isso é uma promessa.

Ah, ela estava tremendo inteira, a vagina apertando os dedos dele, querendo mais. Precisando daquele pênis imenso e duro dentro dela. Precisando apanhar mais.

– Connor...

– Psiu. – Os dedos dele pararam. – Você só vai falar quando eu pedir. Está claro?

– Sim. Sim... ah...

– Boa garota. – Ele começou a enfiar os dedos nela outra vez. – Fique o mais imóvel que puder, agora. Faça isso para mim.

Ele pegou os punhos dela novamente, segurando forte, com uma das mãos, parecendo segurá-la inteira, ajudando-a a controlar seu corpo, enquanto tirava os dedos e enfiava o polegar, para que pudesse pressionar seu clitóris com os outros dedos. Ela precisava se mexer, arquear o quadril na mão dele, mas não o fez. Porque ele não queria que ela fizesse.

A cabeça dela estava absolutamente vazia de tudo, só com um prazer extraordinário e torturante. Ela ia gozar.

Ele parou, deu um apertão em seus punhos, com força para realmente doer, para afastá-la um pouquinho da beira do clímax.

Ela choramingou, quase sem acreditar que estava fazendo isso.

Ele estava novamente perto de seu ouvido. – Eu sei, minha querida garota. Eu sei que é difícil. Mas vai ser melhor. Confie em mim. Quando eu a deixar gozar, você vai explodir como a porra de um foguete. Terá o melhor orgasmo de sua vida. Apenas fique em minhas mãos. Completamente. Vamos fazer novamente a respiração.

Ela tentou, mas sua respiração estava trêmula. Ele continuou falando com ela, com uma voz suave, até que ela conseguiu encher os pulmões, apesar do tesão forte que tomava seu corpo. E, sob suas instruções, ela conseguiu ficar novamente sob controle.

Sob controle.

Não era exatamente isso que ela queria? Mas ela primeiro tivera que passar o controle de volta pra ele...

Ela não conseguia ver o sentido disso.

Não tinha tempo pra isso, ele a virou de barriga pra cima e se debruçou para pressionar a boca em sua fenda dolorida.

– Ah... Deus...

Os lábios dele estavam mornos, a língua parecia seda deslizando em sua vagina, no meio dos lábios inchados, depois dentro dela. Ele enfiou a língua lá dentro, onde era tudo macio e molhado. Que sensação incrível. O prazer aumentava de novo. Dessa vez, ele foi devagar, deixando que apenas a língua pressionasse levemente em seu sexo, deslizando pra dentro, e saindo outra vez. E o tempo todo ele estava com as mãos em suas nádegas, segurando firme. Possessivo.

Ela sentiu seus cabelos escuros e sedosos na parte interna das coxas. Adorava os contrastes: sua boca suave, as mãos rudes, os cabelos acetinados, a barba por fazer roçando. Ela estava se contorcendo um pouquinho, mas ele estava deixando, dessa vez, sem controlá-la tanto. Ela estava tão perto... tão perto...

Ele se afastou.

– Mischa, olhe pra mim.

Ela abriu os olhos, nem tinha percebido que estavam fechados. E cruzou com seu olhar. Ele estava com as pupilas dilatadas, o verde de seus olhos cintilavam com pontos dourados. Os olhos de um gato selvagem. Os lábios dele estavam molhados com seu suco, cheio de desejo. Ela sentiu uma pontada de desejo, só de olhar a expressão do rosto dele.

– Agora, você vai gozar –, ele disse, baixinho.

– Sim... por favor.

– Você vai gozar pra mim, minha garota. Está entendendo? Pra *mim*.

– Sim. Sim.

Ele ficou olhando para ela, enquanto enfiava a mão no meio de suas coxas. Ele enfiou três dedos em seu sexo molhado, usando o polegar para esfregar o clitóris inchado. Levou a outra mão à boca e chupou um dedo, e colocou por baixo dela.

Ela sabia o que ele ia fazer. Mas, mesmo assim, foi como uma extraordinária surpresa, quando enfiou a ponta do dedo molhado em seu ânus.

Ela gemia, ofegante.

– É bom? –, perguntou ele.

– Deus, sim!

– Então, goza pra mim. Goza forte, minha garota.

O prazer a invadiu, na vagina, na bunda. E a sensação inundou tudo, consumindo-a, deixando-a tonta. Ela estava berrando, se sacudindo. E ele manteve os olhos fixos nela, e ela parecia estar gozando dentro de seus olhos verdes.

– Connor!

– Estou aqui com você, meu bem. Estou fodendo com você.

Ele estava mesmo. Enfiando os dedos nela, na frente, no ânus, no clitóris. Olhando-a fixamente, ficando mais inebriado, a cada momento.

Ela não tinha certeza se havia terminado quando ele tirou os dedos, abriu o zíper do jeans e colocou uma camisinha no pênis ereto.

– Não consigo esperar mais a porra de nenhum minuto sequer –, murmurou ele.

Então, ele estava por cima dela, usando as mãos para passar as pernas dela ao seu redor. O tecido do jeans era áspero, junto às suas coxas. Ela não ligava. Suas mãos foram até os cabelos dele e seguraram, enquanto ele enfiava a pontinha do pênis nela.

O pênis estava imenso, maior que nunca, mas ela estava tão encharcada que ele meteu tudo de uma vez.

– Mischa, porra, garota...

Ele cravava nela, levando as mãos às nádegas para segurá-la, apertando com força. Doía muito, mas era uma delícia. O prazer, a dor, tudo se fundia, transformando-se numa única sensação. Isso e o cheiro dele, em suas narinas. O fato de saber que era Connor que estava galopando sobre ela.

Ela se agarrou ao seu pescoço e o saboreou com a língua, depois mordeu com força, sentindo a pele entre os dentes. Ele gritou, um som animal. Mas não parou de meter, golpeando sem parar, com toda força.

Eles ofegavam juntos, se moviam juntos. E ele cravou os dedos na pele dela, gozando, tremendo inteiro, gritando seu nome.

– Mischa... Mischa!

Ela segurou a cabeça dele nas mãos, forçando-o a olhar em seus olhos, enquanto estava gozando, e foi esmagador vê-lo tão perdido de prazer. Ver aquela intensidade inebriante ali. A *ligação*.

Ali havia muita coisa. Ela não conseguia compreender tudo, nem se o que via era real. Vários arrepios percorreram sua espinha. Então, seu corpo arqueou e outro orgasmo varreu-a, com ele batendo forte o quadril junto ao seu, colidindo com força em seu clitóris.

Sua cabeça girou, tudo escureceu e ela se perdeu na sensação, se perdeu nele.

Connor.

Ela queria chamar por ele. Dizer-lhe o que estava sentindo, falar de sua confusão. Mas estava muito fora de si para dizer o nome dele.

Ele foi ficando pesado sobre ela, mas ela estava fraca demais, ausente demais para pedir que ele se mexesse. Na verdade, ela não queria que ele o fizesse. Uma pequena parte de sua mente estava clareando, aos poucos, e temia ligeiramente que se ele saísse de cima dela, ela fosse sair correndo dali. Mas, em vez de seu pânico diminuir, ele foi aumentando, à medida que a respiração dos dois foi acalmando. A cada momento que passava, ela tinha mais certeza de que se dera demais a ele. Que fazê-lo era perigoso. Que ela estava fora de si com esse homem.

Finalmente, ela disse – Connor.

– Hmm? O que foi querida?

– Eu preciso... preciso levantar. Preciso me mexer.

Ele ergueu a cabeça para olhar em seus olhos. Ele ficou assim por vários momentos, observando seu rosto, conforme a tensão aumentava dentro dela, até que ela achou que fosse gritar. Ela precisou morder o lábio para conter o grito.

– Você está chegando ao fundo do poço?

– Não. Não. Só que... Connor me deixe levantar.

– Claro.

Ele rolou para o lado, saindo de cima dela, tirando a camisinha de seu pênis amolecido. Ela sentou ereta, tão ofegante quanto quando estavam transando.

– Certo, certo. – Ela passou a mão nos cabelos embaraçados. – Eu só... preciso ir.

Ele pousou a mão em seu braço. Ela tentou sacudir para tirar, mas ele não ia engolir essa. Ele disse, baixinho: – Para onde você precisa ir, Mischa?

– Pra fora daqui. – Ela engoliu com força, odiando as lágrimas que brotavam por trás de suas pálpebras.

– Está tudo bem –, disse ele.

Ela se virou pra ele, sentindo os olhos quentes. Queimando. – Não, não está tudo bem!

– Por que não? Diga-me.

Ela sacudiu a cabeça. Sabia que estava sendo infantil. Mas não podia evitar.

Ele colocou as duas mãos em seus ombros. Os olhos dele brilhavam, ligeiramente sonolentos, mas, ainda assim, exibiam sua autoridade habitual. – Mischa, você está entrando em pânico.

– Pode ter certeza que estou.

– Por quê?

– Porque isso não está certo! Eu não sou uma garotinha submissa qualquer, a quem você pode dizer o que fazer. Não sou... uma mulher fraca que não consegue pensar por si mesma.

– Eu nunca disse que fosse.

– Não, mas suas atitudes subentendem isso. – Agora ela estava tremendo, tremores fortes que percorriam seu corpo.

– Mischa –, ele disse outra vez, como se soubesse que ao dizer seu nome chamaria sua atenção. E chamou. – Isto *é* chegar ao fundo do poço. O pânico. O tremor. Não estou dizendo que você não tenha preocupações reais. Mas o pânico é simplesmente uma reação química a uma sobrecarga de estímulo. Deixe-me ajudá-la.

– Por que ajudaria? Você não liga pra mim. E não precisa ligar, não é o que estou dizendo.

Afinal, o que ela estava dizendo? Nem ela sabia mais. Tudo que sabia era que precisava dar o fora dali. Ou fazer com que ele fosse embora. Ela nem se importava se estava ficando meio histérica.

– Não preciso ligar, é verdade –, disse ele, com um tom de voz baixo. – Mas eu ligo.

– O que está dizendo?

– Talvez, eu não tenha certeza. Mas ligo, sim, como ligaria para qualquer ser humano. E mais... porque é você. Eu não entendo. – Ele sacudiu os ombros, afrouxando as mãos nos ombros dela, afagando um pouquinho a pele. – Talvez eu não seja destinado a entender. No entanto, aí está.

– Você se sente responsável por mim –, disse ela, sabendo que soava emburrada.

– Sim. E deveria, não? Mas não é só isso. E, mesmo que fosse isso já seria o suficiente pra que eu quisesse confortá-la. Isso é o que eu faço. É muito real pra mim. Mais real com você, agora...

Ela viu um lampejo de incerteza nos olhos dele. Não entendeu por que aquilo a deixou mais calma. Talvez, porque o tornasse mais humano?

Ela afastou os cabelos do rosto. – Connor... lamento por estar sendo tão nojenta.

– Você não está sendo, querida. Você está numa posição assustadora. Todos nós já passamos por isso, não? Deixe-me ajudá-la a sair. Está bem?

Ele se aproximou mais, de cabeça baixa, para olhar nos olhos dela com mais facilidade.

Ela engoliu novamente. E assentiu. – Sim, está bem.

Sem dar mais nenhuma palavra, ele a trouxe para seus braços, segurando-a junto ao peito largo. Ela pousou a cabeça em seu ombro e ele a embalou. Ela se sentiu meio tola, mas deixou que ele o fizesse. Deixou que ele puxasse uma colcha macia do braço do sofá e passasse ao redor de seus ombros. Deixou que ela passasse os dedos na tinta de seu bíceps, sentindo o ligeiro relevo que havia ali.

Eles ficaram assim por um bom tempo, até que o corpo dela ficou rijo. Ela não conseguia acreditar na paciência que ele estava tendo com ela. Que ele podia ficar sentado ali, daquela maneira, sem pedir nada em troca.

Ele era um homem incomum, diferente de qualquer outro que ela já conhecera. O que a deixava tão assustada quanto atraída. Mas agora ela estava cansada demais para pensar nisso. Queria simplesmente ficar ali onde eles estavam. Queria que ela a abraçasse. Algo que ela nunca tinha desejado de verdade, em toda sua vida.

Ele não ficaria com ela. Ela não seria tola de achar o contrário. Não era o que os homens faziam, com raras exceções. E ela não estava em busca disso. Nada de longo prazo. Se ele ao menos ficasse com ela esta noite...

– Vamos pra cama? –, ele finalmente perguntou.

– Você não vai embora?

– Por que iria?

Ela não tinha resposta. Todos os motivos estavam em sua cabeça. Seu pai. O pai de Raine. Os tantos homens com quem ela estivera e sempre partiram, por sua escolha desse tipo de homem. Como ela precisava fazer isso dessa forma. Mas ela não queria dizer nada disso em voz alta, como se isso se tornasse manifesto, caso ela falasse a respeito. Nesse momento, ela não conseguia encarar.

– Acho que estou no fundo do poço –, ela admitiu, finalmente.

– Sim.

– Você vai ficar comigo? –, perguntou ela, detestando seu tom de autopiedade. Mas não pôde evitar.

– Vou ficar com você. Estou bem aqui.

Por enquanto. Mas agora, era tudo que ela precisava.

Foi o que ela disse a si mesma.

Connor piscou, deixando seus olhos se ajustarem ao brilho estranho dos letreiros em neon, que vinham da rua, abaixo do apartamento, e se expandiam com a chuva silenciosa que caía lá fora. Ele não estava acostumado a isso, essas janelas em arco, a luz passando pelas cortinas finas. Não estava acostumado a passar a noite fora de casa.

Ele geralmente brincava com uma mulher do Pleasure Dome. E se isso fosse seguido de sexo, geralmente acontecia naquelas salinhas cortinadas, reservadas na boate, exatamente para essa finalidade. Era raro que ele levasse uma mulher ao seu apartamento e, mesmo quando acontecia, depois de ter certeza de que ela estava estável, a levava pra casa, ou colocava num táxi. Havia grandes possibilidades de falsas esperanças, se ele deixasse uma mulher passar a noite em sua casa. Até mais, em sua cabeça, se ele passasse a noite na casa dela. No entanto, ele fizera isso com Mischa. Não houvera qualquer questionamento, na noite de sexta. Nem esta noite. Ou tinha sido ontem à noite?

Ele deu uma olhada num relógio que havia na mesa, ao lado da cama. Quase cinco da manhã. Ele tinha passado a noite. E, mais uma vez, acordava na penumbra com Mischa ao seu lado. Ele gostava disso.

Ele virou para ver a curva suave de seu corpo, embaixo das cobertas. A mulher mais feminina que vira na vida. Toda arredondada, no quadril, nos seios. Essas curvas de sua barriga, coxas e nádegas que eram tão mais atraentes pra ele, do que aqueles tipos modelos famintas. Nela, tudo era arredondado e macio. Ela estava totalmente coberta, só com a cabeça pra fora da colcha branca. Seus cabelos claros estavam espalhados como ramos de seda por cima dos travesseiros. E estavam banhados por uma luz rosada e âmbar, que passava pelas janelas altas. Mas ele sabia a cor, eram quase brancos, com um leve toque dourado. Como algo precioso...

Ele coçou o queixo, a barba nascendo espetou seus dedos. Havia algo precioso quanto a ela... Algo que ele não entendia nessa mulher. E era mais que sexo, o que era simplesmente incrível, algo em sua sensibilidade, no abandono de seu rosto quando ela gozava. Como ela gozava forte. O contraste de sua competência e força na vida diária – ele tinha a sensação de que Mischa não deixava ninguém se meter a besta com ela – e a incrível vulnerabilidade que ela lhe mostrara, na noite anterior. Cristo, foi demais ver aquilo.

Era bom vê-la a qualquer momento.

O que talvez explicasse o fato de que ele estava ali sentado, observando-a dormir, pela segunda vez seguida.

Isso talvez explicasse.

Ele não sabia que diabo estava acontecendo com ele. Mas havia algo, isso era certo. Ele não conseguia se lembrar de já ter se comportado dessa forma com ninguém. Nenhuma das garotas com quem brincava na boate, com quem fazia sexo. Nem mesmo antigamente, com Ginny, sua ex-esposa.

Esse tinha sido um de seus maiores erros. Eles eram totalmente incompatíveis. Droga, ele não era compatível com mulher alguma, a longo prazo. Ele sabia disso – como sempre soubera. Afinal, ele era filho de seu pai, não era? Tinha o mesmo temperamento, mesmo que tivesse conseguido mantê-lo sob controle, durante anos. Genes eram genes. Ele sabia que mantinha as coisas em ordem, dentro dos limites do jogo da escravidão sexual e do sadomasoquismo, entendia como isso era quase terapêutico pra ele. Mas em um relacionamento verdadeiro?

Ele frequentemente estava mal-humorado com Ginny. Realmente barra-pesada. Ela não merecia. Ser jovem não era desculpa. Ele já era um homem, aos vinte anos. Ou deveria ter sido. Ele nunca deveria ter se casado com a garota, não sabia o que estava pensando. Não tinha o direito.

Ele coçou a barba por fazer com mais força. Por que estava pensando nisso agora? Ele não considerava a possibilidade de se casar com essa garota. Estava só... olhando pra ela. Apreciando. Que homem não apreciaria? Embora ele só visse seus cabelos, seu rosto claro, sua linda boca vermelha, quase tão vermelha agora, como quando ela estava de batom. Sua mão sob o rosto.

Ele estendeu o braço e tocou as pontas de seus dedos, sentiu o leve calor da pele. Não havia nada sexual nisso. Não, não era verdade. A química estava ali, ardendo, mas contida, no momento. Era outra coisa...

Ele sacudiu a cabeça.

Um homem podia pensar em coisas bem estranhas, no tempo chuvoso, antes de amanhecer. Era só isso.

Parte dele queria levantar e ir embora. Sair correndo dali. Mas ele não podia fazer isso. Não depois de tê-la visto chegar ao fundo do poço, na noite anterior.

Ele estava enrolando.

Não era esse o motivo para ele ter ficado. Ele estava ali porque *queria* estar.

Estava cedendo à sua vontade. Não ia iludi-la. E sabia muito bem que não ficaria para sempre. Ele nem sabia o que isso significava, sabia? Se Ginny não o tivesse deixado, ele teria partido, cedo ou tarde. Droga, o casamento não tinha durado nem dois anos. Totalmente sua culpa. Ele e seu temperamento.

Pelo menos ele tinha controlado isso. Entrar no cenário da escravidão sexual e do sadomasoquismo havia curado seus rompantes juvenis, mas ele jamais se esqueceria do que era capaz. Controle se tornara a chave. E não deixaria de ser agora, com Mischa. Nesses pensamentos tolos que ele estava tendo.

Ele tinha que levá-la à boate.

Sim, ele estava em seu ambiente, no Pleasure Dome. Seria um lembrete útil do que tinha a ver com ele – e do que não tinha. O controle, a responsabilidade. Ele era muito mais responsável como dominador, do que havia sido, sem essa dinâmica, em sua vida. Essas inclinações sempre estiveram ali, mas agora ele sabia como canalizar essa energia.

O Pleasure Dome.

Ela tinha pedido para ir. E estava na hora. Havia uma festa na terça à noite, para os membros VIP, e ele era. Ele tinha certeza de que Alec e Dylan não estariam lá, com todos os preparativos do casamento. Isso talvez fosse estranho demais para Mischa, e ele precisava que ela relaxasse, para o que ele planejava fazer com ela.

Ele sentiu um sorriso malicioso estampar seu rosto. Esse território era mais seguro – pensar no que ele queria fazer com essa garota. Colocá-la na cruz de Santo André, e dar-lhe umas chicotadas. Acorrentá-la numa das mesas estofadas e jogar cera quente em cima dela. Fazê-la gozar. Fazê-la gritar. Fazê-la ser sua, da única maneira que daria certo.

Ele recostou a cabeça no travesseiro e ficou olhando a chuva nas janelas, a aquarela de cores dançando no vidro.

Sim, ele apenas a levaria até a boate, onde estava no comando, no comando completo de si mesmo, assim como dela. Tudo que ele tinha a fazer era levá-la até lá e tudo ficaria bem. Tudo voltaria a fazer sentido.

CINCO

– *MISCHA?*

– Hmm... o quê?

Ela ergueu os olhos e viu Dylan olhando pra ela, por trás de um buquê de rosas brancas que estava segurando. – Vai me contar o que aconteceu ontem à noite?

Mischa sacudiu os ombros. – Connor veio aqui...

– E?

– E foi... incrível.

Dylan colocou as rosas de volta no vaso alto de metal, da *Rose and Thorn*, a floricultura na qual marcaram horário para discutir as flores do casamento. Ela pousou as mãos no quadril. – Por que subitamente você está sendo tão vaga comigo? Você sempre compartilhou suas aventuras.

Mischa parou. – Sim, mas nunca foram com um amigo seu.

Dylan soltou os braços, ao longo do corpo. – Acho que faz sentido. Tem certeza que não é outra coisa? Você parece meio confusa.

– Bem...

Quanto ela queria contar para Dylan? Ela era sua melhor amiga, mas o que estava acontecendo em sua cabeça, em relação a Connor – e certamente havia algumas ideias estranhas ali – dava uma sensação de ser algo particular. Ela ainda não tivera chance de analisar. Tinha sido quase um alívio o fato de terem acordado tarde, dando a ela apenas a chance de entrar no chuveiro e se arrumar para encontrar Dylan. Nada de tempo para sexo, nem longas despedidas. Somente uma conversa rápida para que ele soubesse que ela estava realmente bem.

Será que estava?

– Misch?

– Peço desculpas por interromper, senhoras. Agora, que tal os lírios? – Andre Rose, um florista miúdo, de cabeça raspada e óculos de moldura grossa, perguntou, com um botão na mão, ao terminar a ligação que atrapalhou a consulta. – Acho que as pequenas podem combinar. São simples e elegantes.

– Mischa? – perguntou Dylan. – Diga-me o que você acha. Você é minha especialista em flores.

– Gosto delas. – Ela estendeu o braço e passou o dedo na flor clara que o florista segurava pra elas. – Concordo, elegante. Adoro essa variedade das *Green Goddess* menores. Talvez, misturadas com as brancas, e pequenas orquídeas *dendrobium*?

Andre espalmou as mãos. – Perfeito, com o cabelo ruivo da noiva. Podemos acrescentar umas folhagens delicadas, nada cheio demais. Estou pensando que devemos deixar todos os arranjos bem enxutos e pequenos. Não queremos depreciar o cenário do Museu de Arte Asiática. Mas e quanto aos buquês?

– Eu não quero carregar buquê. Isso me dá uma impressão de tradicional demais. O que acha, Misch?

A verdade era que ela mal conseguia pensar hoje. Mas pelo menos de flores ela entendia. – Eu acho... talvez, só umas três ou quatro orquídeas brancas no seu cabelo. – Ela juntou os cachos ruivos de Dylan nas mãos e ergueu. – Só atrás, eu acho. Fica sutil.

O sorriso de Dylan foi radiante. – Adorei.

– E quanto às damas? –, perguntou Andre.

– Serão só Kara e você –, disse Dylan.

– Que tal se apenas usarmos uma orquídea, atrás da orelha?

– Lindo! – Andre espalmou novamente as mãos. – Dylan?

– Perfeito. Vamos em frente, para fazermos o pedido.

Andre levou-as até um par de banquetas de ferro com estofado branco, junto ao balcão, e pegou seu bloco de pedidos. Elas passaram um tempinho dando o número de mesas, confirmando os tipos de flores e escolhendo os vasos estreitos de vidro, para os arranjos. Quando terminaram, elas vestiram seus casacos e saíram na rua chuvosa, abrindo os guarda-chuvas.

– Está pronta para o almoço? –, perguntou Dylan. – Estou faminta.

Mischa não estava com fome – ela só tinha tomado um café que comprara a caminho do florista. Seu estômago estava meio enjoado. Mas ela concordou. – Claro. Aonde você quer ir?

– Tem um café legal no fim da rua, se você não se importar em caminhar na chuva.

– Vamos lá.

Elas caminharam duas quadras, em silêncio confortável. Razoavelmente confortável. Ela tinha certeza que Dylan ia querer saber o que estava havendo entre ela e Connor, assim que elas sentassem. E estava certa.

Elas encontraram o café, penduraram os casacos nos ganchos perto da porta e deixaram os guarda-chuvas numa tina grande, para essa finalidade. O cheiro de café e comida estava no ar e a barriga de Mischa roncou, conforme elas olhavam o cardápio. Elas pediram e a garçonete rapidamente trouxe as bebidas – chá quente para ambas.

– Então? – Dylan estava com uma sobrancelha erguida.

Mischa suspirou. – Então... – Ela sacudiu rapidamente a cabeça. – Eu não sei o que dizer. Por isso que não falei mais. Desculpe. Sei que não estou fazendo muito sentido. Mas isso também não faz muito sentido pra mim.

– O que não faz sentido?

– Esse negócio com o Connor. Minha reação a isso.

– Me conta o que há de diferente com ele, em relação aos outros caras com quem você saiu.

– Tudo. E nada. Quer dizer, aparentemente, é um caso de sexo safado. – Ela olhou pra Dylan, que só assentiu. – Eu acho que você está me entendendo, já que se trata dele.

– Sim. Mas não é o caso de ser algo que você nunca fez. E eu também não ficaria chocada com isso.

Mischa pousou os cotovelos na mesa. – Dylan, é normal reagir de forma forte, a esse negócio?

– É claro. Sexo radical tem reação forte. Frequentemente.

– Eu já tinha feito umas brincadeiras com isso. Eu e você já falamos a respeito. Mas, com Connor, nós levamos o negócio a outro nível. Toda a troca de poder... Eu estou experimentando isso pela primeira vez, com ele. Os caras com quem estive não tinham sua habilidade, ou talvez eu simplesmente não tenha me ligado a eles da mesma forma. Eu não sei... – Ela parou, mordeu o lábio. – Antes, era um negócio de sensação. Aquele risco do perigo. O proibido. Mas era só por diversão. Com o Connor é muito mais real. Estou finalmente sacando.

Dylan assentiu novamente. – Eu entendo. É como se um novo nível se abrisse, quando a dinâmica do poder fica aparente. É bem empolgante. Mas também pode ser assustador.

– É. Por mais que eu esteja gostando, sempre tem uma pequena voz em minha cabeça me dizendo para não entregar o controle. Eu sei que você compreende o que eu quero dizer, porque você mesma sempre teve problemas com controle. Bem, talvez não tenha mais.

– Ah, não. Eles ainda estão aí. Eu só aprendi a canalizá-los de forma diferente. E... Olhe, eu não quero devolver as coisas que você já me confidenciou, sobre sua mãe e o que aconteceu quando você estava crescendo, mas talvez você tenha mais motivo para ter problemas de controle do que eu.

– Está tudo bem. Eu não teria contado, se não me sentisse à vontade para falar com você, a respeito disso. E foi... bem duro. Eu passei minha infância inteira achando que não tinha controle sobre nada – minha vida, Evie. Droga, o fato era que eu não tinha. Uma das melhores coisas ao me tornar adulta foi que minha vida estava em minhas mãos, pela primeira vez. Não gosto da ideia de ter que abrir mão disso, nem por um momento. Mas Connor me faz *gostar* disso, o que me deixa pirada.

Dylan assentiu. – Eu entendo. De verdade.

– Honestamente, isso me mata de medo. Mas não quando está acontecendo. Só depois, quando penso. O que piora as coisas, de alguma forma. Por deixar isso acontecer, é muito assustador.

– Pode assustar mais, se você se apegar.

– Ah, eu não estou me apegando. – Ela abanou a mão, descartando a ideia.

– Não? – Dylan a observava, de um jeito parecido como Connor fazia. Investigando seu rosto. – Misch, você não precisa me dizer. Mas é melhor pensar a respeito, ou pode realmente se magoar. Não quero que isso lhe aconteça.

– Por que acha que vou me magoar? Eu já sei que Connor não passa de um caso rápido, enquanto estou na cidade, se é que vai durar tanto. E eu mesma não quero mais que isso. Estou aqui para focar no seu casamento e analisando a possibilidade de abrir outro estúdio com Greyson. Meus amigos e meu trabalho são a minha vida, você sabe disso. Minhas prioridades.

– Sim. Mas eu também sei que as prioridades podem mudar.

Mischa exalou o ar. – Você e Alex são uma exceção a essa regra.

– Somos? – Dylan se aproximou mais. – Eu não achava isso. Você se lembra das conversas que tivemos ao telefone, quando Alec e eu começamos a sair?

– Claro.

– Pareciam muito com essa.

– Pareciam, nada –, Mischa reclamou.

Dylan sacudiu os ombros. – Bem, faça do seu jeito, pois eu sei que vai fazer. – Ela sorriu um pouquinho, abrandando as palavras.

– É, bem, na terça à noite, não vou fazer do meu jeito –, murmurou ela, dando um gole no chá.

– O que quer dizer? O que acontece na terça à noite?

Mischa pousou a xícara. – Ele vai me levar ao Pleasure Dome. – Ela não pôde evitar um sorrisinho.

– Ah.

– O que quer dizer com "Ah"?

– A boate com Connor é negócio sério.

– Eu já estive em boates de escravidão sexual e sadomasoquismo.

– Não com o Connor. Com ele o negócio é sério, como você mesma disse.

– Eu sei disso. Estou preparada.

Mas será que estava? A brincadeira pesada – chicotes e correntes, e o que mais ele tivesse em mente pra ela, claro. Mas depois do que tinha acontecido na noite anterior, a ideia de poder chegar ao fundo outra vez era meio assustadora. Ainda assim, seu desejo de ir até lá, experimentar essas coisas com ele, era forte o suficiente para fazê-la superar seus temores. Só em pensar nisso, já acelerava seu coração – estar na boate com ele. A brincadeira da dor. A dinâmica do poder. O exibicionismo que ela adorava.

Ela estava pronta pra tudo isso. Pronta o bastante para convencer a si mesma de que simplesmente lidaria com o restante – qualquer reação emocional – se isso acontecesse.

Connor ficou de ir buscá-la em menos de uma hora e ela ainda não havia decidido o que vestir para ir à boate. Será que usava a renda preta clássica, ou optava por algo mais ousado, como uma seda vermelha, ou a roupa de malha branca inocente, porém sexy?

Não que ela imaginasse que teria permissão de usar lingerie por muito tempo, depois que estivessem lá, mas a apresentação era tudo.

Ela não queria admitir o quanto queria agradá-lo.

Em pé, diante do espelho do banheiro, ela viu como seus mamilos estavam escuros e rijos, o rubor em seus seios, suas bochechas. Ela passou os dedos nos mamilos, sentiu que eles se enrijeceram ainda mais, e suspirou. Ele ia tocá-la, hoje. Fazer todo tipo de coisa perversa com ela. Com outras pessoas vendo...

Ela sentiu uma forte contração no sexo e gemeu. Ela sacudiu a cabeça ao juntar a pilha de lingerie da bancada do banheiro e voltou ao quarto. Tirou outra pilha de renda e cetim transparente da gaveta que Dylan lhe cedera e jogou tudo em cima da cama. Ainda bem que ela sempre viajava com uma variedade tão boa.

Ela segurou uma calcinha de seda turquesa com duas tirinhas de renda preta nas laterais, encontrou o sutiã do conjunto. A cor combinava perfeitamente com seus olhos. O sutiã tinha um fecho na frente, de fácil acesso, e um leve enchimento, o que realçaria seus seios já generosos, deixando um decote matador.

Ela vestiu o conjunto de duas peças e virou para o closet. O vestido foi uma escolha mais fácil, um modelo justo de renda preta com elanca. Ela decidiu abrir mão das meias, apesar do tempo frio – ela podia usar seu casaco comprido – e colocou um par de sapatos pretos, de salto agulha, com buraquinhos no dedão. Seguindo as instruções que Connor mandara, através de uma mensagem de texto, naquela manhã, ela estava com os cabelos claros presos num coque apertado, atrás da cabeça, com uma de suas flores negras de seda tradicionais, presa ali. Ela colocou um par de brincos miúdos de pingentes com botões negros de rosas, arrumou seu batom vermelho e seguiu até a sala, para esperar por ele.

Ela sentou no sofá, pegou uma revista, folheou e logo deixou, um instante depois. Ela deu uma olhada no relógio e viu que ainda faltavam quinze minutos para a sua chegada. Ela levantou e foi até as janelas altas, com vista para a rua abaixo.

Estava chovendo outra vez, mas Seattle era assim. Ela se sentia em casa, ali. Não chovia tanto em São Francisco, mas, assim como em Seattle, estava sempre cinzento e nebuloso. Algumas pessoas detestavam o clima, mas tendo tantas tatuagens, era melhor não passar muito tempo no sol. E o tempo cinza a tranquilizava, por algum motivo. Ele fazia o mundo parecer mais suave.

Ela olhava os carros respingando as poças na esquina, as pessoas andando nas calçadas – ou o topo de seus guarda-chuvas. O apartamento de Dylan era em Belltown, um bairro bacana e próximo à água, cheio de lugares onde Mischa se sentia mais à vontade: pequenos cafés, algumas galerias, estúdios de tatuagem, boutiques. Ela ficou olhando o desfile de sombrinhas coloridas descendo pela rua, algumas pessoas sem guarda-chuva, correndo para fugir da chuva. Ela estava prestes a se forçar a sentar novamente, quando viu um Hummer preto estacionar na frente do prédio, e um homem grande sair do carro.

Connor.

O coração dela disparou.

O veículo imenso combinava com ele. Ela não tinha pensado em que carro ele poderia ter, mas duvidava que coubesse confortavelmente na maioria dos carros.

Instantes depois, o interfone tocou lá embaixo e ela foi até o fone preso à parede, perto da porta da frente, e apertou o botão. A voz dele surgiu, meio ressonante, com o barulho da chuva ao fundo.

– Mischa, sou eu.

– Estou descendo.

– Não tenha pressa, eu estou subindo. Abra pra mim.

Ela apertou o interfone, depois correu até o banheiro, para dar uma última olhada em seu reflexo, assegurando-se de que tudo estava no lugar, que sua bainha estava reta.

Uma batida na porta da frente a fez sair correndo pelo piso de madeira, o mais depressa que pôde, com seus saltos altos. Ela respirou fundo e alisou os cabelos mais uma vez.

Não seja tola.

Mas ela não conseguia evitar. Não quando se tratava de Connor. Era melhor que ela aceitasse isso, antes da grande noite que eles *teriam* juntos. Ela seria apenas uma garota perto dele.

Ela abriu a porta.

Ele estava todo de preto, o que ela sabia que a maioria dos dominadores fazia, para uma festa de jogo, ou uma noite no calabouço. Jeans escuros, camiseta preta justa, por baixo da jaqueta preta de couro. Botas pretas pesadas, algo que ela realmente adorava. Ela tinha uma queda por botas pretas em homem. Algo tão masculino, um toque de bad boy.

– Oi. Ah, mas como você está deslumbrante –, disse ele, puxando-a para perto, ao entrar pela porta, quase a levantando do chão, fazendo-a cambalear um pouquinho.

– Oi você. – Ela riu, com o coração disparando, num ritmo constante.

– Venha cá, me dá um beijo, garota –, ele ordenou.

Como se ela pudesse fazer alguma outra coisa. Ele a segurou com tanta força, passando as mãos grandes possessivamente ao redor de sua cintura. Ele curvou a cabeça, esmagou seus lábios com os dela e ela derreteu, sentindo o corpo todo frouxo e quente.

Deus. Como o homem sabia beijar! Como o próprio diabo. Beijos lentos e fortes, completamente perversos.

Quando ele a soltou, ela estava sem ar.

– Pronta para nossa noite na boate? –, perguntou ele, ainda com as mãos em sua cintura.

– Sim. Totalmente.

– Você parece pronta. – Ele sorriu. – Vestida para uma noite de diversão. Vestida para o sexo. Você sempre se veste assim, não é? Mas eu adoro isso em você. A mulher mais sexy que já conheci.

Será que ele tinha alguma ideia do que aquilo fazia com ela, ouvi-lo dizer isso pra ela? Mas ele não parecia dizer isso de forma calculada. Ele parecia estar simplesmente dizendo o que tinha em mente. Não que ela nunca tivesse sido elogiada por um homem, muito ao contrário. Mas vindo dele, significava mais...

– Vamos. Pegue seu casaco e vamos embora.

Ela concordou, tirou o casaco comprido do closet perto da porta. Ele insistiu em ajudá-la a vesti-lo, algo que ela adorava. Todos esses pequenos gestos de cavalheiro. A maioria dos caras com quem ela havia saído carecia de qualquer cavalheirismo. Isso era algo que ela havia notado em muitos dos homens dominadores das boates de escravidão sexual e sadomasoquismo onde ela estivera. A maioria tinha cautela com as garotas submissas com quem jogavam, assim como eram rudes, numa combinação estranha que ela sempre admirou. Ele até pegou a chave de sua mão e trancou a porta atrás deles.

Ele manteve uma das mãos no pé de suas costas, conforme eles pegaram o elevador e a levou até lá fora, abrindo um guarda-chuva preto, ajudando-a a entrar em seu carro.

– Vou ligar o aquecedor das poltronas, pra você –, disse ele, quando o motor grande ganhou vida. Ele manobrou pegando a rua.

O carro dava uma estranha sensação de luxo. Não era o que ela esperava de um Hummer. Ela sempre viu essas grandes caminhonetes como veículos militares. Mas o banco era de pelúcia e estava aquecendo, como ele dissera, algo adorável, no ar frio noturno. O painel tinha uma variedade de botões e luzes, emitindo uma suave luz âmbar.

– Você tem alguma pergunta sobre as coisas que irão acontecer na boate? –, ele perguntou a ela, dando-lhe uma olhada, antes de olhar novamente para a rua.

– Eu imagino que seja bem parecido com as boates de São Francisco.

– Hoje é noite VIP. O que significa que as regras são ligeiramente mais liberadas. O credo do Seguro, Sadio e Consensual prevalece, é claro, mas só os jogadores mais sérios têm permissão para entrar – os que são membros especiais. Não há tolos numa noite VIP. Pode haver cenas bem pesadas se desenrolando. Jogos com fogo. Piercing. O chicote de boi. Como se sente em relação a essas coisas? Vou precisar levá-la rapidamente a uma área privativa? Ou você fica bem com esse tipo de coisa?

– Eu consigo ver praticamente qualquer coisa.

– Talvez haja sexo no salão principal, também.

Ela sacudiu os ombros. – Sexo é apenas sexo. Não me incomoda.

– E você gostaria de fazer sexo lá, na frente de todo mundo?

– Eu... – Ela sentiu o sexo molhado tão subitamente que isso a surpreendeu. – Nunca fiz isso. Já fui amarrada e apanhei de chicote na frente de outros. Adorei isso. Ser vista. Observada.

– Mas sexo, com uma plateia de admiradores?

Eles pararam num sinal e ele se virou para olhar pra ela.

– Eu... não sei.

Ele estendeu o braço, pegou a mão dela e levou aos lábios, beijando levemente. Ele disse bem baixinho: – Eu posso ouvi-la, sabe. O ofego em sua respiração. É um som bem parecido com o desejo revolvendo por dentro, não um som de choque. A menos que seja um choque pela intensidade como a ideia a excita. Mas deixaremos essa decisão para depois. Só que eu preciso ouvir você me dizer agora, se essa respiração quer dizer um talvez, em lugar de um não. Porque nós não faremos nada que você me diga ser absolutamente contra, antes que eu a leve ao subespaço.

– E quanto às coisas que eu lhe disser, depois que estiver lá dentro?

– Ah, àquela altura, você talvez esteja disposta a fazer algo do qual pode se arrepender depois. Não vou deixar que isso aconteça. Nós não negociamos depois que você estiver lá. E então?

Ela assentiu, com a garganta seca. – É um talvez.

Seu corpo gritava "sim". Por que ela não conseguia admitir isso pra ele? Por que isso dava a impressão de se entregar demais a ele? Principalmente sabendo que se entregar a ele era o motivo da experiência na boate – que essa era a intenção dele, em levá-la até lá. Que foi com isso que ela concordou, em ir.

É só sexo. Só um jogo envolvendo sacanagem.

Mas era muito mais que isso e ela sabia. Sempre soubera. Mas agora, isso a estava deixando ligeiramente em pânico. Ela não temia os chicotes e correntes, das pessoas observando, enquanto todas essas coisas aconteciam, até mesmo o sexo. Ela achava que essas coisas não iriam assustá-la. Mas e a forma como Connor a faria sentir? Isso era uma questão diferente.

Ele deu outro beijo nos nós de seus dedos, soltou a mão dela sobre sua coxa forte, conforme o sinal mudou e o carro se deslocou pelas ruas molhadas. O fato de que ele ficou segurando sua mão era tranquilizador. Como sempre, possessivo com ela. E adorável, o calor de seus dedos grandes embrulhados ao redor dos seus.

Até a hora em que eles chegaram ao Pleasure Dome, seu corpo estava em brasa, cheio de calor e tesão, só de pensar na noite que tinha pela frente. Tudo isso estava pregando uma peça em sua cabeça, e talvez fosse parte da intenção dele. Ela entendia a dinâmica enlouquecedora do negócio dominador/submissa. Não que ela fosse realmente uma garota submissa, no verdadeiro sentido da palavra. Ela gostava da sensação, do sexo extremo. Só isso. No entanto, estava dando certo. A maneira como ele a tratava. A sensação de expectativa. A forma como ele a conduziu, ajudando-a a sair do carro, como se ela fosse uma boneca rara.

O prédio era ligeiramente imponente, um dos armazéns antigos reformados, tão comuns na região central de Seattle. Quatro andares de tijolinhos cinza escuro, com janelas pintadas.

Um homem alto abriu a porta vermelha imensa, para que eles entrassem. No instante em que eles pisaram do lado de dentro, sua cabeça começou a girar. Ela mal conseguia assimilar tudo. Não estava prestando muita atenção no visual do pequeno foyer, enquanto se mantinha ao lado de Connor que fazia o registro de entrada, no balcão da recepção e deixava os casacos ali. Tudo que ela sabia era da batida baixa da música, o cheiro de Connor, conforme ele pousou um braço pesado em seus ombros e a levou para dentro da boate. E a volumosa bolsa de couro preto que agora ela notava, sobre o ombro dele. Ela sabia o que devia haver ali dentro – suas ferramentas de dor e deleite. Ela estava morrendo para ver o que havia na bolsa, saber o que ele poderia fazer com ela. A ideia de que ela estava prestes a ter essa experiência com Connor era estonteante. Talvez, por saber que ele iria abri-la de formas como ela jamais se abrira antes.

O lugar era uma mistura de equipamentos pesados de brincadeiras: estruturas de madeira para atar gente, pontilhadas de cavilhas metálicas, por onde se podiam transpassar cordas e fazer tracejados como teias de aranha, para prender a pessoa. Aquilo parecia um tipo de decoração maluca. Havia inúmeras bancadas para espancamento, com vários desenhos, e mesas acolchoadas com correntes e algemas forradas presas a elas, tudo feito em couro vermelho. As estações de limpeza continham sprays de água sanitária, toalhas de papel, caixas de primeiros socorros. E entre elas havia sofás e poltronas de couro vermelho, espalhados pelo contorno do salão pouco iluminado, onde algumas pessoas descansavam.

Havia pessoas ajoelhadas no chão, nuas, ou quase. Todas em belas poses submissas, algumas, com as palmas viradas para cima, sobre as coxas, outras com as mãos enlaçadas atrás das costas, ou atrás do pescoço exibindo coleiras. Nada disso era novidade. Ela já tinha visto essas coisas nas boates de São Francisco. Ela que estava diferente. Estar ali com Connor. A forma como isso fazia com que ela se sentisse.

Ela se sentia submissa, pela primeira vez. Sentia um derretimento, um esvaziamento da mente. Num lampejo, ela percebeu que era isso que ela buscava, toda vez que tinha ido a uma boate dessas, com um homem. O que ela havia procurado, sem nunca encontrar. Até agora.

Sua garganta estava apertada, conforme ele a acompanhou, atravessando o salão, e ela agarrou a mão dele.

– Você está bem, querida? –, ele perguntou, imediatamente.

Ela assentiu, mas ele parou no lugar onde eles estavam, olhando seu rosto atentamente.

– Diga-me o que está havendo com você –, ele exigiu, numa voz baixa.

Ela tentou sacudir a cabeça, mas ele ainda estava observando seu rosto, esperando por uma resposta. Pela expressão séria, ela sabia que ele não ia aceitar sua esquiva.

– Eu só... eu me sinto diferente aqui. Não é a boate. Essa parte é familiar. O equipamento. As pessoas. *Eu* que estou diferente. Eu... – Ela parou, sacudiu a cabeça. Não por que estava sendo teimosa, mas porque não sabia como continuar.

Para sua surpresa, as feições dele se abrandaram, de um jeito que fez o coração dela bater mais depressa, com algo terno e adorável.

– Eu gosto que seja diferente pra você. Dá pra sentir. É como seu corpo ficasse meio molenga. É você, se entregando a isso. E é exatamente isso que quero de você. – Ele parou, baixando o tom de voz. – Posso ver que isso é bom pra você, saber que está me agradando. Eu entendo o sentido disso. Mesmo que você ainda não entenda bem. Mas isso é perfeito, você se dar dessa forma, Mischa. É o que tem de acontecer, de modo que essa noite transcorra como eu havia planejado. Como eu havia torcido. Pois havia um pouco de dúvida quanto a você conseguir ou não, não havia?

Ela concordou, com a garganta apertada por uma emoção que ela não entendia.

– Dá pra ver como isso está afetando você –, ele disse a ela. – Está tudo bem, sabe, ter algum tipo de reação a isso. É normal, na verdade. Eu sei que você disse que já jogou antes, mas não nesse nível. E com práticas mais extremas, mais extremas são as reações, se você se abrir a isso. E você se abriu. Está tudo bem em se sentir amedrontada. – Então, ele sorriu, um sorrisinho maldoso. – Na verdade, o sádico em mim está adorando.

Isso a fez sorrir. Ele realmente era danado, do jeito precisamente certo. Ela nem tinha certeza do que queria dizer com isso. Mas conversar com ele assim a fazia relaxar um pouquinho. Saber que ele compreendia, embora ele que estivesse falando mais.

Ele estendeu a mão, passou as pontas dos dedos no rosto dela, tocou seu lábio inferior.

– Haverá outra mudança, quando eu a amarrar. Talvez você tenha a sensação de estar se perdendo. Apenas saiba que eu vou estar bem aqui, com você, o tempo todo. Saiba que farei tudo que estiver ao meu alcance para tornar isso bom pra você. Que é isso que eu quero, que irá me agradar. Mas também será exatamente o que você precisa. Está pronta?

Será que estava? Ela não estava inteiramente certa. Mas não ficaria mais certa que isso, talvez.

– Sim.

– Então, vamos, minha garota.

Ele a pegou pela mão e conduziu até uma das cruzes altas que ficavam quase no meio do salão. Tinha quase dois metros de altura, com um mastro grosso e uma barra em T, de onde pendiam algemas, em ambas as pontas.

Ela deu uma olhada para Connor. Ele tirou a bolsa de couro do ombro, pousando-a no chão, ao lado da cruz. Sem soltar a mão dela.

Ele usou sua outra mão, que estava na cintura dela, para guiá-la até uma das poltronas vermelhas de couro que ficavam atrás da cruz. Ele sentou, puxou-a para seu colo e logo começou a beijá-la. Ele estava com os lábios sobre os dela, com força, exigindo, no entanto, os lábios dele, sua língua, pareciam seda quente. Ela tinha um gostinho de pasta de dente. Um gostinho de Connor. Ele deslizou as mãos até suas nádegas, segurando-a junto a ele, a língua entrando em sua boca. E o corpo dela começou aquela vibração maravilhosa e sensual que ela sentia, sempre que ele a beijava, a tocava.

Ele levou a outra mão ao ombro dela, escorregando por trás de seu pescoço, pressionando ali, daquele jeito que a fazia sentir-se comandada por ele. Era um sinal sutil, mas eficaz. Ele foi descendo, passando pela lateral de seu seio, depois segurando com sua mão grande.

Ela gemeu dentro de sua boca, arqueou o corpo, pressionando junto à mão dele. E ele deixou que ela o fizesse, segurando seu seio, massageando o mamilo através do tecido, usando o polegar, depois deslizando a mão para dentro do decote do vestido, por baixo do sutiã, encontrando seu mamilo rijo com as pontas dos dedos.

Ele pressionou a pontinha de carne, esfregou, segurou entre os dedos, beliscou. O prazer a varreu, deixando-a molhada de tesão. Ela se remexeu em seu colo e ele se mexeu até que ela pôde sentir a solidez da ereção, por baixo de sua coxa. Ela se remexeu novamente, roçando em seu pênis duro. Ele a beijou com mais força, começou a realmente beliscar seu mamilo, fazendo doer, causando correntes por seu corpo. Mas a dor era puro prazer, revolvendo por ela, aguda e adorável.

Ela estava ficando cada vez mais molhada. Precisava ser tocada, queria tirar a roupa. Como se pudesse ouvir seus pensamentos, ele deslizou as mãos até a bainha de seu vestido e o puxou, tirando pela cabeça, afastando seus lábios dos dela, para fazê-lo.

– Ah...

Ela se arqueou, precisando sentir seu corpo junto ao dela. O ar era maravilhoso sobre sua pele quase nua.

– Você é linda, Mischa. Deslumbrante. Já tem uma porção de olhos em você, meu bem. Estão com inveja de mim. Dá pra ver, pela forma como eles olham. Não, não olhe. Olhe pra mim. Apenas saiba que eles estão aí. Eu quero que você foque.

Ela engoliu, concordou. Seu pulso estava disparado.

Ele segurou seus seios juntos. – Como soube que eu adoraria isso em você? Ficou muito sexy. Mas vamos tirar?

Ele destravou o fecho num único movimento e, instantes depois, os seios dela estavam livre daquele pedacinho de seda e renda.

– Ah, assim está melhor. Você tem os seios mais espetaculares. – Ele os juntou novamente, amparando seu peso.

Ela gemeu.

– Sua pele parece cetim. Adoro o tato. A carne é tão consistente, tão farta. – Ele passou as pontas dos dedos nos mamilos e eles ficaram incrivelmente rijos. Então, ele os torceu, fazendo-a resfolegar. De alguma forma, ficaram ainda mais rijos.

– Ah, você adora isso. Seu corpo fala por você.

Antes que ela tivesse chance de responder, ele enfiou a mão entre suas coxas, por baixo da calcinha sedosa, dentro das dobras molhadas de seu sexo.

– Ah!

– Que lindo, como você está molhada. Agora, olhe pra mim. Segure em meus ombros e olhe nos meus olhos, enquanto mexo um pouquinho na sua doce vagina.

Ela o fez, mal acreditando que estava sendo tão complacente, mesmo sabendo que, com ele, não poderia ser nada além disso, neste momento. Era difícil se manter imóvel, quando ele fazia exatamente como havia dito: mexia nela. Ele estava com dois dedos dentro dela, e o polegar circulando seu clitóris. A pressão era uma vibração intensa em seu corpo, sua cabeça. Ele a forçava a manter os olhos nos seus, seu olhar verde cintilando de desejo. Por ela. Era algo poderoso. Quase esmagador.

Ela ia gozar. Ela cravou os dedos nos músculos volumosos por baixo da camiseta preta.

– Ah, não, minha garota.

Ele tirou os dedos de dentro dela, que não pôde evitar o desapontamento.

Ele riu. – Você não achou que seria tão fácil, achou?

Ela teve que sorrir, ligeiramente trêmula. – Não.

– Então, vamos acima. – Ele levantou, colocou-a de pé. – Vamos tirar isso – disse ele, deslizando a calcinha pelas pernas abaixo, ajudando-a a sair de dentro dela, deixando sem nada, exceto seus saltos altos pretos.

Ela estava tão repleta de prazer e tesão, maravilhada por estar perto dele, com ele a tocá-la, que realmente não percebera a transição que se passava dentro dela. Talvez essa tivesse sido a intenção dele, para instigá-la tanto, antes de colocá-la na cruz. Mas isso era exatamente o que ele estava fazendo agora: levando-a até lá, beijando seu punho, passando o couro por cima, prendendo ambos os punhos agora, de modo que ela ficou de frente para a cruz. Ela tinha uma vaga noção de que estava descendo ao subespaço. Aquele lugar adorável e etéreo, onde sua mente nadava, esvaziava de qualquer pensamento desnecessário. Tudo se resumia a Connor. O que ele estava fazendo com ela. O que seu corpo estava sentindo. Era sensação, reação. O cheiro pungente do couro. O ar de expectativa na sala, que ela sabia estar vindo de outras pessoas que estavam experimentando essas mesmas coisas.

Mas esses pensamentos passavam por sua mente num lampejo de sensação abstrata. Ela não se apegava a eles. Era difícil demais focar em qualquer coisa que não fosse as costas largas de Connor, conforme ele ajoelhou para afivelar seus tornozelos com as algemas acolchoadas às pontas da corrente, presa ao chão de madeira. Ela mexeu levemente um dos pés, só para ouvir o tilintar primitivo da corrente. Um arrepio percorreu sua espinha.

Ele levantou, pressionando o corpo à sua lateral.

– Você gosta de ficar presa assim.

– Sim –, respondeu ela, com um mero sussurro soprado.

– Você está linda demais. – Seu sotaque estava carregado. – Parece o céu. Eu vou fazer algumas coisas muito más com você. E algumas coisas muito boas também. E logo não vai se importar se é bom ou ruim. Tudo será bom.

Ele recuou o suficiente para que ela visse o brilho em seus olhos, como a luz capturava os pontinhos dourados que havia neles, fazendo com que brilhassem. Ela se sentia linda, mais do que jamais se sentira na vida. Orgulhava-se de seu corpo curvilíneo, sua nudez. Da aparência que devia ter, presa nas correntes, seu corpo esticado com os braços acima da cabeça, bem abertos.

– Todos os olhos estão sobre você, incluindo os meus. Eu mal posso suportar desviar de você para mexer na bolsa, mas vou fazê-lo. Para encontrar minhas ferramentas, tirá-las para usar. Quero que você fique bem imóvel, enquanto faço isso. Que respire como eu lhe mostrei antes. Que feche seus olhos e entre em sua cabeça. Agora vamos, feche-os.

Ele passou levemente os dedos em suas pálpebras, forçando-as a ficarem fechadas. Ela fez como instruído, inalando o ar profundamente nos pulmões, soltando, focando na sensação de seus punhos e tornozelos nas algemas. A sensação de estar presa. Ela se sentia calma, de um jeito estranho, sabendo que Connor estava bem ali.

Houve um estalo agudo, um sopro de vento em suas costas, e ela tomou um susto, riu, imediatamente sabendo que ele queria sua atenção.

Ele veio por trás dela, passou a mão por trás de seu pescoço. O rosto dele estava junto ao seu. – Ah, você gosta disso, não é? Vai gostar ainda mais, quando eu usar isso em você.

Ela não imaginava o que ele tinha na mão, um chicote curto, um açoite ou um látego. Mas ela se sentia pronta para qualquer coisa. *Queria.*

Será que alguma vez ela quisera tanto, alguma coisa? Ela achava que não. Mal conseguia pensar em alguma coisa que não fosse esse momento. Sua nudez, estar ali na boate. Estar ali com Connor. As coisas adoráveis e perversas que ele faria com ela, hoje.

Ela não queria questionar seu tesão, o anseio que tinha por Connor. Em ter seu toque, fazendo-a sentir prazer. Sentir dor.

Fazer o que ele quisesse.

De um modo longínquo, ela percebeu ser esse o significado de se entregar a ele. E ela estava fazendo isso agora, sem perguntas. Mais tarde haveria tempo de sobra para perguntas. Mas, agora, tinha tudo a ver com ela e Connor, e o que eles criariam ali, juntos.

Ela não conseguia pensar nem mais um momento, no quanto esse "juntos" poderia ser temporário para eles.

SEIS

*Ela o ouvia, sentia, recuando, afastando-se dela, então ela ina*lou longamente e prendeu o ar. Ela esperou, com a pele viva, como se cada terminação nervosa estivesse alerta. Ela soltou o ar e inalou de novo. E de novo, e esperou, enquanto ecoava uma batida sensual à sua volta. Por trás da música havia o som de outras pessoas: vozes conversando em tons baixos, suspiros, gemidos de dor e prazer. Os sons específicos para esse tipo de lugar: o ruído das cordas se movendo, o tilintar do metal, o estalo do couro na carne.

Ela ainda esperava que algo acontecesse. Ela soltou o ar, parou de pensar tanto naquilo. Fez um esforço consciente para desacelerar seu batimento cardíaco disparado. Acalmar seus nervos. Bloquear os sons da boate e olhar pra dentro.

Seu corpo revolvia um fogo lento, uma vibração constante de desejo, uma agitação de expectativa tão forte que parecia eletricidade em suas veias. Um alerta agudo, com Connor em pé, atrás dela, como se ele quase fizesse parte de seu corpo, então, saber que ele estava ali não fazia nada para puxá-la pra fora de si mesma, pra fora dessa experiência de investigação interior.

Ela se sentia linda. Excitada a um grau quase ridículo. Perdida de tesão.

Ela exalou novamente o ar, longamente. E antes que seus pulmões se esvaziassem, houve um estalo agudo no ar e uma pontada em sua nádega esquerda.

– Oh!

Imediatamente depois, Connor se aproximou e pousou a mão no lugar que estava ardendo.

Ele não disse nada, apenas recuou depois de um momento, e bateu novamente.

Dessa vez, ela ficou menos surpresa. Mais capaz de deixar seu corpo mergulhar na sensação. Um chicote curto, pensou ela, a julgar pelo peso leve, em sua pele. Ele bateu nela novamente, um pouquinho mais forte e, por algum motivo, isso a fez sorrir.

Ah, é agora que realmente entramos no negócio.

Era o que ela queria. Precisava.

Outro estalo ardido, depois outro. Ele estava aumentando a velocidade, trabalhando num padrão cruzado em suas nádegas e coxas. A cada golpe o prazer aumentava, como se estivesse incrustado na sensação de ardor. Ela estava se contorcendo um pouquinho, apenas o suficiente para absorver o impacto, para seguir as ondas de prazer.

Ele começou a bater com mais força. Cada vez mais forte, até que ela estava sem fôlego. Finalmente, um golpe com a ponta do chicote e ela gritou.

Os braços dele estavam imediatamente ao redor de sua cintura, o corpo enorme pressionava sobre ela, por trás. Ele levou as mãos aos seus seios. Ele acariciava levemente, passando as pontas dos dedos sobre a pele, depois circulando os mamilos.

– Você está indo muito bem – ele sussurrou em seus cabelos. – É incrível ver você reagindo da forma como reage. Bem assim...

Ele beliscou os dois mamilos com dedos rijos e ela pulou, abrindo os olhos.

Ele riu baixinho. – Ah, eu adoro ver isso. Adoro lhe causar dor, quase tanto quanto adoro lhe dar prazer.

A mão dele alisou sua barriga, entre as coxas, onde ele logo encontrou seu clitóris. Ela arqueou o quadril junto à mão dele, conforme ele apertou a carne rija por entre os dedos.

– Diga-me, querida, você está molhada por mim?

– Sim –, ela resfolegou.

– Eu tenho que ver isso. – Ele deslizou a mão para dentro do calor molhado no meio de suas coxas, enfiando os dedos lá dentro. – Ah, que lindo.

– Connor...

– O que foi?

– Eu preciso... mais...

Ele riu baixinho outra vez, depois a soltou, afastou-se novamente, fazendo-a gemer de decepção. Ela quase não conseguia suportar a forma como ele a provocava. A forma como seus tornozelos algemados forçavam sua coxas abertas, o ar fresco na vagina encharcada.

Ele começou novamente, desta vez, uma sequência de batidas com o açoite – ela sabia pela sensação da camurça grossa em suas costas. Ele usava novamente aquele movimento cruzado. No começo, não chegava a doer. Era simplesmente um meio para que ela entrasse no ritmo que ele mantinha, com a música que tocava nos autofalantes. Ela fechou novamente os olhos. Deixou-se mergulhar no couro em sua pele. Embora pensar em "deixar-se" fosse tolice, pensava ela, do lugar distante, em sua cabeça. Ela estava impotente diante daquilo: o ritmo, o prazer, o tesão exatamente pelo que ele estava fazendo com ela.

Aquilo pareceu se estender por um bom tempo, antes que ele entrasse num ritmo mais veloz, batendo com mais força. O golpe do açoite foi ficando mais intenso, o impacto fazia seu corpo se curvar. Quando ele passou a atingir mais embaixo, batendo na bunda, ela gritou. Ele parou, quando ela bateu os pés, com a dor reverberando por seu corpo, como um eco: um calor ardente, um tipo estranho de êxtase. E depois da dor, houve uma onda de endorfina que a fez flutuar.

– Ah...

– É bom, querida?

– Ah, sim.

Por alguns momentos, ele a deixou navegar na química que fluía em seu cérebro, antes de golpeá-la novamente. Mais uma batida forte, o açoite mordendo a carne. Desta vez, ela suportou melhor, em silêncio. E ele novamente a deixou navegar na dor, dando um tempo para que ela se deleitasse na onda química, no puro prazer daquilo. O orgulho em conseguir suportar.

Ele bateu de novo, um golpe forte. O corpo dela se moveu sob o impacto forte, mas ela continuou em silêncio, mesmo com o prazer fluindo por seu corpo, irrompendo por ela.

Ela sentiu um pequeno filete de seu mel escorrer pela parte interna de uma das coxas.

Ele estava novamente atrás dela, com as mãos sobre ela, e ela curvou as costas, pressionando ao corpo dele. Sentiu sua ereção através do jeans, no rego, no alto da bunda.

Ele novamente enlaçou sua cintura com um dos braços, com a mão espalmada em sua barriga. A outra mão ele usou para alisar a pele ardida de suas costas, subindo e descendo pela espinha, confortando-a. Então, ele fez algo totalmente novo pra ela. Ele segurou na pele macia de sua lateral, logo abaixo da axila e beliscou com força.

Ela resfolegou.

– Isso dói, meu benzinho?

– Sim!

– Mas é bom?

Sua mente girava, seu corpo girava entre a dor e o prazer com tanta rapidez que ela quase não conseguia acompanhar cada sensação. – Sim... é bom.

Ele fez de novo, rápido, agressivamente, agarrando e pressionado a mão cheia de pele, soltando, descendo, fazendo de novo, subindo outra vez, até que ela estava se contorcendo com força, junto ao seu braço, sem conseguir ficar parada. Ela estava ofegante, conforme a dor foi aumentando. E quando ela estava certa de que não suportaria mais, ele parou, deslizando a mão para massagear seu clitóris dolorido, inundando-a de prazer. Ao mesmo tempo, ele deu um beijo suave, no pé do pescoço, no alto da coluna, entre as omoplatas, fazendo seu corpo e seu coração derreterem.

O que estava acontecendo com ela? Não a dor – ela entendia isso, em nível primitivo. Mas seu coração – como isso tinha se envolvido?

A ideia era tão vaga, em sua mente confusa, que ela mal conseguia se apegar a ela. Ela estava muito fora de si para realmente se assustar com isso. Ela só reconhecia a sensação maravilhada. Uma sensação estranhamente desconhecida.

Mais tarde...

Sim, tudo o mais ficaria para mais tarde, exceto o que estava acontecendo *agora*. O que ela precisava. O que ele queria dela. O tesão que a impulsionava a satisfazê-lo, e que vinha aumentando desde o momento em que eles tinham entrado na boate.

Agora, ele estava realmente massageando seu clitóris, uma sensação extraordinária se espalhava por ela, fazendo-a se contorcer, somente as algemas e os braços de Connor a mantinham de pé.

– Connor...

– O que foi, minha garota? – ele murmurou atrás de seu pescoço.

– Eu preciso... – ela resfolegou, conforme o prazer irrompeu por ela, como um choque de mil volts. – Eu preciso...

– Gozar?

– Sim!

Ele esfregou seu clitóris inchado com mais força, fazendo doer, beliscando e puxando. Ele abaixou a outra mão e beliscou os lábios vaginais dolorosamente. Era exatamente o que ela precisava.

– Ah!

– Então goze, minha garota querida. Goze com dor, goze com prazer. Goze em minhas mãos. – A voz dele foi ficando séria e autoritária. – Goze agora.

O corpo dela explodiu com uma sensação quente. Elétrica. Ela se arqueou com força sobre a mão dele e gritou. Gozou com tanta força que foi sacudida pela força do gozo, com o corpo estremecendo numa onda após a outra.

E ele continuava esfregando seu clitóris, impiedosamente, os lábios de seu sexo, depois ele enfiou os dedos dentro dela, e os curvou para atingir seu ponto G. E antes que ela tivesse terminado de gozar, outro clímax irrompeu por ela, ou talvez fosse mais do primeiro. Ela não sabia. Não importava. Nada importava, exceto suas mãos grandes sobre ela. Dando-lhe dor e prazer tão entremeados que não havia como identificá-los, separadamente. Tudo se fundia dentro dela, em sua cabeça, estilhaçando-a completamente.

Ela estava desfalecida nas algemas, junto aos braços dele, que a envolviam e, para Connor, seu peso era tão doce quanto seu aroma. Seu corpo úmido e perfumado. Um leve cheiro de gozo no ar. Ele inalou e o prendeu nos pulmões, por um longo tempo. Depois, ele estendeu o braço e tirou as algemas de seus punhos delicados. Ele os verificou, vendo a circulação, e ficou satisfeito com a cor antes de curvar-se e soltar seus tornozelos, depois a carregou até a poltrona atrás da cruz e a deitou em seu colo.

Ela não pesava nada. Era linda demais.

Dava pra sentir o calor das chicotadas nas costas dela, suas nádegas, mesmo através do jeans. Ele tinha sido cuidadoso para não romper a pele, não estragar suas tatuagens. Tudo que ficou foi esse calor adorável, o rubor deslumbrante em sua pele. Os vergões rosados, onde o chicote batera. O belo tom de rosa em seu rosto, seus seios. O vermelho mais intenso em seus mamilos, que eram de um carmim quase tão lindo quanto o de seus lábios suculentos. O rosa viçoso e indescritível de sua vagina raspada descansando sobre a coxa dele.

Ele desviou o olhar de seu corpo para olhar seu rosto. Os olhos dela eram um brilho azul por baixo das pálpebras meio fechadas, os cílios pousados sobre as maçãs arredondadas de seu rosto.

Cristo, como essa garota era adorável. Em todas as maneiras possíveis. Ele sentia o pênis latejando entre as pernas, a pulsação do tesão subindo por sua barriga. Mas ia além do desejo de entrar em seu corpo, de fodê-la o mais forte que pudesse, embora isso certamente estivesse ali. Ele não seria humano se não sentisse essas coisas agora. Mas não era apenas o sexo ou o jogo de poder. Era Mischa.

Ele delicadamente afastou uma mecha de cabelo de seu rosto. Sua expressão era entorpecida, serena. Ela estava repleta de endorfina. O que era bom, pois ele precisava desse momento para deixar sua pulsação sob controle.

Controle.

Essa era a chave. Ele descobrira isso bem cedo, muito antes de se aventurar no cenário da escravidão sexual e do sadomasoquismo. Sabia disso ainda menino, quando ainda não tinha controle para deter seu pai...

Não pense nele agora. Não deixe que ele estrague isto aqui.

Ah, mas, no fim, ele deixou que o pai estragasse tudo, não foi? Sua infância, sua mãe, todos os relacionamentos que ele tivera. Motivo pelo qual ele não se relacionava mais.

Então, por que seu maldito coração traiçoeiro está lhe dizendo que essa mulher é para ser dele? Ele a conhecera não fazia nem uma semana...

– Connor?

Ele ouviu a dúvida na voz dela.

– Sim?

– Você está... Eu fui bem?

Droga, ele a deixara ver alguma expressão, alguma cara feia que a fez pensar que ele não estava satisfeito com ela.

– Você foi incrível. Perfeita.

Ele afagou seu rosto outra vez. Não por haver cabelo para afastar, mas simplesmente para sentir a pele acetinada sob seus dedos. Para ver o sorriso que surgiu no rosto dela.

Ele a manteve ali, descansando em seu colo. Manteve as mãos nela: seu rosto, ombros, barriga. Ele ainda estava rijo, com o pênis tão duro que chegava a doer. Mas o sexo agora parecia não importar tanto quanto isso. Vê-la descendo de sua onda de endorfina. Cuidar dela.

Ele sempre se sentia protetor das garotas com quem brincava, mas com Mischa isso atingia um nível completamente diferente. Era mais do que cumprir seu papel como um bom dominador. Era mais que um senso de responsabilidade. Em termos simples, era o que ele mais queria, neste momento.

Insanidade.

No entanto, ele estava fazendo isso. Ainda queria fazer.

Ela estremeceu levemente e ele puxou uma coberta do encosto da poltrona e passou em volta de seus ombros, massageando seus braços. Ela suspirou, recostou a cabeça em seu peito. E logo adormeceu.

Ele ficou imóvel, com Mischa em seu colo, olhando-a dormir, como ele fizera, quando eles estavam na cama. Quando um dominador desconhecido se aproximou, ou para perguntar se eles tinham terminado de usar a cruz, ou para se apresentar, Connor o alertou para se afastar, lançando um olhar fixo. Eles ainda estavam em cena, no que lhe dizia respeito, e ele não deixaria que ninguém interferisse. Ninguém perturbaria sua garota, durante seus cuidados posteriores. Ninguém.

Ele novamente olhou para seu rosto, abaixo, e percebeu a vontade voraz que tinha de cuidar dela.

Droga, ele se importava com ela, sim.

E não tinha como embromar a si mesmo, quanto a isso.

Porque tinha de fazê-lo, ele subitamente sussurrou para ela – Você virou minha cabeça, minha garota. Se eu tiver que ser honesto comigo mesmo – algo que sei muito bem que nem sempre sou, isso aconteceu de cara.

– Você é totalmente o tipo de mulher com quem um homem pode ter uma noite de diversão, seja sexo, ou um jogo de calabouço, ou ambos. Eu nem a julgo por isso. Nunca vi nada de errado em sexo, simplesmente pelo sexo. Os prazeres da carne são algo que fazem a vida valer ser vivida. Acho que você compreende isso tão bem quanto eu. Não entendo todas as regras que as pessoas impõem quanto à forma e o momento aceitáveis para se deleitarem. – Ele parou, observou cuidadosamente as feições relaxadas, ouviu sua respiração constante, para ter certeza de que ela estava dormindo, antes de continuar. – No fim, minha única regra é que ninguém saia ferido. Não em termos da brincadeira de dor, e há uma diferença entre machucar alguém por prazer e causar-lhe um estrago.

Então, deixe a garota em paz.

Ele respirou fundo, prendeu o ar nos pulmões, até arder.

– Eu *vou* te machucar, droga. Isso é certo, se eu não me afastar logo. Até uma garota tão durona quanto você, tão forte quanto você, pode se machucar. Não posso suportar essa porra, de fazer isso com você. Você, não. Mas não consigo lhe dizer tudo isso. O que me transforma na merda de um covarde, não é?

Ele deu um longo suspiro. Ele precisava ser honesto com ela. Ter certeza de que ela entendia do que ele era ou não capaz. Mesmo que ela só estivesse a fim de sexo, do jogo da escravidão sexual e do sadomasoquismo. Ele lhe devia isso. Mantê-la em segurança era algo que ele devia a si mesmo.

Mantê-la em segurança, em relação a ele.

Ele passou a mão no queixo, agitado, coçando a barba por fazer.

Eles precisavam conversar, apesar do fato de que ele realmente não queria. Tinham que pôr as cartas na mesa. Não precisavam parar de fazer o que estavam fazendo. Contanto que ele lhe contasse...

Ela gemeu, batendo os cílios longos, e seus olhos azuis o encararam.

– Oi –, disse ela, com a voz meio rouca.

– Oi pra você. – Será que ela ouvira seus murmúrios? Ele achava que não. – Como se sente?

– Dolorida. Mas realmente maravilhosa.

Ela sorriu, se remexeu no colo dele, essa garota terna e nua, por baixo da coberta. Que bom. Enrijecendo seu pênis outra vez, deixando seus pensamentos de lado.

Ele sorriu pra ela. – Você ainda está entorpecida de endorfina.

– Sim. Eu gosto. Desta vez, não aquele choque, de fundo de poço. Pelo menos, até agora.

– Está com fome?

Ela sacudiu a cabeça e ele levou as mãos aos cabelos dela e os soltou, e os viu cair em seus ombros, passou a mão. Que nem seda.

– Do que precisa? –, ele perguntou a ela.

– Agora, de nada. E *você*, do que precisa?

– Ah, não me tente, garota.

– Essa é minha intenção.

Ela se remexeu mais um pouco, acomodando o sexo nu exatamente em cima da ereção que aumentava.

– Eu disse que você podia fazer isso?

– Ainda não.

Ela estava sorrindo, um sorriso do tipo endiabrado. Ele sabia que ela não tinha saído totalmente do subespaço, mas gostou do tom brincalhão. Então, seu rosto ficou sério e ela soltou a coberta, revelando seus seios deslumbrantes. Ela os pegou nas mãos, erguendo-os.

Ela disse, em voz baixa: – Estou perguntando outra vez, Connor. Do que você precisa?

Ele gemeu. Seu pênis pulsou.

– Então venha me chupar. Bem aqui. Na frente de toda essa gente.

Ela deslizou, ajoelhando diante dele, abriu seu zíper e tirou o pênis, segurando com sua mãozinha quente. Ela deu uma olhada acima, e ele assentiu.

– Chupe, Mischa. Agora.

Ela se curvou, com os cabelos pendendo sobre as coxas dele, e ele teve só um instante para desejar que o estivesse sentindo na pele nua. Então, ela colocou a cabeça de seu pênis na boca e a mente dele esvaziou.

– Ah...

Ela enroscava a língua sobre a cabeça do pênis dele, enfiava na pequena abertura, algo que ele adorava e poucas mulheres pensavam em fazer. Depois, ela enroscou novamente na cabeça, repetidamente. Ela estava chupando só a cabeça inchada, passando os dedos levemente no pênis ereto e o deixando louco. Mais louco ainda, quando ela recuou, soprando a ponta de leve, depois o abocanhou inteiro.

O prazer irrompeu nele, os testículos se retraíram. Ele queria mergulhar em sua boca quente e molhada, foder sua boca. Mas também queria ver o que ela faria. Deixar que ela o torturasse um pouquinho.

Ela continuou lambendo em cima, em volta, abocanhando. Quando ela finalmente enfiou tudo na boca, até o talo, ele gemeu alto.

– Ah, Cristo, como isso é bom

Ela o recebeu até o fundo da garganta, parou, engoliu mais. Depois começou a mexer.

Ele afastou os cabelos de seu rosto, para poder assistir sua linda boca deslizando acima e abaixo de seu pênis. O desejo era como uma labareda nas veias dele, aumentando, aumentando. O prazer era ainda mais quente, provocado pelos lábios e língua. Que boca molhada.

Ela começou a chupar.

– Ah...

Ele sentia a cabeça do pênis batendo no fundo da garganta dela, enquanto ela continuava a afagar por baixo, com a língua, mesmo enquanto chupava com força. Com tanta força que quase doía. Um tesão, a chupada que ela dava. Perfeita. A visão de seus lábios suculentos e vermelhos o engolindo... ele quase não conseguia suportar. Mal se continha para não enfiar tudo com força, engasgá-la um pouquinho com seu pênis, algo que ele adorava. Mas ele sabia que se fizesse isso agora, gozaria logo.

Para se acalmar, ele ergueu os olhos, olhou ao redor da sala, viu as pessoas que os observavam. Um casal, na estação ao lado, o dominador em pé, ao lado da garota, que estava na bancada para espancamento. O dominador cruzou com seu olhar, assentiu aprovando e a excitação de Connor aumentou. Ele olhou além, viu um trio, um homem e duas mulheres – sem fazer nada, só olhando. As mulheres estavam sorrindo.

Agora, ele não podia mais se conter. Ele olhou de volta para a cabeleira loura de Mischa, segurou seus cabelos com as duas mãos, empurrou tudo ao fundo de sua garganta. Ela aceitou, engolindo seu pênis.

– Ah, isso é perfeito, meu bem... Sim...

Ele ia gozar logo. E ela era perfeita demais: ela chupava com aquela boca molhada, seus cabelos lindos, o jeito que ela lambia seu pênis. O fato de não ter inibições quanto a chupá-lo na frente de uma plateia.

Ele puxou seus cabelos com força suficiente para doer e ela deu um gemido abafado. E ele fodia sua boca, empurrando com golpes punitivos. E bem na hora em que ele ia gozar, ela enfiou a mão em seu jeans e beliscou um pouquinho de pele, embaixo do saco, fazendo com que ele explodisse.

– Cristo... Porra, Mischa! Porra...

Ele estava gozando em espasmos, e não parava. E ela bebeu todo o seu gozo, engolindo tudo, chupando até o fim.

Quando o corpo dele acalmou, ele soltou os cabelos dela. Ela recuou e seu pênis ainda duro escorregou de seus lábios vermelhos. Ela olhou-o, acima, com os olhos mais azuis que ele já vira.

Cristo, que mulher.

Minha.

Por enquanto, talvez. Só por enquanto.

Mas agora já estava perfeito. Ele não conseguia pensar em mais nada.

* * *

Connor estava estacionando em seu prédio, depois de vesti-la e levá-la para o Hummer. Ela não se lembrava de nada do rápido trajeto, nada além de se sentir incrivelmente relaxada. Saciada, mas ainda excitada, precisando de mais. Ela não tinha certeza do local para onde iam, até perguntar pra ele, que lhe dissera não achá-la pronta para voltar sozinha ao apartamento de Dylan.

Ela também não achava. Ela tinha consciência de que ainda flutuava, que realmente não aterrissara ainda. E que não queria que ele tivesse terminado. Ela tinha ficado muito satisfeita com a reação dele, em relação a ela. Arrebatada pela sensação de poder que tivera com seu pênis na boca, ele gemendo, com os dedos mergulhados em seus cabelos.

Ela ainda estava sentindo agora, a forma como o prazer igualou os dois. Ela tivera alguma noção antes, observando o rosto dele, quando ele gozou dentro dela. Mas essa noite ela sentiu muito mais. Como se ele tivesse derrubado alguns muros, ao deixar que ela assumisse o controle, ditasse o ritmo, e o levasse ao clímax por sua suas próprias ações, pelo que *ela* escolheu fazer com ele.

Ele saiu do carro e o contornou, abriu a porta e ajudou-a a sair.

– Vamos lá pra cima.

Ele manteve um braço ao redor da cintura dela, como sempre fazia. Ela adorava. E aquela sua parte que detestava admitir como ela gostava dessa proteção, ficava cada vez mais quieta, quanto mais tempo ela passava com ele.

Ele ajudou-a a subir. Suas pernas estavam ligeiramente trêmulas, mas de uma forma boa. Ela não conseguia explicar para si mesma, o que isso significava, só que ela se sentia bem demais.

Ele abriu a porta e eles entraram.

– Está com frio? –, perguntou ele. – Vou aumentar o aquecedor. Você está quase nua, por baixo do casaco.

Ela começou a tirar o casaco. – Até que estou bem.

– Então, quer um chá?

Ela sorriu. – É o irlandês em você que está oferecendo um chá para uma garota?

– Você não toma chá?

– Tomo.

– Então, irlandês ou não... – Ele sacudiu os ombros, ao pegar o casaco dela e pendurar num pequeno armário, no corredor. – A cozinha é por aqui.

Ele parecia meio perdido, subitamente. Ela não tinha certeza do motivo. Ou talvez ela estivesse realmente aterrissando agora e não visse as coisas claramente.

– Na verdade, eu adoraria um chá –, disse ela, para as costas dele, que se afastava. – Nossa, que cozinha ótima.

Obviamente tinha sido reformada recentemente. As paredes eram brancas, com longos retângulos de ladrilhos verdes na bancada e na parede atrás do fogão. Os eletrodomésticos eram todos pretos, as cortinas das janelas eram brancas, com uma borda preta larga. Bem masculina.

– Que bom que você gosta. Eu fiz o Alec me ajudar a colocar os ladrilhos, durante o verão.

Ele sorriu ao falar e ela relaxou de novo. Talvez aquele momento tivesse sido apenas a sua cabeça.

– Aqui, sente-se.

Ele a levou até um pequeno nicho embutido no canto, com uma mesa branca e bancos com estofados em preto. Ela ficou olhando, enquanto ele se movia pela cozinha: ligando a chaleira elétrica, colocando na mesa dois guardanapos de xadrez preto e branco, um açucareiro branco. A chaleira apitou quando a água ferveu e ele serviu, trazendo um par de canecas até a mesa.

Ele sentou de frente pra ela, que se viu desejando que ele tivesse se espremido ao seu lado, no banquinho. Ela lhe deu uma olhada, enquanto ele colocava açúcar na caneca, depois ela passou as duas mãos ao redor da caneca de chá. Ela estava sendo ridícula. Ele estava bem ali e a convidara para seu apartamento. Estava tudo bem. Isso era apenas uma pequena viagem ao fundo do poço. Ela estava bem.

– Como se sente? Já acalmou?

– Acho que sim.

– Que bom, bom. – Ele olhou abaixo, levou a caneca aos lábios e deu um gole. – Merda! Queimei a boca.

Ele limpou os lábios na manga e fez uma careta.

– Você está bem?

– O quê? Sim, estou bem. Bem.

Não era isso que ela dizia a si mesma, alguns instantes atrás? O que estava havendo?

– Connor? Há algo errado?

– Não, claro que não. Nós tivemos uma noite ótima, não tivemos?

– Foi o que achei.

– Eu achei o mesmo. – Ele parou e, por algum motivo, ela sentiu um aperto na barriga. – Só acho que devemos conversar.

– Sobre o quê?

– Você sabe que eu estou gostando de ficar com você, não quero que questione isso.

– Mas?

– Não tem "mas" nisso. Eu só quero ser honesto, em relação às minhas intenções.

Ela quase riu. – Suas intenções? Connor, ninguém está colocando uma arma em sua cabeça. Quando fiz parecer que sou o tipo de mulher preocupada com as intenções de alguém? Eu sei que não estamos caminhando para um relacionamento. Eu nem diria que estamos namorando.

– Bem, nós estamos nos vendo.

Onde ele estava querendo chegar com isso?

– Sim. E daí?

– Eu acredito que a clareza, transparência, é a melhor forma de agir. Não quero que você tenha expectativas irrealistas.

– Esse é o papo do beijo de despedida?

– Do quê?

O coração dela batia estrondoso no peito, nos ouvidos.

– Você sabe. Aquela conversa em que você basicamente me diz que se divertiu muito, que eu trepo bem, mas está na hora de dar um beijo de despedida. – Ela ficou de pé, com o sangue fervendo. – Porque se for, você pode poupar seu fôlego. Não tenho desejo algum de estar com alguém que não me curta. Na verdade, eu nem *preciso* disso.

– Tenho certeza que não, Mischa, não é isso que estou dizendo.

– Não é?

E por que isso era tão importante? Ela o conhecia há menos de uma semana!

Foi a vez dele se levantar. Ele ficou acima dela, estendendo o braço ao outro lado mesa, puxando-a para mais perto.

Ela deu um tapa, afastando a mão dele. – Não venha me manipular.

– Eu tive a impressão de que você gostava.

– Como você se atreve! – Agora, ela estava fumegando. – Como se atreve a usar isso contra mim!

– Mischa... Merda, não quero dizer nesse sentido. Porra.

Ele a soltou e ela deu um passo atrás, afastando os cabelos do rosto.

– Talvez não queira. Mas, Connor, que diabo está acontecendo aqui? Porque eu não sou uma daquelas garotas com quem você precise ter uma "conversa". Não vou perguntar como ficamos, ou pra onde vamos. Achei que isso estivesse claro, desde o início. Eu tenho a minha vida em São Francisco. Tenho meu negócio, meus amigos, minha escrita. Não estou em busca de mais nada. Estou feliz. Com a minha *vida*. E tenho ficado feliz de transar com você, brincar com suas sacanagens.

Ele falou baixinho: – Acho que temos feito mais que brincar.

– Sim. Tudo bem. Talvez. Mas isso não significa... que vou querer mais de você.

Deus, como ela era mentirosa. Ela já queria mais dele. Mesmo não sabendo exatamente o que era. Droga, ela não fazia a menor ideia. Ela não tinha certeza do motivo das lágrimas que ardiam em seus olhos – que ele estava zangado, que ela não queria ligar.

– Porra. Porra, me desculpe, Mischa. Esse não é o momento, você mal saiu do subespaço, se é que saiu. Eu deveria ter ficado de boca fechada, pelo menos até amanhã. – Ele parou, esfregou a mão no queixo. – Não posso acreditar... Eu nunca perco o controle. Nunca perco.

– É sobre isso, Connor? Porque eu não estou gostando nem um pingo. – Uma pequena onda de raiva a percorreu, deu uma pontada em sua barriga. – Eu não sei por que esperei que você fosse se comportar melhor do que eu esperaria de um homem comum.

– Não, você está certa. Eu espero a mesma coisa de mim. Espero eu que... me comporte melhor do que tenho direito de esperar, de mim mesmo, talvez.

Isso a fez parar, quase a fez querer rir. Ela afastou os cabelos do rosto. – Deus, nós somos bem malucos, não?

A feição retraída dele abrandou um pouquinho. – É, venho tentando superar isso, ao longo de grande parte da minha vida. Acho que eu tinha me convencido de que havia conseguido.

– Eu também. Desculpe – ela disse, relaxando os ombros. – Eu não precisava ficar tão zangada.

Ele abriu um sorriso. – Ficou mesmo, não foi? Eu meio que gostei de vê-la assim. Todo aquele fogo.

Agora ela riu. Ela não pôde evitar.

Ela estava ficando doida, mesmo. Furiosa, num minuto, rindo com ele, no outro. O homem a estava deixando maluca. Se bem que era uma maluquice boa.

Ele esticou o braço e a puxou pra perto, com uma mão grande ao redor de sua cintura.

– Venha cá e deixe-me sentir esse ardor, minha garota. Deixe-me ver se consigo tirar isso de você.

Ele a beijou, pousando os lábios nos dela, e ela se viu derretendo, se fundindo a ele, a raiva e a tensão dissolvendo. De alguma forma, com Connor, o mundo sempre derretia, permitindo que ela abrisse mão.

Talvez esse tivesse sido o motivo para que ela ficasse tão zangada. Porque a ideia de que alguém poderia fazê-la abrir mão, fazê-la realmente baixar a guarda, era assustadora demais para encarar.

Ele a beijou com mais força, começou a erguer seu vestido pelas coxas.

Ela recuou. – Connor, você está tornando impossível que eu possa pensar.

– Então, não pense. – Ele entremeou a mão em seus cabelos e puxou sua cabeça para trás, beijando seu pescoço. – Apenas fique quieta, enquanto eu beijo, toco. Você pode pensar depois. Nesse momento, eu acho que preciso comer você nesta mesa.

– Ah...

E quando ele tirou a camisa pela cabeça, depois tirou o vestido dela, ela só pôde pensar na pressão quente de pele com pele. O gosto dele em sua língua, quando ele recomeçou a beijá-la. A forma como seu corpo ardia por ele. E soube que, neste momento, isto era tudo que ela queria.

SETE

*MISCHA BOCEJOU, SE ESPREGUIÇOU, ESTICANDO OS BRAÇOS ACIMA DA CA-*beça. E se lembrou de que estava na cama de Connor.

Ela sorriu.

– Você está feliz hoje –, disse ele, com a voz rouca de sono.

Ela abriu os olhos e o encontrou apoiado num dos cotovelos, olhando pra ela. Na pouca luz matinal que entrava pelas persianas finas, os olhos dele tinham um tom mais pra dourado-escuro que verde. Seu maxilar estava escuro com a barba por fazer, o que ela achava extremamente sexy. Quase tão sexy quanto o contorno de seu ombro musculoso. Ela estendeu o braço para passar o dedo no nó céltico em preto e vermelho, tatuado ao redor de seu bíceps direito. – Está insinuando que você não está?

– Ah, não. Pelo contrário.

– Você parece estar feliz na maior parte do tempo –, disse ela.

– Pareço?

– Por que você parece tão surpreso? – As feições dele ficaram sombrias, como se uma nuvem tivesse subitamente se instalado acima dele. – Connor? O que foi que eu disse?

Ele esfregou o rosto, com uma das mãos. – Nada. Eu só... é que nem sempre eu estou tão feliz. Ou não tenho estado. Cristo. Desculpe. Não é o tipo de coisa que você quer ouvir ao acordar.

– Não, tudo bem. – Ela sacudiu os ombros. – Não conheço ninguém que não tenha algum tipo de passado... algo sobre o qual não goste de falar. Certamente há coisas que não gosto de falar. Coisas que não me deixaram nada feliz.

– Como a sua mãe? –, ele perguntou, baixinho.

– Por que diz isso?

– Aquela primeira noite, quando nos conhecemos. Você mencionou como ela nunca tinha realmente sido mãe de ninguém. Imagino que isso deixaria alguma amargura.

– Sim, imagino que sim –, ela respondeu, cautelosa.

– E... eu preciso me desculpar de novo. É minha natureza forçar. É parte de ser um bom dominador, saber o que motiva a pessoa com quem você está jogando. Mas você não precisa me contar nada que não queira.

Mischa sacudiu novamente os ombros, pegando a ponta da colcha cinza, olhando para ela. – Ah, você sabe, pais ausentes. Ou... uma mãe instável e um pai totalmente ausente. Tenho certeza de que você tem familiaridade com essa história.

– Não por experiência própria. A maior parte do tempo, eu desejei que meu pai fosse *mais* ausente. Ele era um babaca.

Quando ela olhou de volta pra ele, deu pra ver a dor em seus olhos; talvez ele ainda não estivesse bem desperto para esconder.

– Lamento, Connor.

– É, tudo bem. Acho que essa é minha amargura.

– Eu não conheci meu pai. Ele foi embora, antes que eu nascesse.

– Algumas pessoas podem dizer que você está melhor assim.

– Talvez. Eu nunca vou saber, não é?

– Você poderia encontrá-lo, talvez conhecê-lo.

– Evie nunca me disse quem ele era –, disse ela, baixinho, mal acreditando que estava contando isso pra ele, mas, por razões que desconhecia, queria contar. – Tenho quase certeza de que ela não sabe. Nós vivemos em inúmeras comunidades e locais alugados estranhos, compartilhados. Quem pode saber com quantos homens ela teve contato? Ela é linda. Nunca faltou homem pra ela. E ela tinha um espírito bem livre. Ainda tem.

– Você disse que ela é artista.

– Sim. Ela pinta. Trabalha com cerâmica. Faz joias. Tem muito talento, mas nunca fez muita coisa com isso. Ela sempre esteve ocupada demais nos mudando de um lugar para outro, quando eu era pequena. Às vezes, a gente juntava tudo e partia, e ela deixava uma dúzia de telas pra trás. De trabalhos incríveis.

– Deve ser daí que você herdou suas habilidades artísticas.

– Sim. Foi isso que ela me deu. – Ela parou e precisou engolir a dor que surgiu em sua garganta, ao admitir isso. – Não, isso não é totalmente verdade.

– Deve ser dela que herdou sua beleza, de sua mãe –, disse ele, com os olhos verdes e dourados brilhando. Sinceros.

– Bem, obrigada. Mas eu estava me referindo à minha irmã Raine.

– Então, vocês duas são próximas?

– Agora, não tanto. Nós crescemos e, em determinada altura, seguimos direções diferentes, só que eu acho que posso dizer que ambas somos... – a voz dela foi sumindo, incerta quanto a estar revelando demais.

– Vocês duas são o quê?

– Nós duas somos meio... hiper-responsáveis.

– Por que isso foi tão difícil de admitir? Eu também sou.

– Isso meio que escapuliu. Eu sempre me achei... consciente, trabalhadora. Hiper-responsável parece bem mais neurótico.

Connor sorriu. – Se você for neurótica, então, eu também sou. Mas, em minha cabeça, ser hiper-responsável é muito melhor do que ser irresponsável. Conte-me mais, sobre você e sua irmã.

– Quando nós éramos crianças, sempre parecia que éramos nós duas contra o mundo, Raine e eu –, Mischa prosseguiu. – Nós éramos uma equipe. Só que o pai dela estava por perto e o meu não. Quer dizer, eu não me ressentia com ela por isso. Ficava feliz por ela ter um pai em sua vida. Eu só... tinha inveja.

A verdade é que ela sempre se perguntou por que Raine era boa o bastante para que seu pai estivesse presente e ela... obviamente não era. Em sua cabeça, ela podia ver o filme que se repetiu, na maior parte de sua vida: os cartões e presentes que chegavam, no aniversário de Raine, e nada pra ela. A porta da frente fechando, quando Raine saía para passar o dia com o pai, deixando Mischa pra trás. Ainda doía, como uma pequena facada em seu peito. Mas ela não ia contar nada disso a Connor. Já tinha falado demais.

– E quanto a você? –, perguntou ela, ansiosa para mudar de assunto. – Você é próximo de suas irmãs?

– Não muito. Elas são um pouco mais novas. Clara tem oito anos a menos e Molly, nove. É difícil para um garoto se relacionar com garotinhas. Quando elas estavam maiores, eu já tinha partido, me mudado para os Estados Unidos.

– Foi quando você se casou?

– É. – Ele ficou quieto e ela já ia mudar de assunto, mas ele respirou e continuou. – Eu tinha vinte anos. À época, pareceu uma boa ideia, mas isso é uma desculpa triste para estragar a vida de outra pessoa. Eu queria sair da Irlanda. O que é uma desculpa pior ainda.

– Do que você precisava se afastar?

Ele olhou pra ela, com as pupilas escuras, líquidas, as sobrancelhas franzidas. – Meu pai. Ele não era um homem legal. Essa tatuagem aqui, me lembra o quanto não quero ser ele –, disse ele, sentando e esticando o antebraço esquerdo.

– O que diz?

– *Cha tèid nì sam bith san dòrn dùinte.* É gaulês para “nada entra num punho fechado”.

Connor sacudiu a cabeça, tentando afastar o motivo da tatuagem. As lembranças de seu pai voltando bêbado pra casa. Era quase toda noite. E quando o homem estava bêbado, ele era duro com sua mãe. Com ele. Ele já era duro sóbrio. Mas ele entesourava suas meninas. Connor jamais as teria deixado, se não fosse assim. Ele não era tão egoísta, nem mesmo ao vinte anos.

Não tanto. Ele deixou a mãe para que ela lidasse com o velho, não foi? E usara Ginny, no processo, casando com uma mulher que não amava realmente, o que piorava as coisas.

Não pense nisso.

Agora, não, com essa mulher em sua cama, tão sexy com seus cabelos desalinhados, sua pele clara reluzindo sob a luz da manhã.

– Isso tem algo a ver com a cicatriz embaixo do seu olho?

– É. Briga de bar, quando eu tinha dezoito anos, como qualquer outro bom rapaz irlandês. – Ele tentou manter a amargura fora da voz, mas ela franziu levemente o rosto e ele viu que não tinha sido inteiramente bem-sucedido.

– Você não precisa dizer mais nada –, Mischa disse a ele.

Ele sorriu pra ela. – Nós tivemos algumas revelações, hoje, não?

Ela retribuiu o sorriso. Um sorriso lindo, radiante. – Tivemos.

– Então, talvez seja suficiente para um dia. Que tal um banho quente bem longo?

– Eu certamente preciso de um. Francamente, você também.

– Rá! Muita bondade sua me dizer isso. Venha, moça safada.

Ele agarrou-a, rolando-a para o lado, depois passou o braço ao redor de sua cintura e a ergueu da cama, carregando-a para o banheiro.

– Connor! Me põe no chão!

– Sem chance. Você que está exigindo o banho.

Ela relutou, mas ele a segurou com força. E não admitiu para si mesmo, como ele gostava de ter os braços ao redor de seu corpo gostoso.

De seu corpo nu.

Sim, concentre-se nisso.

Isso até que era fácil, focar numa garota deslumbrante em seus braços. Ele chegou ao banheiro, esticou o braço para abrir a torneira, sem soltá-la. Ele sentiu o corpo dela relaxando, aceitando que ele a segurasse. Cedendo a ele. Não importava se era sua força, ou alguma outra coisa. Ele gostava do que estava acontecendo.

Ele estava ficando de pênis duro. Não que isso fosse alguma surpresa. Ela fazia isso com ele, com essa facilidade. Ele ficava excitado só em pensar nela. As poucas vezes que estiveram separados, ele tinha ficado assim e se masturbou nesse mesmo chuveiro, gozando com força, se lembrando dela, do gosto dela. Quantas vezes na última semana? Menos de uma semana.

Só fazia seis dias que eles tinham se conhecido? Então, por que parecia tão natural puxá-la para dentro do chuveiro com ele? Começar a ensaboar seu corpo, deslizando as mãos por sua pele macia, como se ele tivesse feito isso todos os dias de sua vida?

Não seja imbecil.

Isso que ela fazia com ele. Ela o deixava como um tolo. De tesão. Com... outra coisa. Ele não sabia como chamar. Pelo amor de Deus, ele tinha acabado de conhecer a garota. E agora não ia ficar todo filosófico. Ela estava nua com ele, no chuveiro, a água escorria por seus corpos. Deixava seus seios maravilhosos. Suculentos. Ele passou as mãos sobre eles, parando para beliscar os mamilos.

– Ei!

– Você está reclamando porque não gosta? –, ele perguntou.

Ela riu. – Acho que a resposta é óbvia –, disse ela, passando levemente os dedos nos mamilos enrijecidos, fazendo seu pênis saltar de tesão. – Mas nós estamos sujos.

– Sim, estamos –, disse ele, sorrindo. – Eu até que gosto disso em mim. E mais ainda em você.

– Primeiro, limpos –, disse ela, forçando um bico para parecer séria.

– Ah, hoje ela está mandona.

– Prometo ficar submissa novamente, depois que eu estiver limpa –, respondeu ela, pegando o frasco de xampu e começando a ensaboar os cabelos, depois passando a espuma pelo corpo.

– Eu vou ver se você está –, ele disse a ela, tentando soar emburrado e fracassando. Ele desistiu e começou a se ensaboar também.

– Tenho certeza que vai. Você sempre vê.

– Estamos reclamando, é?

– Eu... essa eu passo.

– Rá. Aqui não tem essa, minha garota. Aqui, é hora de enxaguar.

Ele usou o chuveirinho de mão para se lavar, depois lavou-a, caprichando em sua pele sedosa, entre as coxas.

– Ah, que bom –, ela murmurou.

– Parece bom. – Ele se aproximou, passou a mão livre em seu sexo raspado. – Sentir é melhor ainda.

Ela suspirou, batendo os cílios. Ele adorava quando ela fazia isso. Quando ela se entregava a qualquer coisa que estivesse acontecendo.

Prazer. Dor. Seu comando. Ela agora estava se submetendo a ele, mesmo agora, através da sensação de sua mão entre as pernas dela.

Ele colocou o chuveirinho de volta no gancho.

– Mischa, vire.

Ela não disse nada, apenas piscou, por um instante, depois virou. Ele passou a mão por suas tatuagens, parando um momento, para admirar as linhas delicadas e o sombreado das orquídeas, os botões de lótus e crisântemos, as flores de cerejeira espalhadas, o trabalho todo feito em estilo clássico japonês. Lindo. Tão parte dela.

Ela estremeceu, conforme ele passava levemente os dedos na curva de suas costas, depois deslizava a mão abaixo, por cima da bunda em formato de coração.

Ele não lhe deu tempo para pensar em suas ações; ele apenas lhe deu uma bela palmada.

– Ah, Connor...

Mas antes que ela pudesse reclamar, suas palavras sumiram. Seu corpo amoleceu. Ela apoiou as mãos nos ladrilhos brancos e cinzas, da parede do chuveiro.

– Ah, boa garota –, disse ele.

Ele deu outra palmada, o som de sua mão estalando em sua pele molhada ecoou no chuveiro. Ele sempre adorou dar umas palmadas nas mulheres, no chuveiro. Sabia o quanto a sensação seria intensificada na pele molhada. Ele fez de novo, o corpo dele se moveu ligeiramente, apenas uma pequena ondulação que sinalizou a dor, assim como o prazer.

Ele deu um tapa com mais força e ela resfolegou levemente.

– Deus, isso dói mesmo –, disse ela.

– É muito, minha garota?

– Não. Não, é muito bom, também...

Ele sorriu, um sorriso malicioso, se estava sendo honesto consigo mesmo e a espalmou outra vez, com força suficiente para arder sua mão. E fez de novo. E outra vez. Primeiro uma nádega arredondada, depois a outra. Ele ficava cada vez mais rijo, a cada palmada. Vendo a forma como ela reagia: amolecendo, os suspiros. Sua pele avermelhada. Deslumbrante.

Ele continuou, aumentando a força, mais veloz, até que ela estava ofegante, se contorcendo. Ele sabia que, a essa altura, devia estar doendo terrivelmente. Mas ela estava suportando. Ele se inclinou à frente e passou a boca na nuca, enquanto espalmava sua bunda, saboreando sua pele, arrancando um longo gemido dela.

Quando ele parou para deslizar a mão na frente do corpo dela, entre suas coxas, ele estremeceu com o calor que emanava dela. A vagina escorregadia, conforme ele enfiou os dedos dentro dela.

Ela imediatamente abriu mais as pernas. Silenciosamente. E conforme ele começou a mexer os dedos, enfiando e tirando, ela não disse uma palavra. Não fez nada além de se arquear na mão dele, mantendo um ritmo sensual.

Ele queria se controlar. Queria fazê-la gozar, antes de ter prazer com ela. Mas sua linda bunda rosada estava tão perto que ele não conseguiu deixar de pressionar junto a ela, seu pênis deslizando entre as nádegas.

Pra ele, chegou a hora. Não haveria mais autocontrole. Com um gemido, ele virou para trás para fechar a torneira. Ele a pegou, chutou a porta do chuveiro para abri-la, e a colocou na bancada azulejada. Ele remexeu numa gaveta, encontrou uma camisinha e forrou sua ereção dolorida. Ele olhou nos olhos dela, e os viu grandes e desejosos. Abriu suas coxas e mergulhou dentro dela.

– Ah... sim, Connor...

As pernas dela o enlaçaram ao redor da cintura, os braços agarraram seu pescoço, e ele dobrou os joelhos para que pudesse entrar fundo. Ela era tão apertada. Apertada, molhada e linda. Ele mergulhou nela, olhando seu rosto. Sua boca vermelha viçosa. Seus olhos azuis brilhantes. A Intensidade. Sexo puro. Incrível.

Ele queria beijá-la. Queria vê-la, enquanto metia nela, ainda mais.

Quando ela começou a gozar, ele sentiu no fundo de sua vagina, antes de ver isso em seu rosto. Os lábios dela se abriram, a respiração ofegante.

– Connor, eu estou gozando... ah... ah...

Então, ele também estava gozando. O prazer o fez estremecer, fez suas pernas tremerem com tanta força que ele não tinha certeza se conseguiria se manter de pé. Mas ela se agarrou a ele, ajudando o galope, até que a sensação o golpeou como uma parede. Mesmo depois que o orgasmo passou, ele continuou metendo; ele parecia não conseguir parar. Até que seu pênis amoleceu e ele teve de tirá-lo e se livrar da camisinha.

Então, ele percebeu que os dois estavam encharcados do chuveiro, a água escorrera por cima da bancada, no chão. Mischa estava quieta, com seus olhos azuis inebriados. Ele sabia que ela estava razoavelmente mergulhada no subespaço. Ele pegou uma toalha e começou a secá-la, segurando-a firme, sobre a bancada de ladrilhos brancos, com uma das mãos. Ela estava sentada inteiramente imóvel, deixando que ele o fizesse. Depois de secar tudo onde alcançava, ele a levantou, colocou-a de pé no tapete do banheiro e secou suas nádegas. Ela soltou um suspiro.

– Está dolorida? –, perguntou ele.

– Sim, mas eu adoro –, respondeu ela, recostando-se nele, ligeiramente. – Eu adoro esse dolorido. É minha medalha de honra. Sabe o que quero dizer?

– Sim, eu sei.

Quando ele passou a toalha no meio de suas coxas, ela suspirou novamente, estremeceu. Se ele tivesse capacidade física, isso o teria deixado novamente rijo.

Deus, ele não conseguia se saciar dela. Nem por um momento. Mas eles não podiam transar e brincar o tempo todo, podiam? Não que ele se importasse em tentar. Mas ele queria... *falar* com ela também.

Ele não queria questionar isso. Não era como se ele nunca tivesse levado uma mulher para jantar, mas isso geralmente era um prelúdio para o sexo. Para a brincadeira de masmorra. Isso era diferente.

– Mischa, jante comigo hoje.

– Ah, eu não posso. – Ela afastou os cabelos molhados do rosto. – Tenho uma reunião essa tarde, com meu amigo Greyson, e não tenho certeza até que horas vai.

– Ah, o novo estúdio de tatuagem?

– Bem, há possibilidade. Não tem nada certo. Eu realmente gostaria de abrir um estúdio aqui, mas nós precisamos conversar mais, ter certeza de que estamos falando a mesma língua. Temos muito a discutir.

– Então, amanhã, à noite –, disse ele, se secando.

– Amanhã é quinta-feira?

Ela ainda estava sonolenta, meio ausente.

– É.

– Tenho um jantar com Dylan e Kara, e outra amiga delas, a Lucie.

– Então, tudo bem.

Por que ele se sentia tão arrasado? Desesperado para vê-la?

– Sexta? –, pressionou ele.

Ela sorriu. – Sexta.

Ele retribuiu o sorriso, puxou-a para beijá-la. Ele não conseguia evitar. O que vinha acontecendo bastante, ultimamente, com ela.

Não vá perder a cabeça por causa dessa mulher.

Ele afastou os lábios dela com alguma dificuldade. – Então, jantar na boate, na sexta –, disse ele, com a autoridade na voz o fazendo se sentir melhor. – Vista algo bem sexy e vermelho, pra mim.

– Agora você vai me dizer o que vestir? –, perguntou ela, olhando pra ele, arqueando uma das sobrancelhas claras.

– Na verdade, vou.

Sim, assim era melhor.

Ela sorriu. – Está bem.

– Está bem? Nada de discussão?

– Desta vez, não.

– Não vá pensando, nem por um momento, que você vai discutir alguma coisa, na sexta à noite –, disse ele, dando-lhe um beliscão de brincadeira.

– Ei!

– Ah, agora você está discutindo.

Ela deu um sorriso, virou e se debruçou um pouquinho, fazendo sua bunda linda um alvo perfeito, olhado pra ele por cima do ombro, fazendo pose de *pinup*.

Talvez ele ficasse de pênis duro outra vez...

Ele lhe deu um peteleco e ela aceitou, depois se endireitou. – Preciso ir, Connor. Você vai ter que esperar até sexta, pra isso.

– Nunca achei que você provocasse, meu bem.

Ela riu e pegou outra toalha da prateleira, secando os cabelos, voltando ao quarto.

Ele nunca se achou o tipo de homem que ficasse inquieto por causa de uma mulher. Qualquer mulher, independentemente do quanto fosse deslumbrante. Ou fogosa. Mas era exatamente assim que ele estava. Inquieto.

Não precisava significar nada além disso. E ele encontraria um meio de ter certeza de que estava conduzindo o show, mais uma vez. Ele a levaria ao Pleasure Dome, na sexta-feira. Talvez fizesse um jogo de transa mental com ela, durante o jantar. Deixando claro pra ela que ele é quem está no comando, único lugar onde se sente confortável.

Ela sabia como lidar com as coisas. Sempre soube, não soube?

Ele ia ignorar a pequena voz, no fundo de sua cabeça, sussurrando *Desta vez, talvez, não.*

Mischa passou pela porta do restaurante mexicano, onde ia se encontrar com Greyson Lee, um colega tatuador e um dos mentores com quem aprendera, dez anos antes, em seu estúdio de Berkeley.

O restaurante a fez lembrar de um dos locais estilosos de Berkeley, que cercavam o campus da universidade. Era pequeno, escuro, com mesas próximas, lotado, mesmo no almoço, numa tarde de quarta-feira. E tinha um cheiro divino.

Ela o avistou e acenou, atravessando o salão. Quando chegou à mesa, ele levantou e lhe deu um abraço.

– Mischa, que bom vê-la. Você está ótima. Como sempre.

Ela ficou olhando seu rosto bonito e conhecido, seus olhos castanhos. Ela gostava da cabeça raspada em alguns homens e ninguém ficava melhor que Greyson. Com 1,86 m, ele era todo musculoso, com um ar valentão que, de alguma forma, lhe caía bem. Se ele não fosse seu mentor, provavelmente teria acontecido alguma coisa entre eles, mas ambos sempre foram cuidadosos para não ultrapassarem esse limite. Em vez disso, se tornaram bons amigos e agora, talvez, sócios de um negócio.

– Você também está ótimo. Estou vendo que está com tinta nova –, disse ela, dando uma olhada em seu antebraço, onde a manga da camisa estava enrolada. – Finalmente terminou essa?

– É, tem um cara que faz um trabalho japonês clássico bonito. Na verdade, eu queria falar com você sobre ele, talvez, apresentá-lo. Mas, primeiro, vamos sentar e tomar uma margarita. Eu já pedi uma pra você.

– Parece perfeito.

Ele puxou a cadeira pra ela, algo que sempre gostou nele. As mesmas maneiras de Connor. Na verdade, ao pensar nisso, viu que os dois tinham a mesma tendência de assumir qualquer situação, um misto de cavalheiro à moda antiga e aquele negócio masculino de comando. Embora com Connor, parecia haver mais ênfase no comando. Ela suspirou baixinho, tentando focar na reunião com Greyson, afastando de sua mente os pensamentos em Connor, o que se tornava cada vez mais difícil de fazer.

– Então, como vão indo os preparativos para o casamento? –, Greyson perguntou, conforme a garçonete chegava com os drinques.

– Até agora, tudo bem. Eu não sei que diabo eu estou fazendo, nem Dylan, mas nós vamos conseguir. Amanhã à noite, eu vou me encontrar com algumas de suas amigas; elas serão uma grande ajuda. Como vão as coisas no trabalho?

Ele sorriu. – Estariam bem melhores, se eu estivesse trabalhando no meu próprio estúdio. No nosso estúdio. Acho que podemos tentar, Mischa. Aqui não falta trabalho para bons artistas. E eu tenho dois lugares pra gente dar uma olhada, hoje, se você tiver tempo.

Mischa deu um gole em sua margarita doce e gelada. – Você sabe que estou pensando seriamente nisso. Se eu tiver um sócio, você é certamente a minha primeira escolha. E eu preciso de alguém aqui, pra segurar as pontas, enquanto eu estiver em São Francisco, então, essa é a única forma que posso pensar em expandir.

– Com que frequência você acha que vai viajar de lá pra cá?

– Ainda não tenho certeza. Isso irá depender no movimento de cada estúdio, eu acho.

E quanto houvesse pra voltar pra Seattle, fora o trabalho.

Será que ela estava realmente pensando que Connor seria algo permanente, em sua vida? Mesmo que ela trabalhasse metade do tempo em Seattle, ambos seguiriam seus caminhos, cedo ou tarde. Provavelmente, cedo.

– Mischa? No que você está pensando? Está com dúvida quanto a abrir um negócio comigo? Porque se estiver, eu tenho uma longa lista para que isso dê certo.

– O quê? Não. Desculpe. – Ela riu, mas a frase saiu meio vaga. – Eu só estou... distraída.

– Por quê? –, perguntou Greyson.

Ela abanou a mão. – Um homem. Eu sei. Praxe.

– Pra você, não.

– Hmm... pra mim, não. Gray, posso lhe perguntar uma coisa?

– Claro, qualquer coisa.

– Você nunca foi um cara de relacionamento, não é?

– Na verdade, não.

– E eu nunca tive um relacionamento de verdade, na minha vida. Você acha... que isso pode mudar, algum dia? Que pessoas como nós podem mudar, algum dia?

– Eu não sei. Talvez. Se houver algo que lhe dê um bom motivo pra querer mudar. Pessoalmente, estou bem feliz com a minha vida, do jeito que ela é. Pra mim, também parece que você sempre foi. Quer me contar por que está perguntando?

Ela suspirou e soltou o ar longamente. – Não. Acho que não. – Ela ergueu o copo, deu um gole em seu drinque. – Podemos falar de negócios, em vez do meu papo de garotinha, pra cima de você?

Ele sorriu. – Claro.

– Tudo bem. Conte-me sobre esse tatuador que terminou o seu braço. Porque dá pra ver que você já está pensando em querê-lo trabalhando conosco, se esse negócio acontecer.

Eram quase dez da noite, quando Mischa voltou ao apartamento de Dylan. Greyson a levara para olhar dois possíveis locais e ela tinha gostado – qualquer um dos dois funcionaria maravilhosamente. Tinham espaço de sobra, bom movimento na rua, as duas regiões iam atrair uma boa clientela. E ele tinha vindo armado com informação e estatísticas que lhe mostravam que abrir um estúdio em Seattle seria um investimento seguro. Havia muito no que pensar. Ela desejou poder ligar pra

Dylan e conversar com ela, mas sabia que ela e Alec iam encontrar amigos para o jantar, e provavelmente ainda estariam fora, ou passando um tempo, sozinhos, na casa dele.

Ela tirou os sapatos e os levou para o quarto, abriu o zíper do vestido e pendurou. O apartamento estava frio, com ela fora, o dia todo. Ela se enrolou num robe, calçou seus chinelos felpudos prediletos e ligou o aquecedor, ao voltar pra sala. Tirou o telefone da bolsa e sentou no sofá, para olhar as mensagens. E ficou surpresa ao ver uma de Connor. Ele não dizia muita coisa, mas pedia que ela ligasse ao chegar, mesmo que fosse tarde.

Ela dobrou as pernas e sentou nos pés, recostando nas almofadas. Não era dele, ligar pra bater papo; ele devia ter algo específico para conversar com ela. Talvez ele precisasse mudar o programa de sexta, será?

Pensar nisso lhe deu um pequeno aperto na barriga.

Não seja tola.

Ela mordeu o lábio e ligou pra ele. Respirou fundo, quando ele atendeu.

– Oi, Mischa.

– Oi. Eu ouvi seu recado.

Ela queria perguntar se estava tudo bem, mas não queria parecer... carente. Garotinha. O que era engraçado, já que ela era totalmente feminina, em todos os outros sentidos – roupas, maquiagem, perfume, sapatos – menos quando se tratava de homens.

– Como foi seu dia? –, perguntou ele.

– Bom, obrigada. A reunião com Greyson foi bem. Acho que vamos seguir em frente e abrir um novo estúdio. Ainda precisamos checar a logística, mas o plano de negócios que ele elaborou está perfeito. E os lugares que fomos ver também. Nós vamos nos encontrar de novo, na semana que vem.

– E esse cara, o Greyson, você já o conhece há tempo?

– Uma eternidade. Eu fui aprendiz dele, durante quatro anos.

Será que havia uma ponta de ciúmes, na voz dele? Não podia ser.

– Casado? Tem namorada?

Não *podia* ser.

– Não, nenhum dos dois.

– Ah. Bem.

Ela estava sorrindo, consigo mesma, contente por ele não poder ver o quanto ela estava satisfeita. Talvez ela fosse mais garota do que achava.

– De qualquer forma, eu acho que talvez a gente faça isso acontecer. Ainda tem uma tonelada de detalhes pra organizar.

– Tipo? –, perguntou ele.

– Bem, nós temos que escolher o local. Os dois lugares dariam certo; só temos que sentar e pesar os prós e os contras.

– Quais são as suas opções?

– Tem certeza que quer falar dessas coisas comigo? –, perguntou ela. Ela estava surpresa pelo tom conversador dele. Até por estar ao telefone.

– Claro. Por que não? Às vezes, ajuda cogitar as coisas com alguém de fora.

– Ajuda. Eu estava torcendo pra falar com Dylan...

– Em vez disso, pode falar comigo, se quiser. Embora eu não seja bonito como ela.

Mischa riu. – Eu posso discordar.

– Ah, agora você me ofende. Não se chama um homem irlandês de bonito, minha garota.

Essas palavras. Minha garota. Por que soavam como manteiga derretida? Tão suave e doce. E ela adorava esses gracejos com ele. Sem senso de humor, ele seria sinistro demais. Faltaria equilíbrio. Não que ela não apreciasse seu lado misterioso...

– Então, conte-me sobre os locais que você viu.

Ela contou, descrevendo os bairros, com os quais ele era bem mais familiarizado do que ela.

– Parece que o estúdio em Belltown seria melhor –, ele disse. – Aqui já tem muitos estúdios de tatuagem, mas é onde os clientes irão, para serem tatuados.

– Esse conceito funcionou pra mim, em São Francisco. Faz sentido.

– Por aqui, tatuadores são sempre bem-vindos. Eu mesmo tenho procurado alguém pra mim. Tem muitos artistas. Mas não é tão fácil encontrar quem realmente tenha qualidade.

– Eu poderia tatuar você –, disse ela, quase mordendo a língua, quando as palavras saíram de sua boca.

– Poderia, agora? Você está com seu equipamento?

– Eu tinha planejado fazer algum trabalho em Dylan e Alec, enquanto estou aqui. Um tipo de presente de casamento adiantado.

– Se Alec deixar que você o tatue, então, você deve ser boa.

– Ah, eu sou boa. Muito boa –, ela provocou, falando baixinho, flertando.

Ele logo pegou a deixa, abaixando também o tom de voz. – Sim, você é. *Muito* boa. Em várias coisas. Então, temos tempo agora?

– Nesse momento? Pra tatuar você?

– É. Eu posso estar aí em alguns minutos. A menos que você esteja cansada, do seu dia.

– Não, nem um pouco. Na verdade, eu estou meio agitada.

– Não quer descarregar um pouco dessa energia comigo?

Um arrepio a percorreu, ao pensar em tatuá-lo. O barulho da agulha, A tinta entrando na pele...

– Sim. Decididamente. Mas me dê vinte minutos.

– Então, já te vejo.

Eles desligaram e ela foi tomar um banho correndo, com o corpo aquecendo. Ela não tinha certeza do motivo para estar tão apaixonada pela ideia de trabalhar em Connor. Talvez fosse a ideia de deixar sua marca nele, sacudindo um pouco as coisas entre eles. Igualando.

Não que ela não os visse como iguais, apesar do fato de que ele certamente estava por cima, quando eles estavam em seus papéis de dominador e... submissa. Deus, ela mal conseguia pensar nessa palavra, em relação a si mesma. Mas ela sabia que era verdade.

Quando se tratava de Connor, ela era totalmente submissa.

Tão submissa quanto conseguisse ser. Ainda assim, não era uma garota escrava. Mas isso era muito mais do que ela podia imaginar.

Como ele tinha conseguido fazê-la se abrir tanto? Ela realmente devia confiar nele, para deixar que ele a levasse tão longe.

A ideia a atingiu como um golpe.

Ela sempre havia pensado em suas incursões na escravidão sexual e no sadomasoquismo como exemplo de sua abertura às experiências radicais. Uma viciada em sensações, ela conhecia gente na arena da escravidão sexual e do sadomasoquismo que falava assim. Mas ela era submissa com Connor, mesmo antes de mergulhar no subespaço. Algo que nunca conseguiu, com nenhum outro homem com que fizera esse tipo de jogo. Porque ela nunca tinha conhecido ninguém em quem confiasse o bastante. Ela nunca lhes dera a chance de mostrar que ela podia. Mas, com Connor, as coisas aconteciam naturalmente.

Ela ficou olhando seu reflexo no espelho grande, através do vapor do banheiro. Não parecia diferente. Um pouquinho mais corada, naquele momento. Um pouquinho de dilatação nas pupilas. Choque? Ou apenas uma onda de expectativa? Talvez, um pouquinho de cada.

A confiança começava a acontecer em nível mais profundo, querendo ela, ou não.

Hoje, ela veria se a confiança era recíproca. Hoje, ela estaria no controle. E mal podia esperar.

OITO

Mischa estava passando um pouquinho de seu batom vermelho, que era sua marca registrada, quando o interfone tocou e ela foi liberar a entrada de Connor no prédio. Seu coração estava disparado, enquanto ela esperava que ele subisse. Sua temperatura subiu, quando ela abriu a porta.

Ela sempre se esquecia do quanto ele era grande. A forma como seu suéter escuro esticava sobre seus ombros imensos.

Deixe de ser tola e diga oi.

– Oi.

– Oi.

Ele passou pela porta, pegou-a nos braços e beijou, tirando seu batom, deixando-a ofegante.

– É melhor parar com isso, se eu vou fazer uma tatuagem hoje –, disse ela, limpando os lábios, com as costas da mão. Ele estava sorrindo, mas seus olhos estavam tomados de desejo.

Ela sabia exatamente como ele se sentia. Ela sorriu, deu um passo atrás, para se equilibrar.

– Eu estou arrumando as coisas na cozinha –, disse ela. – Posso lhe oferecer algo pra beber?

– Não, estou bem, obrigado. E você também. Eu gosto desse seu visual. Eu nunca tinha te visto de roupa esportiva. Fora quando está nua.

Ela deu uma olhada abaixo, para sua calça cinza de ioga e sua camiseta preta dos Ramones, de mangas compridas. – Eu provavelmente vou trabalhar melhor assim.

– Melhor do que de vestido? Ou melhor que nua?

Ela riu e virou, para levá-lo até a cozinha de Dylan, onde tudo era elegante e moderno: meias paredes de azulejos branco, bancadas de tampo de granito cinza, armários de bordo polido e eletrodomésticos de aço escovado. – Ambos. Eu arrumei o balcão do bar. Mas nós precisamos falar do que você quer.

– Eu trouxe umas imagens comigo –, disse ele, entregando uma pasta com papéis, os quais não tinha notado que ele estava carregando. – Eu mesmo quem fiz, então, você pode melhorar os traços que precisar, para a tatuagem. Não sei se vai dar pra transferir meu trabalho, direto.

Ela olhou os croquis feitos à lápis de um dragão céltico, desenhado em vários ângulos. Ela imediatamente adorou o desenho.

– Vai dar pra transferir bem. Só me dê alguns minutos para desenhar uma coisa.

– Claro.

– Onde vamos colocar isso?

– Quero cobrir toda a parte superior das costas, talvez da cintura pra cima.

– Acho que não dá pra fazer um desenho tão grande numa única sessão.

– Tudo bem. Você vai ficar na cidade mais algumas semanas, certo?

– Sim, mas você precisa de tempo para cicatrizar, entre as sessões. Talvez, se eu fizer por partes, em vez de fazer todo o contorno, depois colorir... Tudo bem, nós vamos encontrar um jeito de dar certo. Fique à vontade, um tempinho.

Ele concordou, circulando pelo apartamento, enquanto ela começava a desenhar no papel de transferência, seguindo seu croqui.

Ele não pediria que ela fizesse uma tatuagem tão grande, se não tivesse a intenção de continuar a vê-la, não é?

Pare de questionar tudo, de ser uma garotinha.

– Dylan tem uma bela coleção de fotografias –, disse ele, da sala.

– Ela tem. Ela tem um bom gosto incrível. Eu sempre a vi como uma artista frustrada, ela tem um olho tão bom. Falando em artistas, eu realmente adoraria dar uma olhada melhor no seu trabalho, qualquer hora.

– Bem, eu não sou o artista que você é...

– Está brincando? Eu já vi suas coisas. Está pelo apartamento todo.

– É só trabalho comissionado. – Ele voltou pra cozinha e ela sentiu o calor de sua presença, enquanto ele permanecia de pé, acima de seu ombro. Ela fez um esforço para não inalar seu aroma. – Isso é lindo. Muito melhor do que os meus croquis de amostra.

– Seu trabalho não é só comissionado, Connor. E os desenhos eróticos?

– Acabei de começar a fazê-los. Não tenho certeza no que vai dar, ou se aquilo será levado a sério.

– Por que não? – Ela ergueu os olhos pra ele. – Pelo que vi, são lindos.

– Você acha?

– Sim. Dedicidamente. Linhas soltas, adoráveis. Você tem um olho bom pra forma humana.

– Bom o suficiente para que você pose pra mim?

– Sim.

Ela disse sem pensar no que isso significava. Que ele teria uma imagem sua, depois que ela voltasse pra São Francisco, para sua vida. Que ele queria ter.

Não faça estardalhaço.

– Talvez, neste fim de semana? –, perguntou ele.

– Talvez. Eu preciso estar disponível pra Dylan. Ainda não tenho certeza de qual será o plano do fim de semana.

– Claro.

– Aqui, eu acho que terminei. Diga-me o que acha. Posso mudar alguma coisa, se você quiser.

– Está perfeito.

Estava perfeito, *mesmo*, exatamente o que ele tinha em mente. Connor olhou rapidamente o desenho que ela havia feito, maravilhado com sua habilidade. O dragão era reminiscência do trabalho tribal céltico, mas com linhas inteiramente graciosas e únicas. As escamas tinham um trabalho complicado de nós. As asas eram um par de galhos espinhosos, a cabeça, magnífica, feroz, o corpo poderoso e contorcido.

– Eu estava pensando em fazê-lo em preto, com toques de vermelho, como sua faixa de guerreiro –, sugeriu ela. Ele estava recostando sobre o ombro dela, para olhar o desenho, e ele não pôde deixar de respirar fundo, inalando seu cheiro quente.

– Eu estava pensando exatamente nisso –, concordou ele.

– Ótimo. Vamos começar.

Ela gesticulou para que ele sentasse numa banqueta, na bancada alta de granito, o que ela também fez, depois de tirar o suéter pela cabeça. Ele viu que ela tinha preparado a estação de trabalho, com um pedaço de plástico filme esticado em cima do granito, copinhos plásticos cheios de tinta preta e algo que achou ser pomada, pois já tinha sido tatuado antes. Sua máquina estava ao lado dos copinhos de tinta e sua extensão logo ao lado deles. Ela ligou o iPod que estava na estação, em cima do balcão, e uma velha música punk saiu pelo alto-falante.

– Tudo bem, a música? –, perguntou ela.

– Tudo, eu adoro música punk. Principalmente essas antigas.

– Essas são algumas das minhas favoritas, embora eu goste de um pouquinho de tudo.

– Eu também. Gosto até das antigas baladas irlandesas. E minha mãe me fazia ouvir ópera, quando eu era pequeno.

– Ópera? É mesmo?

– Você parece surpresa.

– Eu estou –, ela disse. – Eu vou à ópera, pelo menos algumas vezes por ano.

– Ah, isso não me surpreende.

Ela puxou uma banqueta e colocou atrás dele. – Certo, está pronto? –, ela perguntou.

– Pronto.

Ela limpou-lhe a pele com um antibactericida, raspou os pelinhos com um barbeador descartável, depois limpou novamente a pele, antes de pressionar o papel de transferência em suas costas, puxando lentamente, enquanto ele sentia tudo isso com aquele estado de alerta agradável, por ser *ela* a fazer essas coisas.

– Quer dar uma olhada no espelho do banheiro, pra checar o posicionamento do desenho?

– Não. Confio em você.

Ele confiava. Tanto para tatuá-lo, como em geral. Estranho. Ele não conseguia se lembrar da última vez em que conhecera uma mulher suficientemente para confiar nela, fora um pequeno punhado de amigas. Não uma mulher com quem ele estivesse dormindo.

Ele percebeu que fragmentava seus relacionamentos com as mulheres. Amigas de um lado, amantes de outro. Mas a divisão estava ficando embaçada com Mischa.

– Eu sei que você já fez isso –, disse ela –, mas, às vezes, as costas doem mais que outras áreas. Os ossos são muito próximos à pele.

– Estou ouvindo uma pitada de alegria, em sua voz? –, ele provocou.

Ela riu. – Talvez esteja. Lá vamos nós.

A agulha ganhou vida, ruidosamente, e ele sentiu a primeira fisgada em sua pele.

– Está tudo bem? –, perguntou ela.

– Tudo.

Então, eles mergulharam num ritmo, sem que nenhum dos dois falasse muito. Apenas ouvindo a música, o som suave da agulha. Ele se sentia introspectivo, com a sensação da agulha em sua pele, a mão dela enluvada, enquanto limpava o excesso de tinta. O aroma de seu perfume estava por toda parte e ele inalava, tragando-o, tornando o cheiro parte da experiência. A sensação passou de uma pontada suave para uma queimação constante, mas ele não se importava.

– Como vai indo? –, ela perguntou novamente, depois de um tempo, checando com ele, de forma bem semelhante à dele, quando estava jogando com ela.

– Estou sentindo.

– E?

– É suportável. Mas eu não me importaria, se fosse pior. Pra mim, a dor faz parte de ser tatuado, faz parte da experiência. Eu gosto de me desafiar um pouquinho, se é que isso faz sentido. É meio que uma prova de fogo. Como se eu tivesse conquistado a minha tinta.

– Eu me sinto da mesma forma. Quanto a ser tatuada. E sobre o jogo da dor. Só percebi isso recentemente. Mas tem aquela parte minha que vê o que pode aturar. E eu não estou dizendo que sou uma daquelas pessoas que vai deixar de dizer algo seguro, quando é preciso. Mas há um certo orgulho nisso, em aturar a dor.

– Exatamente. A prova de fogo.

Ele sorriu consigo mesmo. Aparentemente, eles pensavam da mesma forma, sobre uma série de coisas. Ele não sabia por que isso deveria importar, só que ele achava que ela era uma excelente companhia, além de ser uma excelente parceira sexual.

Ótima companhia, sexo incrível. As coisas poderiam ser piores.

Se ao menos ele não precisar terminar.

Não.

O que ele estava pensando? Claro que acabaria. Eles dois sabiam disso. Eram ambos o tipo de pessoa que entrava na coisa inteiramente conscientes disso. Que não queriam nada além. Isso não era uma das coisas sobre as quais eles pensavam de maneira igual? Ele não a transformaria em outra Ginny. Não teria um relacionamento com uma mulher que merecesse mais do que ele podia dar, ainda por cima tendo de sobra o que qualquer mulher poderia suportar.

Não, não haveria outra Ginny. Ele não cometeria outro engano fazendo com que outra pessoa acabasse pagando por isso. Sua mãe, Ginny... isso já fora o bastante.

– Connor, tente não ficar tenso, se puder. Dificulta pra que eu entre na pele.

– Ah, desculpe.

Ele forçou para soltar os ombros. Forçou sua mente para afastar a dor e a culpa que revolviam em sua cabeça. E logo a agulha estava atingindo diretamente a sua espinha, provocando uma dor perfurante.

– Ah, sim, aí está –, disse ele, contraindo ligeiramente o maxilar.

– Está doendo? –, perguntou ela, parando o trabalho.

– Sim, mas pode continuar. Eu aguento.

– Não quero que você desmaie, ou algo assim.

– Rá. Até parece. E mais tarde, você vai me pagar por essa afirmação, meu bem.

– Tomara –, disse ela, com um tom provocador na voz.

E ele sentiu o pênis endurecendo, diante desse tom.

– Mischa –, disse ele, mantendo a voz baixa.

– Hmm, o quê? – Ela tinha voltado a tatuá-lo e a agulha ardia em sua pele.

– Eu vou te dar umas belas palmadas mais tarde. Depois vamos transar até você gritar.

A agulha parou.

– Se você continuar falando isso, eu nunca vou conseguir terminar a tatuagem. Ainda estarei tentando, daqui a um mês.

Isso não parecia uma má ideia pra ele, por motivos sobre os quais ele não pensaria.

– Vou me comportar. Eu prometo –, disse ele; depois segredou: – só até você terminar. Depois, não está mais valendo.

– Estou contando com isso. Agora, quietinho e me deixe trabalhar.

Ele riu. Não pôde evitar. Estava encantado por ela.

– Então, me diga o que o dragão representa pra você –, perguntou ela, depois de alguns minutos. – Eu sei que é um símbolo céltico clássico, mas muita gente agrega seus significados próprios. Os símbolos são diferentes para cada pessoa.

– É um símbolo dc poder, que é seu significado mais óbvio, pois sou um dominador. E eles também são guardiões.

– Do que você precisa se proteger, Connor? –, perguntou ela.

Era uma pergunta simples, feita de forma inocente. Mas suas vísceras reviraram.

– Talvez de mim mesmo. – Ele parou, tentando calcular quanto queria dizer. Mischa continuou quieta, prosseguindo seu trabalho na tatuagem, dando-lhe tempo para pensar. – Se você voltar às origens gregas da palavra “dragão”, ela também pode significar “eu vejo claramente”, algo que estou tentando fazer. Algo que preciso fazer. Passei os primeiros anos de minha vida numa visão nebulosa. Fiz besteiras monumentais porque não conseguia enxergar além da minha raiva.

– Mas você chegou a um ponto em que resolveu mudar tudo isso.

– Cheguei a um ponto em que tive que fazê-lo, ou minha vida não mudaria. Precisava mudar.

Mischa estava tentando assimilar o que ele estava dizendo, deixando pairar em sua cabeça, enquanto ela trabalhava. Ele era um homem complexo. Parecia ter passado por muita coisa. Mais do que estava contando.

– Fico contente que isso tenha um significado simbólico para você –, ela disse. – Não gosto de fazer tatuagens sem significado, em gente que apenas acha o visual legal. Acho que os símbolos são importantes. – Ela parou, pensando sobre os símbolos, em termos de fazer essa tatuagem pra ele. – Pra mim, parece simbólico que você esteja suportando a dor, realmente a sentindo, dá pra ver. No entanto, estar voluntariamente sentado aí, sentindo a dor, não o torna menos dominador.

– Há força na tolerância à dor, sendo dominador, ou submisso, ou nenhum dos dois. Mas entendo aonde você quer chegar. Você também está sentindo alguma noção de inversão de papéis, por estar causando a dor?

– Talvez. – Ela ficou quieta, por vários instantes. – Só que ainda estou fazendo isso, segundo seu comando. Exatamente como se você estivesse me direcionando, em qualquer tarefa.

Foi sua vez de ficar quieto, pensativo. Não havia qualquer som na sala, exceto o barulho da agulha em sua pele. – Quer que eu lhe dê tarefas? –, ele perguntou, finalmente.

– Como limpar o chão com uma escova de dentes, ou relatar o que comi? Como uma garota escrava? Não, isso não faz meu tipo. Apesar do lugar para onde você me leva, quando estamos em nossos papéis... não. Eu jamais chegarei a esse nível. – Ela recostou, olhando seu trabalho, limpando o excesso de tinta, com uma toalha de papel. A tatuagem ia ficar linda, provavelmente, uma das melhores que ela já fizera. Nas costas mais musculosas e espetaculares que ela já vira na vida. Mesmo agora, por mais focada que ela estivesse, fazendo arte na pele dele, ela não conseguia evitar admirar sua beleza. Ela fazia seu sexo doer, sua boca praticamente aguar. – Mas se você quiser me dizer como chupar seu pênis, exatamente do jeito que gosta, então, estamos combinados.

Ele sentou mais ereto, esticou os braços, revolvendo os músculos. – Você terminou, por um tempo?

– Podemos fazer um intervalo –, respondeu ela.

Ele se virou de frente pra ela, com os olhos cintilando de tesão e bom humor. Ele disse: – Você parece mesmo gostar, de quando eu a direciono, Mischa. Quando assumo o comando.

O corpo dela estava aquecendo e ficando fluídico. Mas ela queria terminar a conversa. – Só quando estamos naqueles papéis. A submissão total jamais funcionará comigo.

– Só que funciona. – Ele estendeu o braço, colocando a mão atrás do pescoço dela, apertando um pouquinho. E disse, baixinho – Eu a vi descer, Mischa. Até o subespaço.

Ela engoliu em seco. – Somente em reação à dor... à sensação.

– Não é a mesma coisa? Independentemente do que a leva até lá. É algo além das endorfinas, a resposta química ao estímulo. Você começa a descer, quando pego em seu pescoço, como estou fazendo agora. Vejo que você está relutando, porém, se eu não parar logo, você vai descer, de qualquer jeito.

Será que ele estava certo? Ela não queria que estivesse. Mas ela já estava sentindo aquela onda em seu corpo, em sua cabeça.

Ela deu um longo suspiro. – Connor...

Ele recuou a mão. – Podemos discutir sobre isso depois, se você quiser.

Ela queria se irritar com ele, mas ele estava sorrindo pra ela. Satisfeito consigo mesmo, ela podia ver. Encantador como o diabo. E metade nu, o que era suficiente para fazer qualquer mulher desfalecer. O que ela não faria, apesar da largura imensa de seus ombros, da rigidez de seu peito, dos mamilos escuros provocadores, do abdômen todo definido.

Ela mordeu o lábio.

Componha-se.

Era ridículo que ela não conseguisse se decidir entre ficar ligeiramente zangada ou estupidamente excitada. De qualquer forma, eles tinham trabalho a fazer.

– Eu vou terminar esta tatuagem, ou você vai continuar me provocando? –, perguntou ela, tentando recuperar algum controle da situação. De si mesma.

– Provavelmente os dois.

Ela riu. – Provavelmente. Veja se consegue se comportar por mais uma ou duas horas.

– Farei o possível, mas não prometo –, disse ele, virando de costas pra ela, mais uma vez.

Ah, suas costas eram uma sinfonia de músculos. Quase tão lindas quanto a frente de seu corpão...

Ela respirou fundo, mergulhou a agulha na tinta e se forçou a se concentrar.

Eram quase duas da manhã, quando eles pararam e ela delicadamente limpou-lhe a pele, e passou um pouco de pomada. A tatuagem estava quase na metade.

– Não se preocupe –, ela o tranquilizou. – Estou trabalhando em seções, para que a gente não precise esperar semanas, até que você sare e eu possa continuar. Da próxima vez, se começarmos mais cedo, talvez eu consiga terminá-la, com mais uma sessão.

– Tanto faz. Só que eu sei que você precisa voltar a São Francisco.

Ela parou a limpeza da estação de trabalho. Por que ele tinha que lembrá-la disso? E por que seu coração se apertou, ao pensar em deixar Seattle?

Deixá-lo.

Pare com isso.

– Não tem problema se eu dormir em cima, posso dormir de barriga pra cima, não é? –, perguntou ele, girando os ombros, para alongá-los.

– Claro. Apenas prepare-se pra deixar um pouco de tinta nos lençóis.

Ele esticou os braços para ela e puxou-a pra perto. – Diga a Dylan que eu lhe darei lençóis novos.

Ela sentiu o coração disparado, seu corpo amolecendo e esquentando inteiro. – Você está pretendendo ficar?

– Estou convidado para ficar?

– Achei que era você quem tomava todas as decisões –, disse ela, meio sem fôlego. Ele estava com a boca a centímetros da sua.

Apenas me beije...

– É sempre consensual, minha querida... A essa altura, você já sabe disso.

Ela assentiu. Suas pernas estavam trêmulas, seus seios rijos, os mamilos pinicando de tesão. Seus lábios ansiavam pelos dele, conforme ele se aproximou o suficiente para que ela sentisse sua respiração quente.

– Isso significa sim? –, ele murmurou, junto aos seus lábios.

Ela só conseguiu assentir mais uma vez.

Então, ele a beijou. Pressionou firmemente os lábios junto aos dela, depois mergulhou a língua em sua boca.

Ela suspirou, deixando-se fundir a ele, enquanto o beijo se aprofundava. Ele estava assumindo o comando com a boca. E ela estava se rendendo.

Ele passou os braços à sua volta, segurou-a com força suficiente para quase deixá-la roxa, seus seios estavam apertados junto ao peito dele. Ele segurava suas nádegas e beliscou com força, repetidamente, beijando-a. Ele tinha uma boca exigente. Faminta. Suas mãos punitivas dizendo-lhe que ele estava, mais uma vez, totalmente no comando.

Ela sentia seu sexo cada vez mais molhado, conforme a dor se acumulava. Ele a enlouquecia, com sua língua de seda. Seu clitóris latejava de tesão. Ela apertou as coxas, mas sabia que de nada adiantaria, exceto seu toque.

Me toque.

Como se lesse seus pensamentos – não pela primeira vez –, ele usou a coxa para separar as dela, puxou-a com força, fazendo com que ela sentisse a coxa musculosa no meio de suas pernas. Ela arqueou o quadril, se esfregando nele. Não era suficiente. Ela sabia que ele tinha a intenção que não fosse.

Ela gemeu em sua boca. Ele recuou.

– Reviravolta vale –, disse ele, num tom provocador, baixinho. Mas era igualmente repleto de desejo. – Não acha, meu bem?

– Sim...

Ela estava pronta. Para qualquer coisa que ele quisesse dela, francamente. Ele estivera certo, antes. Não era preciso muito para que ele a mandasse ao subespaço. Sua mente já estava se esvaziando. Tudo que ela sabia era o quanto o queria. O quanto estava disposta a suportar praticamente qualquer coisa que ele lhe pedisse. Não apenas disposta, mas ávida.

Ele a despiu, sem dar nenhuma palavra. Puxou sua calça de ioga, sua calcinha. Ajudou-a a tirar os chinelos, antes de arrancar sua camiseta pela cabeça, então ele a virou. Ela se sentia gloriosamente nua, com os seios pesados.

– Legal você não estar de sutiã. Linda. Agora, curve-se e segure no assento da banqueta. Isso, isso mesmo.

Ela fez o que ele pediu. Não podia fazer nenhuma outra coisa.

– Ah, mas essa bunda é soberba –, disse ele, afagando-lhe ali, dando longos carinhos levíssimos, que faziam cócegas e a excitavam, ao mesmo tempo. – Eu já lhe disse o quanto é perfeita? Duas mãos cheias...

Ele segurou-lhe as nádegas, primeiro, de leve, depois, com mais força, cravando os dedos, fazendo-a resfolegar de dor, de desejo. – Abra pra mim, Mischa. Muito bom. – Ele deslizou uma das mãos para o meio de suas coxas, esfregando sua fenda molhada, espalhando o mel para trás, por entre as nádegas. – Respire, querida –, disse ele.

Ela o fez, e antes que tivesse tempo de pensar, ele enfiou a pontinha do dedo em sua bunda, molhado com seu próprio caldo.

– Ah... – o prazer se alastrou por sua pele, pelo seu corpo todo.

– Respire, Mischa. Eu quero que você relaxe.

Ela concordou e respirou fundo. Ele enfiou mais o dedo. Houve um ligeiro ardor, conforme ele passou pelo anel do músculo mais apertado, depois, nada além de prazer, conforme ele entrava.

– Cristo, como você é apertada. Seu rabo parece de veludo por dentro. Posso botar mais?

– Pode –, resfolegou ela. – Pode.

Ele entrou mais, deslizou o dedo um pouquinho pra fora, depois pressionou pra dentro de novo.

– Você é campeã –, disse ele, com prazer na voz, enquanto enfiava e tirava o dedo. – Ver você se mexendo, enquanto eu te como com o dedo, ver você se mexendo como uma sereia na água... você me deixa com o pênis muito duro.

Ele enfiava e tirava o dedo de dentro da bunda dela, enquanto ela respirava, deixando o corpo se abrir pra ele.

– Mas seria melhor ainda ter meu pênis aí dentro. Mergulhar lá no fundo.

– Ah, sim...

– Você tem vaselina?

– Tenho. Está... ah... – ela gemeu, quando ele tirou o dedo de dentro dela. – Está no quarto.

– Vou pegar.

– Está no estojo prateado, ao lado da cama.

Ele se debruçou acima dela, beijou entre suas omoplatas, fazendo-a estremecer. Ele sussurrou: – Não quero que você se mexa. Está entendendo? Quero que fique paradinha e me espere.

– Está bem.

Ela sentiu falta do calor, conforme ele se afastou dela, mas nem virou a cabeça. Ela fechou os olhos, esperou, seu corpo solto, a mente vazia de qualquer coisa, exceto o tesão por ele, o desejo de satisfazê-lo.

Ele logo voltou. Ela ouviu o rasgo da embalagem da camisinha e estremeceu de expectativa. Então, ele colocou o dedo outra vez, esfregando a vaselina na abertura apertada, empurrando um pouquinho pra dentro.

– Está pronta pra mim?

– Sempre –, disse ela, percebendo que ele estava nu, ao se esfregar nela. As coxas fortes estavam encostadas às suas. Ele passou um braço ao redor de sua cintura, segurando-a firmemente, como sempre fazia, fazendo-a sentir a força de seu corpo grande. Fazendo-a sentir-se dominada, mas de um modo adorável. Com a outra mão, ele abriu-lhe as nádegas, e ela sentiu a ponta do pênis revestido pressionando, depois deslizando pra dentro.

– Respire –, disse ele, como falara antes.

Ela respirou fundo, concentrando-se em relaxar o corpo. O pênis imenso passou pelos músculos mais apertados e ela exalou.

– Respire mais, meu bem –, disse ele, cerrando os dentes de prazer, o qual ela podia ouvir, na voz dele.

Ela inalou e ele mergulhou mais fundo. Ela estremeceu de tesão. Queria recebê-lo inteiro. Queria que ele a preenchesse completamente.

– Connor...

– Psiu. Quietinha, meu bem. Faça o que eu mandar. Só me fale se doer.

Ela se acalmou. Esperou, seu corpo querendo, querendo. Finalmente, ele foi entrando, devagarzinho. Doeu só um pouquinho, por causa do tamanho. Mas, depois, o prazer a sacudiu.

– Ah...

Ele recuou o quadril, tirando quase tudo, depois se arqueou sobre ela novamente. Ela pressionou pra trás, junto a ele, recebendo toda sua extensão.

– Ah, que gostoso –, murmurou ele. – Bom demais. Seu rabo é inacreditável. A sensação que dá. Como é lindo, me deixa maluco. Eu preciso foder você. Foder muito. Agora, fale comigo, Mischa. Você consegue aguentar?

– Consigo, sim. Anda logo, Connor, me come.

– Ah...

Ele começou um movimento lento, entrando devagar, tirando. A cada investida, o prazer a percorria, primeiro como um fluido, em ondas, depois, aumentando cada vez mais. Ela adorava a sensação de quando ele recuava, quase tirando tudo. A pressão enorme, conforme ele a preenchia, de um jeito que ela nunca havia sentido. Ela podia quase gozar, só assim... quase.

E, mais uma vez, ele leu sua mente, o tesão de seu corpo. Ele se curvou ao redor dela e começou a esfregar seu clitóris apertado com os dedos.

– Oh, Deus, Connor.

– Eu quero que você goze. Quero que goze comigo. E vai ser logo, você é muito gostosa. – Ele fez um movimento forte com o quadril, dando uma pontada forte de prazer e dor. Mas a dor só tornava o prazer mais intenso, profundo. – Eu só vou... meter... até nós dois gozarmos...

Ele mergulhou dentro dela, seus dedos esfregando impiedosamente o seu clitóris, enquanto seu pênis entrava na bunda. Ela sentiu o corpo rugindo, subindo cada vez mais. Ela estava arqueando pra trás, de encontro àquele pênis duro, e pra frente, junto à mão dele, esfregando o clitóris desejoso. Ela não conseguia ter o suficiente. Era demais. Esmagador.

Ele fez um ângulo com a mão e pressionou dois dedos pra dentro dela, indo fundo. Ele esfregava o quadril no dela, empurrando pênis pra dentro. Ele curvou os dedos dentro dela, até encontrar seu ponto G. E ela gozou com toda força, seu clímax foi como um trovão, como se a luz do sol se apagasse em sua cabeça, seu corpo.

– Connor!

– Ah, eu estou gozando, meu bem... gozando muito...

Ele estava metendo com toda força, batendo o quadril. E ela continuou gozando, o orgasmo sacudindo seu corpo como um pequeno terremoto, sacudindo-a até seu âmago.

Talvez fosse por estar toda preenchida, na frente e atrás. Talvez fosse aquela sensação de estar totalmente dominada. Talvez fosse aquele aroma misterioso que era só dele, Connor, um cheiro selvagem em seus pulmões, enquanto ela resfolegava de prazer. Ofegante como ele. Com seu pênis mergulhando nela, seus dedos apertando seu clitóris. Ela se sentia como se pudesse perder a cabeça, se perder e nunca mais voltar.

Era um prazer indescritível estar com esse homem, as coisas que ele fazia com ela.

Talvez, fosse demais.

Quando o fim de seu orgasmo ecoou em seu corpo e foi apagando, ela sentiu as lágrimas minando em seus olhos.

Que diabo estava errado com ela?

Ela fungou, cerrou os dentes. Mas as lágrimas vieram, mesmo assim.

Droga.

– Mischa?

Connor saiu de dentro dela, o que só piorou as coisas. Houve uma pausa breve, e ela percebia, vagamente, que ele pegou algumas toalhas de papel do rolo que ela tinha deixado em cima da bancada. Depois, ele a virou em seus braços. Ela tentou relutar pra sair do abraço, sabendo que era em vão, mas tinha que tentar se afastar dele. Ou dela mesma. Sua cabeça girava, seu corpo ainda pulsava de sensação. Ela não conseguia dar sentido ao que estava acontecendo.

– Mischa, fale comigo.

– Não.

Ela cerrou os dentes com mais força. Não adiantou. A merda das lágrimas escorriam por seu rosto. Ela não conseguia impedi-las.

Ela tentou dar um solavanco para se soltar dele, mas ele a segurou pelos punhos.

– Mischa, olhe pra mim.

Ela nunca o ouvira falar tão sério. Isso a fez querer se derreter dentro dele. E a fazia querer relutar ainda mais.

Ele disse, baixinho: – Droga, Mischa. Olhe pra mim. Olhe.

Ela olhou nos olhos dele, na intenção de discutir, mas tudo que saiu foi o choro.

Ele abaixou a cabeça, nivelando o olhar ao dela.

– Isso é fundo do poço. Só isso. Você vai ficar legal. Mas precisa parar de relutar. Comigo. Com o que você estiver sentindo.

– Não sei o que é... é um troço estranho pra mim. Eu não sei... – repetiu ela. – Não sei como lidar com isso.

– Eu vou ajudar.

– Não quero sua ajuda. Quero que você me solte.

Ela sabia que estava sendo infantil. Ela não conseguia evitar. Sentia-se totalmente fora de controle. Terrivelmente assustada.

Ele disse, com mais delicadeza: – Vamos, meu bem. Você sabe que eu não vou fazer isso, até que você se sinta melhor.

– Porque é seu dever, como um bom dominador? Eu não sou o dever de ninguém! Nunca fui. – A fúria ardia em suas veias. Ela sabia que ele não merecia nada disso, mas não conseguia evitar. – Não sou... nada de ninguém. Não pertenço a você, Connor.

– Eu nunca disse que pertencia. – Seu tom tinha ficado ligeiramente seco, uma expressão sombria passou em seu rosto.

O que isso significava? Ela não conseguia identificar agora.

– Mas é meu papel cuidar de você, quando estamos juntos –, prosseguiu ele. – E eu tenho a intenção, você querendo, ou não. Isso é algo do qual não vou abrir mão.

Ele lhe deu uma leve sacudida e ela sentiu uma onda de raiva. Mas ela estava prestando atenção, provavelmente o motivo para que ele o tivesse feito, ela percebeu, vagamente.

– Eu não vou a lugar algum, enquanto você estiver assim –, ele lhe disse. – Não vou deixá-la sozinha, para lidar com isso. Você está me entendendo? Vamos preparar um banho pra você. Você vai fazer exatamente o que estou dizendo. Eu sei que você não quer.

Outro soluço de choro irrompeu, antes que ela pudesse teimar. – Não quero.

– Mas vai obedecer.

Ele não ia ceder, suas mãos ainda a seguravam pelos ombros, os dedos cravados na pele. Mas aquela pegada forte, a força de seu tom a fez se sentir melhor. Mais segura.

– Connor... Eu estou tão... estou tão zangada. Não sou essa pessoa emotiva, infantil, droga. Não sou assim.

Ela limpou os olhos lacrimosos com os dois pulsos, seus punhos estavam fechados com tanta força que as unhas cravavam nas palmas.

– Acho que você nunca teve permissão pra ser –, disse ele, baixinho.

– Não. Nunca. Porque a Evie sempre foi a criança, em nossa família. E Raine, por um tempo, até ter idade suficiente para sentir a mesma hiper-responsabilidade que eu, desde... desde sempre. Eu tinha que cuidar de tudo. Ter certeza de que todos comessem, que o aluguel tinha sido pago. Mas, metade do tempo, eu não conseguia, porque, como poderia fazer isso, com apenas dez anos? Deus! Nunca pude ser uma criança e não quero ser criança agora. Não quero fazer isso. Mas pareço não conseguir evitar e isso é tudo culpa sua!

Ele nem piscou diante da acusação que ela sabia ser ridícula, no instante em que saiu de seus lábios.

Em vez disso, ele a pegou e, mesmo não conseguindo relaxar em seus braços, ela deixou. Deixou que ele a carregasse até o banheiro, a colocasse de pé. Ela tinha começado a tremer, e ele tirou um robe do gancho da porta e pôs em volta dela, antes de soltá-la só pelo tempo de ligar as torneiras da banheira. Ele voltou pra ela, esfregou seus braços, com suas mãos grandes.

Ele a observava silenciosamente, enquanto a água corria e o banheiro se enchia de vapor. Ele lhe deu um lenço de papel para secar os olhos, o nariz. Depois pegou o lenço dela e jogou no cesto de lixo. Ela percebeu que ele estava nu, durante isso tudo. Sem o menor constrangimento. E não estava menos autoritário.

Ela estava começando a se acalmar. As lágrimas tinham parado, pelo que se sentia grata.

Quando a banheira estava cheia, ele tirou o robe de seus ombros e ajudou-a a entrar na água morna e reconfortante. Ela sentou, puxou os joelhos para junto do peito. Connor ajoelhou no tapete, ao lado da banheira. Ele pegou um paninho de banho, num cesto de palha, e mergulhou na água, apertou e começou a passar nas costas dela.

– Eu machuquei você? –, perguntou ele, com um tom baixo. Suas sobrancelhas escuras estavam franzidas, juntas.

– O quê? Não. Nem um pouco. Não é nada disso. – Estranho que ele precisasse que ela o tranquilizasse agora. Mas ele obviamente precisou.

– Tem certeza?

Ela entendia o que ele estava perguntando. Entendia a diferença entre a dor do jogo, que tinha a ver com o aumento da sensação, e realmente ser machucada, magoada.

– Tenho. Com certeza.

Ele soltou o ar longamente. – Certo. Então, tudo bem.

Os dois estavam quietos, enquanto ele passava o paninho atrás de seu pescoço, segurando seus cabelos, com uma das mãos. Era uma sensação deliciosa. Ela se sentia sensível. Vulnerável. Assustada. Mas estava começando a relaxar um pouquinho, seus ombros se soltando sob os movimentos carinhosos, seus olhos na água tremulando.

Ele estava sendo carinhoso com ela. Inacreditável. Confuso.

– Por que está sendo tão legal comigo? Depois que fui... tão... – Ela parou pra sacudir a cabeça.

– Está tudo bem, isso acontece, às vezes.

– Mas nós nem estávamos fazendo nenhuma brincadeira de dor.

– Nem sempre é isso que dá origem. Algumas pessoas ficam assim, só com uma massagem.

– As lágrimas?

– Sim.

– Eu não choro. Não chorava, nem quando era criança. Isso não é normal pra mim.

– Pra mim, nada está normal, neste momento –, ele disse, baixinho.

– O quê? – Ela se virou para olhá-lo. O rosto dele estava sério, concentrado.

Ele passou o pano molhado nas costas dela mais algumas vezes, antes de responder. – Mischa... não sei o que está acontecendo aqui, entre nós. Mas é diferente. Acho que não estou imaginando.

Ela mordeu o lábio. – Não, não está.

– Há uma ligação...

– Sim.

Ela sentiu o coração dar uma pequena cambalhota no peito, enquanto ouvia o que ele tinha a dizer.

– Talvez por isso você esteja caindo, com tanta força.

– Talvez. Talvez seja. Eu realmente nunca choro, Connor. Nem quando quebrei o braço, aos nove anos... Fiquei sentada na emergência, totalmente quieta. A enfermeira me disse que eu era muito corajosa, mas... eu não sei.

– Você não sabe o quê? –, perguntou ele.

– Acho que não foi coragem. Foi porque Evie estava sentada lá, comigo, retorcendo as mãos, seu rosto.. parecia que ia partir, como acontecia, depois que um de seus homens a deixava. Ela ficava me perguntando se eu estava bem. Como se fosse pra eu dizer que sim, e aquilo fosse sumir. E Raine, ela devia ter uns seis anos... ela estava na cadeira, ao meu lado, parecendo tão pequena. Chorando. E eu era... a única lá que conseguia lidar com aquilo.

– Cristo, Mischa. Isso é demais, pra uma menina de nove anos.

Ela sacudiu os ombros, mas ainda sentia a dor daquilo, de outras coisas de sua infância, que ela se esforçava pra não pensar.

– Não sei por que estou lhe dizendo isso –, disse ela, finalmente.

– Por causa daquela ligação, talvez. Olhe, Mischa, você precisa saber que não tem problema me contar essas coisas. Não estou aqui pra julgar. Jamais vou falar disso contra você. Posso lhe prometer isso. E as lágrimas... não precisa lutar tanto contra isso.

– Preciso, sim.

– Por quê?

Ela estava com o coração disparado. Ela teve que se forçar para pôr as palavras pra fora e, mesmo assim, foi um mero sussurro. – Porque se soltar é assustador demais.

– Ah, pra mim, também.

Eles ficaram quietos por um tempo. Ele começou a mergulhar o pano na água, apertando e passando novamente nas costas dela, enquanto ela olhava as pequenas ondas da água. Ele estava lhe dando tempo para se acalmar, absorver tudo que tinha se passado. Tudo que ele havia dito. Talvez, para que ele também se acalmasse. E ela se sentiu envolvida num casulo, pelas admissões que fizera pra ele, por sua voz calma, e também pelo vapor úmido e aquecido do ar. Ela se sentia esvaziada, um pouquinho sensível. Mas ela também entendia que tinha sido necessário. Pra ela. Pelo que isso significava pra eles, talvez.

Depois de um tempo suficiente pra que a água tivesse esfriado um pouquinho, ele perguntou: – Você precisa de alguma coisa? Quer que eu pegue um copo d'água?

– Não. Só... fique comigo.

Ela olhou pra ele, cruzou com seu olhar fixo, conforme ele assentiu. Ele pegou a mão dela e deu um beijo.

– O que você quiser, querida.

Que estranho ele lhe dizer essas palavras. Ter a intenção de dizê-las. Mais estranho ainda, isso era tudo que ela queria. Que ele simplesmente ficasse ali. Com uma ferocidade que ela nunca tinha sentido. Era estranho. Maravilhoso. Assustador.

Ela não queria se prender ao medo. Queria se deleitar com a parte maravilhosa. Queria se permitir ter isso, pela primeira vez na vida. Relaxar um pouquinho. Não questionar nada: a sensibilidade, a honestidade que eles compartilharam.

Agora, ele se permitiria ter esse momento.

NOVE

CONNOR JOGOU A MOCHILA NO OMBRO E SEGUIU PELA LONGA RAMPA, rumo ao portão de embarque, no Aeroporto Seattle-Tacoma. Ele tirou o cartão de embarque do bolso da camisa e verificou, mais uma vez. Portão B 11. Poderia dar uma parada na Starbucks e tomar um café.

Ainda não tinha comido, mas não estava com fome. Ele tinha passado o fim da manhã, depois de deixar Mischa – no apartamento de Dylan – e o começo da tarde com pura adrenalina: fazendo algumas ligações de negócios, para uma das companhias para a qual prestava serviços, na área da baía de São Francisco, fazendo a reserva do voo e do hotel, em San Jose. Tudo isso com o coração a mil no peito, a cabeça girando.

O que você quiser, querida.

Ele tinha dito. E o pior era que ele dissera pra valer.

Ele não podia se sentir dessa forma, em relação a uma mulher. Não podia. Ele nem tinha realmente se apaixonado por Ginny, e olhe o que havia feito com ela! Ah, ele nunca bateu nela, mas alguns socos na parede era algo totalmente inaceitável. Sua atitude carrancuda. Tudo reminiscência de seu pai. A emoção provocava isso nele. Motivo pelo qual Ginny tinha ido embora e ele tomara a decisão consciente de nunca mais se colocar naquela posição. E agora, ele aparentemente estava. Sentindo coisas que não deveria. Ele não tinha o *direito*.

O que ele sentia por Mischa... parecia ter desastre escrito por todo lado. Ele não suportava a ideia de que ela o visse como ele realmente era – um homem incapaz de amar. Um homem incapaz de conter seu ódio interno sem a força dos muros que havia cautelosamente erguido ao redor de seus sentimentos.

Não, sentimento era o equivalente à perda do controle e ele não podia se dar ao luxo de arriscar novamente. Precisava de um tempo longe para colocar as coisas novamente em perspectiva.

Ele chegou ao seu portão de embarque, soltou a mochila no chão, pousou a pasta com o computador mais delicadamente e sentou, numa das longas fileiras de cadeiras. Do lado de fora das vidraças, o sol de fim de tarde irrompia as nuvens, os raios iluminavam a silhueta dos aviões na pista. Ele não sabia por que lhe parecia estranho que o sol brilhasse, quando se sentia tão sombrio por dentro. Até parece que o maldito universo tinha que estar de acordo com seu humor.

Ele estava num humor infernal. Por isso estava dando o fora da cidade.

Seu celular tocou e ele o tirou do bolso do jeans e estreitou os olhos para ver quem era. Alec. Ele atendeu.

– E aí.

– E aí, Connor. Está a fim de jantar comigo e Dante? A Dylan vai se encontrar com a Mischa, Lucie e Kara, na casa dele. Mais coisas do casamento. A Mischa deve ter lhe falado a respeito.

Ele não gostava de admitir, nem mesmo em sua cabeça, que era como uma pequena punhalada ouvir o nome dela. – Não dá. Estou seguindo pra San Jose, a trabalho. Estou no aeroporto.

– Agora? –, perguntou Alec.

– É, agora.

– Você não disse nada que ia sair da cidade.

– Devo ter esquecido.

– Deve. – Alec ficou quieto, por um instante. – Quer me dizer o que mais está acontecendo?

– O que quer dizer? – Ele não tivera a intenção de falar tão bruscamente, mas saiu.

– Ora, vamos, Connor. Nós nos conhecemos há bastante tempo. Você está todo ranzinza. Deve haver um motivo.

Ele suspirou, passou a mão no queixo. Tinha se esquecido de fazer a barba, de manhã. Acordou com Mischa aconchegada a ele, nua, e seu coração derreteu no peito, simplesmente derreteu. Pela sensação de seu corpo quente em seus braços. Pela necessidade de protegê-la. De tudo. Do mundo. Dele.

Mais dele.

Como ele poderia feri-la, depois de tudo que ela tinha passado, quando criança? Depois da forma como tinha sido decepcionada? Ele não podia fazer isso com ela. Tinha que sair, antes... antes de quê?

Ele *iria* feri-la, se ficasse por perto, se sentindo como estava. Disso, ele tinha certeza. Não havia como lhe dar tudo que ela merecia de um relacionamento. Deixar que Mischa pensasse que poderia ter isso com ele... seria cruel.

– Dá pra ouvir a engrenagem girando, Connor. Parecem enferrujadas.

– Rá. Valeu.

– E aí?

Alec esperava, pacientemente.

– E aí... que a garota... Ela está me pegando, sabe?

– Conheço a sensação.

– É, bem... – Cristo, por que ele não conseguia terminar a frase? – Eu não gosto disso.

– Caras como nós geralmente não gostam.

– Você quer dizer como *eu*. Você está se *casando*, porra. – Ele parou, exalou o ar longamente. – Desculpe, eu não quis dizer da forma como pareceu. Estou feliz por você e Dylan.

– Eu também fui assim, Connor –, disse Alec. – Ou você já se esqueceu?

– As coisas mudaram pra você.

– É, mudaram. – Agora, o tom de voz de Alec era baixo, seguro.

Ele não estava dizendo o resto, mas Connor teve a sensação de que o amigo quis dizer que ele também podia mudar. Ele simplesmente não concordava.

– Certo –, disse Alec, depois de alguns momentos em silêncio. – Vá trabalhar, dê um tempo pra cabeça. Para o que precisar. Não vou perturbá-lo com isso. Você pelo menos deu tchau pra ela?

Ele sentiu raiva, a pele atrás do pescoço pinicando de calor. – É claro. Quem você acha que eu sou? Não sou nenhum imbecil, Alec.

– Só estou checando. A Mischa é jogo duro, mas merece pelo menos isso.

– Não precisa me dar sermão quanto ao que ela merece, meu amigo. Eu sei muito bem. Por que acha que estou partindo, assim? – Ele parou, passou a mão nos cabelos. – Porra. Desculpe. Estou sendo um babaca.

– Está. Mas eu deixo pra lá. Me liga quando voltar. Quando estiver melhor de humor. Ou quando estiver pior. Se precisar conversar.

– Farei isso. Valeu, Alec.

– Disponha.

Eles desligaram e Connor ficou olhando pela janela, vendo os aviões taxiando na pista, o sol refletindo nas janelinhas.

Essa mulher realmente o deixara balançado. Totalmente.

Ele se sentia como um maldito covarde, fugindo assim. Ele *era* um maldito covarde. Mas seria melhor assim. Ele precisava de tempo, alguma distância, pra arrumar a cabeça. Pra se esquecer daquela pele branca e reluzente. Das curvas generosas de seus seios, em suas mãos. Do azul dos olhos dela... Do jeito que aquele azul perfurou seu coração, quando seus olhos se encheram de lágrimas.

Ele sacudiu a cabeça.

Era melhor ficar longe um pouco. Ele esfriaria. Iria recuperar o controle que sempre tivera e que Mischa tinha conseguido destruir, pedacinho por pedacinho. Ele não podia ficar em San Jose pra sempre. Só precisava de alguns dias. Ele ficaria legal. Simplesmente legal.

Então, por que tinha doído deixá-la? Sair pela porta sabendo que ele ia pegar um avião, o mais rápido que pudesse? Por que doía saber que a única maneira de continuar com ela era desligando aquela parte dele, que dava uma sensação tão incrível, *por causa dela?*

Ele massageou o peito, como se pudesse tirar a dor que sentia ali.

Ele se preocupava com a garota. Era isso. Não era? Preocupar-se com ela não queria dizer... mais nada. Não *precisava* querer dizer mais nada. Ele simplesmente precisava recuperar o controle de seus sentimentos que vagueavam.

O controle era a chave, ele lembrou a si mesmo.

Ele tinha a sensação de que essa frase seria um mantra necessário para seu futuro previsível.

Era noite de quinta-feira e Mischa estava num táxi, a caminho da casa de Kara e Dante, à beira da água, perto de onde Dylan morava, para rever os preparativos do casamento.

O dia parecia interminável, sozinha, no apartamento de Dylan. Ela e Connor dormiram até quase dez horas, depois ele levantou apressado, dizendo que tinha se esquecido que ia viajar naquela tarde, passar alguns dias fora, a trabalho. Ele se desculpou, perguntando, repetidamente, se ela ficaria bem. Ela tinha garantido que sim, claro. Mas não tinha certeza se era verdade.

Ela se enfurnou na cama, ficou assistindo a filmes, enquanto trabalhava em alguns desenhos, com o bloco no colo, tirando uns cochilos, até chegar a hora de se arrumar pra sair. Algo totalmente atípico pra ela. Era raro o dia em que ela passasse sem trabalhar. No estúdio. Desenhando. Escrevendo. Criando novos planos e negócios. Ficar hibernando dava uma sensação estranha, mas necessária. Ela não entendia. Ela se surpreendeu em ceder a isso. E agora, sair no mundo parecia um tipo de choque cultural.

Ela ainda estava tentando dizer a si mesma que estava tudo bem – que Connor simplesmente tinha que trabalhar – quando o táxi chegou ao prédio de Kara e Dante, uma estrutura toda envidraçada, com vista para a Baía de Elliott. Ela pagou o motorista, desceu e pegou o elevador, até o vigésimo segundo andar, encontrou o apartamento e bateu. Kara abriu a porta com um sorriso no rosto. Seu cabelo comprido, castanho claro, estava preso num rabo-de-cavalo e ela estava com óculos de leitura puxados sobre a cabeça.

– Mischa, entre. – Kara deu um passo atrás para deixá-la entrar pela porta. – Deixe-me pegar seu casaco.

Mischa olhou ao redor do loft, enquanto tirava o casaco e entregava a Kara. – Nossa. Esse lugar é incrível.

– Às vezes, ainda não consigo acreditar que moro aqui. – Kara estava sorrindo. – Deus, desculpe. Eu não quis parecer esnobe.

– Você não é, não seja tola –, Mischa a tranquilizou, dando um apertãozinho em seu braço.

– Ela *é* tola –, Dylan gritou, vindo da cozinha. – Tolamente apaixonada.

– Você que está se casando, Dylan. Não está em posição de me provocar por estar apaixonada –, respondeu Kara.

– Excelente argumento –, Dylan sorriu.

Mischa só sacudiu a cabeça, virando para olhar a arte, nas paredes da sala. Para se afastar de toda essa... felicidade, por um instante.

– Que fotos legais –, disse ela, gesticulando para um conjunto de fotos arquitetônicas, numa das paredes, acima de um sofá elegante e creme, cheio de almofadas brocadas.

– Obrigada –, respondeu Kara. – Faz alguns anos que eu venho colecionando. A propósito, vocês vão querer comer logo que a Lucie chegar? Eu estou faminta. Mischa, nós pedimos comida chinesa. A Dylan falou que você gosta de curry, então, pedimos um macarrão à Cingapura pra você. E... um monte de todas as outras coisas. Espero que você esteja com fome.

– Um pouquinho –, respondeu Mischa, embora não fosse exatamente verdade. Ela mal tivera tempo para comer, o dia todo, tomando chá e beliscando torrada. Tentando não questionar o motivo para que Connor tivesse ignorado o fato de que ia sair da cidade hoje, até a hora em que eles acordaram, pela manhã. Até o dia seguinte ao fazerem o melhor sexo de sua vida.

Era mais que sexo. Foi uma conversa mostrando a alma, revirando as vísceras sobre coisas que ela só havia contado a Dylan.

A campainha tocou e Kara abriu pra Lucie entrar. A loura miúda deu um abraço em todo mundo, incluindo Mischa. Ela tinha uma doçura e Mischa havia gostado dela de cara, quando se conheceram na festa de noivado.

Onde ela tinha conhecido Connor.

Por que todos os pensamentos giravam ao redor de Connor?

– A comida já está servida. Vamos comer –, disse Dylan, conduzindo-as até uma sala de jantar, na outra ponta do apartamento. Embalagens brancas pra viagem estavam perfiladas no meio de uma mesa imensa que parecia feita de madeira de demolição. A louça italiana, com desenhos em círculos azuis, terracota e amarelo, estava posta pra quatro.

Todas elas escolheram um lugar e sentaram, enquanto Kara servia água de um jarro, em copos altos.

– Também tenho cerveja Tsintao, em homenagem à nossa cozinha chinesa, ou saquê, se alguém quiser. Ou posso fazer chá.

– Acho que preciso de um pouco de álcool pra passar por isso –, disse Dylan, dando um pequeno suspiro.

– Não se preocupe –, Lucie tranquilizou-a –, vai sair tudo bem. Só falta escolher a música e o cardápio. Vocês já resolveram se vão escrever seus votos?

Dylan gemeu, afastando os cachos ruivos fartos do rosto, com as duas mãos. – Eu tinha me esquecido dos votos.

– Por sorte, estou com meus livros.

– Livros? – perguntou Mischa.

Lucie se virou e tirou vários livros de um bolsão que tinha pendurado no encosto da cadeira, fazendo uma pequena pilha na mesa. – Tenho alguns livros sobre cerimônias e leituras de casamentos. Comprei quando comecei a fazer bolos de casamento. Casamentos podem ser esmagadores, as pessoas estão sempre se esquecendo de algum pequeno detalhe.

– Ah, não diga isso –, disse Dylan. – Kara, eu preciso daquela cerveja.

– Pra já. Lucie? Mischa?

– Uma cerveja será perfeita –, respondeu Mischa.

– É bom –, disse Lucie. – Deixe-me ajudar.

Kara foi pra cozinha e Lucie a seguiu, para ajudar a trazer as bebidas.

Dylan se inclinou e perguntou baixinho: – Você está bem?

Mischa virou o guardanapo de linho no colo, remexeu em sua borda. – Tudo bem.

– Não me faça brigar com você, Misch. Elas voltarão num minuto.

Mischa mordeu o lábio. – Um minuto não é suficiente pra falar a respeito.

– Está bem. Por que não damos um tempo no meu apartamento, depois, e podemos conversar, antes que eu volte pra casa do Alec?

Mischa assentiu, conforme Kara e Lucie voltaram, com as mãos cheias de garrafas de cerveja.

– Seria ótimo, se você não se importar.

– Claro que não. – Dylan deu um apertão rápido na mão dela, embaixo da mesa.

A noite foi longa, com discussões detalhadas sobre os prós e contras de contratar uma banda ou um DJ. Kara argumentou pelo DJ, Lucie era a favor da banda ao vivo e Mischa estava no meio. Dylan finalmente optou por um quarteto de cordas para a cerimônia e uma banda especializada na *Era Big Band*, para a recepção. A questão da escrita dos votos foi deixada para outro dia. Ainda assim, era mais de onze horas, quando todas elas decidiram que já tinham feito o suficiente, e Dylan e Mischa se despediram.

Dylan ficou quase o tempo todo calada, dirigindo durante o trajeto de volta ao apartamento. O rádio estava ligando, enquanto ela falou de alguns detalhes do casamento, seguindo pelas ruas agora molhadas de chuva. Ela estacionou e elas desceram e correram pela chuva, até o prédio. No apartamento, tiraram os casacos molhados e Dylan foi direto até a cozinha fazer um chá.

– Então, fale comigo, Mischa –, disse ela, despejando água quente em duas canecas e dando uma a Mischa, que estava sentada no balcão.

Ela sacudiu os ombros. Agora que era hora de despejar tudo, ela não sabia por onde começar.

– Connor foi viajar hoje.

– Foi?

Dylan estava tentando parecer despreocupada, mas Mischa notou.

– Alec também não sabia?

– Acho que não. Ele me disse que ia convidá-lo para jantar com ele e Dante, enquanto nós monopolizávamos o apartamento, hoje. Ele não lhe disse com antecedência, que ia viajar?

– Ele disse que se esqueceu, até essa manhã. Isso é... Você acha que isso é ruim? Quer dizer, não ruim por ele ter se esquecido, mas... é, ruim por não ter dito nada antes?

Dylan soprou o chá, por alguns instantes. – Sabe, o Alec fazia umas coisas meio malucas, logo que ficamos juntos.

– Nós não estamos exatamente juntos – Mischa protestou. – Faz uma semana que estamos nos vendo. Quase toda noite, mas, ainda assim... Moramos em cidades diferentes. E quando foi a última vez que você me viu envolvida em algo de longo prazo?

– Nunca vi. Mas isso não significa...

– Sim, significa. – Mischa levantou, cruzou os braços e desviou de Dylan, seguindo até a cozinha. Ela parou na pia, recostou na bancada ficou olhando através das cortinas transparentes, para o céu noturno. A lua estava visível, por entre as nuvens, lançando um brilho prateado.

– Certo –, disse Dylan, lentamente, por trás dela. – Então, por que você está tão aborrecida?

Mischa exalou o ar. – Porque eu sou uma idiota.

– Misch...

Ela soltou os braços e virou de volta. – Não, eu sou. Em algum ponto, não tenho ideia de como foi, eu acho que pensei que Connor me deve algo. Alguma explicação, quando na verdade, ele não deve nada. Ele pode fazer o que quiser, ir aonde quiser. Até parece que tem que pedir minha permissão. Ele era perfeitamente capaz de tomar essas decisões, sozinho, antes que eu aparecesse. E eu também.

– E? – Dylan provocou, erguendo uma sobrancelha ruiva.

Os ombros de Mischa caíram. – E agora eu não gosto do fato de que ele não me falou antes, sobre essa viagem. Parece... rude, depois de estarmos dormindo juntos a semana inteira.

Dylan sorriu pra ela. – E como é?

– Porra, é incrível –, disse Mischa, sem entusiasmo. – Mas é só isso. Sexo incrível.

– Vocês estão conversando alguma coisa, entre o sexo incrível?

– Claro que estamos. Sobre todo tipo de coisa.

– O que, por exemplo? – perguntou Dylan.

– Tipo... tudo. Meu negócio, coisas de família.

– É mesmo?

– Por que você está erguendo novamente a sobrancelha pra mim? –, Mischa perguntou, cruzando os braços mais uma vez.

– Porque nós nos conhecíamos há um ano, quando você me falou algo sobre sua família.

– Talvez isso tenha sido... boa prática pra mim.

– Talvez.

– Certo, não tenho a intenção de ficar de papo furado com você, Dylan. Pra mim, isso é muito difícil de encarar, que dirá admitir para outra pessoa.

– O que você está admitindo, exatamente?

Ela afastou os cabelos do rosto. – Contei a ele sobre Evie. Sobre o quanto foi ruim viver com ela, quando criança. Sobre o quanto ela tinha a cabeça pirada e como isso me afetou. Ainda não posso acreditar que contei a ele.

– Então, você deu detalhes?

– Bem, sim e não. Eu contei um pouquinho. Não contei coisas do tipo... Raine e eu passando fome, antes que eu tivesse idade suficiente pra ir ao mercado, sozinha. Não disse que ela nos deixava sozinhas, dias a fio. Não falei das coisas brabas. Mas contei o suficiente pra que ele tenha ideia...

– Eu lamento muito, querida.

Mischa sacudiu a cabeça, afastando as lágrimas de seus olhos. – Tudo bem. Agora sou uma garota crescida. Aprendi a lidar com isso. Aprendi há anos. Aprendi a fazer compras, cozinhar, a evitar que Evie se acabasse, depois de uma de suas crises pós-relacionamento. Eu passei pelo colégio sozinha, fiz com que Raine também passasse. E nós duas nos demos muito bem. Você nunca saberia de onde viemos, não acha?

– Misch, acalme-se, minha querida. Está tudo bem.

– Deus, desculpe. Hoje eu estou... meio embaralhada, eu acho. – Ela parou, esfregou os braços com as duas mãos. – Eu não sei porque ficar com Connor trouxe essa velha história à tona. Talvez seja a brincadeira da escravidão sexual e sadomasoquismo.

– Isso pode fazer você se abrir.

– Certamente foi assim comigo. Mas eu estou tentando seguir o embalo. Não estou me saindo muito bem. – Mischa deu um longo suspiro. Dylan deu um gole no chá, esperando. Mischa finalmente voltou ao balcão e sentou numa banqueta, erguendo a caneca para tomar um pouco de chá quente, calmante. – Dylan? Você realmente acha que isso significa alguma coisa?

– Diga-me a que você se refere com "isso".

– Quero dizer que me incomoda que Connor tenha deixado a cidade tão de repente. Porque se fosse qualquer outro cara, eu provavelmente estaria ocupada demais para notar. Gosto que seja assim. E não gosto disso... Eu subitamente sinto que estou com tempo demais sobrando, mesmo estando aqui pra ajudar no casamento e montar o novo estúdio com Greyson. Eu não sei. Talvez o tempo seja um problema. Talvez eu esteja passando tempo demais com *ele*. E você acha que tem mais, sobre essa viagem repentina, do que ele está me contando? Nós temos planos pra amanhã e agora, eu nem sei se vai rolar.

Ela deu outro suspiro. Realmente estava perdendo a cabeça.

– Não sei quanto a ele, Misch. Os homens ainda são um grande mistério pra mim. Eu mal consigo entender o Alec, embora veja muito mais do que ele gosta de admitir. Mas você, eu conheço. E eu diria que quer dizer algo, o fato de Connor ter tanta de sua atenção. É decididamente incomum pra você.

– Eu deveria parar de vê-lo. – Mischa ficou pensando, olhando o chá.

– Você acha?

– O que mais posso fazer?

– Talvez, apenas relaxar e aproveitar estar com ele, enquanto você está aqui.

– Se ele ainda quiser me ver, quando voltar.

– Ele vai querer vê-la –, disse Dylan, com um tom de certeza.

– Não sei...

– Ora, vamos, que homem não ia querer? Você sempre escolheu os homens e sabe disso.

Mischa tentou sorrir, mas, em sua cabeça estava o pensamento desconcertante de que talvez o cara que *não a queria*, fosse aquele que *ela queria*. Realmente queria. Pela primeira vez na vida.

* * *

Três noites depois, seu celular a despertou. Ela deu uma olhada no relógio, ao pegar o telefone, na mesinha de cabeceira. Uma da manhã. Quem poderia estar ligando? Ela atendeu, sem tentar abrir os olhos para olhar o visor.

– Alô?

– Mischa, sou eu. Connor. Eu sei que é tarde.

O coração dela quase parou, o cérebro engatando a marcha.

Connor.

– Tudo bem. Não faz tempo que eu dormi. – Era mentira. Não estava tudo bem. Não por ele tê-la acordado. Mas a porcaria do troço todo, não tinha nada tudo bem. – Onde está você? Já voltou pra cidade?

– Ainda estou em San Jose. Estou voltando amanhã. Olhe, eu lamento por ter partido sem dar explicação.

– Achei que você tivesse ido a trabalho.

– Eu vim. – Ele parou, e ela ouviu sua respiração do outro lado da linha. – Mas também vim pra me afastar.

– Bem, isso é animador.

– Eu não a culpo por ficar zangada.

– Não estou zangada. Estou apenas... irritada.

Como ela poderia admitir que estava injuriada, por ele nem ter sequer ligado? Mandando uma mensagem de texto? Ela não tinha direitos sobre ele. Direito algum de reclamar, fora o fato de sumir, depois de convidá-la pra sair na sexta à noite, algo que ela nem queria falar agora. Ela não queria que ele soubesse o quanto ela estava sendo uma garotinha. Não queria admitir para si mesma, o quanto isso a fazia lembrar como Evie se angustiava com os homens, ou como isso sempre acabava mal pra sua mãe.

Ela não era tola. Era? No entanto, ali estava ela, ansiando por um cara qualquer que tinha acabado de conhecer.

Ele não é um cara qualquer. Não foi, desde o primeiro instante.

Pare com isso.

– Tudo bem –, ele disse, baixinho. – Aceito isso.

Ela suspirou, sentou na cama, acendendo o abajur na mesinha de cabeceira. Não deixaria esse cara – nenhum cara – esmagá-la como sua mãe permitira que tantos homens fizessem. – Então, por que está me ligando agora?

– Pra me desculpar. Pra conversar.

– Certo. Fale.

Houve um longo silêncio do outro lado da linha, então, ela ouviu o exalar suave da respiração dele. – Você tem todo o direito de ser seca comigo.

Ela sacudiu a cabeça, como se ele pudesse vê-la. – Não, não tenho, me desculpe, Connor.

– Não há motivo pra se desculpar. Eu mereço. Sei disso. Depois daquela noite, o mínimo que eu podia fazer era... Droga, eu não tenho ideia do que deveria ter feito. Mischa, isso é um território novo pra mim.

– O quê?

– Ligar para o que pensa uma mulher com quem estou saindo, pra ser honesto. Sei que isso soa grosseiro, mas é como eu tenho sido, em relação às mulheres, há muito tempo. Há anos.

O coração dela batia lento, no peito. O que ele estava dizendo, exatamente?

– Eu sempre tive essa postura, em relação aos homens, quando se trata de qualquer relacionamento pessoal, se você quiser chamar assim. Provavelmente, sempre.

– Então, isso é igualmente estranho pra você, se é que estamos falando a mesma língua.

Foi a vez dela parar. Ela se sentia na ponta dos pés, à beira de um precipício. Será que estava pronta para mergulhar? De assumir esse risco? Mas, talvez, se eles realmente não estivessem pedindo nada um ao outro, exceto o reconhecimento, o risco não fosse tão alto. Talvez, eles só precisassem dizer isso, para que pudessem ser claros, um com o outro. Tirar isso da cabeça.

Os músculos retraídos em seu pescoço e ombros relaxaram um pouquinho.

– Mischa, você está aí?

– Eu só estava pensando. E... estamos falando a mesma coisa.

– É bom saber.

Ela quase pôde ouvi-lo sorrir, do outro lado da linha.

– Então, e agora? –, perguntou ela.

– Agora, ou nós concordamos em seguir caminhos separados, antes que isso fique mais complicado. – Houve uma pausa, quando ela sentiu a pulsação nas têmporas. – Ou concordamos em continuar nos vendo, sem permitir que complique.

– Certo.

– Certo, o quê? Porque, Mischa, eu realmente prefiro a última opção. Foi isso que concluí, ficando distante por alguns dias. – Outra pausa, dessa vez, mais longa. – Senti sua falta.

O coração dela deu uma cambalhota. Ele realmente tinha dito isso pra ela? Deus, ela também sentira sua falta. Mas não sabia como dizer isso. Não sabia como dar um mergulho tão profundo.

– Eu cheguei a uma conclusão bem parecida –, disse ela, se esquivando ligeiramente do assunto. – Eu também gostaria de vê-lo outra vez. Por que você não me diz quando chegar a Seattle?

– Farei isso. Quais são seus planos pra amanhã?

– Vou ao bufê com Dylan e Lucie, para finalizar as escolhas do cardápio, depois Greyson e eu temos uma reunião com um advogado.

– Quando você termina?

– Provavelmente por volta das cinco.

– Vou te buscar às sete.

Lá estava, aquele ar de autoridade absoluta que ela adorava, ao qual ela reagia. Mesmo agora, seu corpo ardia de desejo, simplesmente ao ouvir a voz dele. Sua determinação.

– Para onde vamos? –, perguntou ela, enroscando um cacho do cabelo no dedo.

– Jantar. Depois, de volta pra minha casa.

– Parece bom. Então, eu te vejo amanhã à noite.

Eles desligaram e ela se pegou sorrindo.

Não seja idiota.

Não era a primeira vez que dizia isso a si mesma, desde que conhecera Connor Galloway. Provavelmente não seria a última. Mas ela gostava de onde estavam, do lugar para onde a conversa os levou.

Ela deslizou por baixo das cobertas, mergulhando sob o cobertor, depois estendeu o braço para apagar a luz. Mas não conseguia pegar no sono outra vez. Estava muito agitada, depois da ligação de Connor. O que não era bom, levando-se em conta o dia longo que ela havia planejado para amanhã. Mas a verdade era que seu corpo estava tão ativo quanto sua mente. Ouvir a voz dele, pensar em vê-lo, tinha acendido um fogo brando que se transformou em labareda. O calor percorria suas veias, seu sexo, fazendo-a doer.

Ela precisava dele.

Ela gemeu. Faltava muito até manhã à noite. E ela nunca conseguiria dormir com o desejo a envolvê-la, como se ele a tivesse beijado, tocado, em vez de simplesmente conversado, ao telefone. Era aquela voz. Tão maldita e sexy, com aquele sotaque irlandês, profunda, retumbante. Havia algo sexy em seu tom de voz, na forma como ele parecia incerto, no começo da conversa. No fim, ainda mais, quando ele voltou ao seu tom natural de autoridade. Isso imediatamente a fez se lembrar da maneira como ele a segurava, quando estavam fazendo sexo. O jeito rude como ela a pegava...

Ela passou as mãos na barriga, segurou os seios, passou os polegares nos mamilos. Estavam rijos. Ela os beliscou e uma onda deliciosa de prazer a percorreu. Ela fez novamente, desta vez, com mais força, realmente fazendo doer, e sua vagina ficou toda molhada, só da dor. E da imagem em sua cabeça, de Connor fazer exatamente isso, com suas mãos grandes e sábias.

Ela suspirou, deixou a mão deslizar abaixo, por entre as coxas. Ela já estava encharcada. Com um tesão louco. Querendo além do que sua mera mão podia fazer.

Ela rolou de lado e abriu o estojo, tirando seu maior vibrador, um pênis cor da pele, feito de réplica de pele. Era imenso, parecia vivo, mas continha um vibrador. E era exatamente do que ela precisava.

Levou alguns instantes para encontrar uma tomada junto ao criado-mudo e ligá-lo – vibradores dessa potência não funcionavam a pilha –, mas ela finalmente ligou. Tirou sua camisola pela cabeça e recostou na cama, com o imenso vibrador entre as coxas abertas.

Ela fechou os olhos, se instigando com as imagens de Connor: suas mãos grandes, seu corpo nu e musculoso, sua boca deliciosa. Ela se lembrava exatamente de seu gosto. O toque de suas mãos. O ardor adorável de suas palmas, quando ele lhe dava palmadas.

Seu corpo estava esquentando, conforme ela passava as imagens na cabaça, como se fosse um filme. Sua vagina estava pulsando de tesão, no entanto, ela nem tinha se tocado. Ela queria invocar aquilo, da forma como Connor fazia, fazendo-a esperar.

Ela abriu mais as coxas, imaginou seu pau imenso e lindo, a pele dourada, a cabeça ligeiramente mais escura, inchada, reluzindo com uma gota perolada antes do gozo.

– Me fode, Connor –, sussurou ela, no escuro, finalmente ligando o vibrador.

Ela tocou levemente os lábios de seu sexo, estremeceu reagindo. Fez novamente, ainda se provocando. Pensou no frasco de vaselina no estojo, mas não precisava, esta noite. Estava bem molhada. Ela recuou os joelhos junto ao peito, arreganhando-se toda, e enfiou a ponta do vibrador.

– Ah...

O pênis de Connor era tão grande quanto seu brinquedo favorito. Maior, talvez. Ela empurrou mais fundo, seu sexo faminto recebendo com facilidade. Ela tremia inteira, com o prazer irrompendo por ela, em ondas. E o rosto de Connor em sua mente, acima dela, conforme ele enfiava o pênis para dentro dela.

– Ah, sim.

Ela tirou um pouquinho o vibrador, depois mergulhou com força, imaginando Connor lhe dando o mesmo prazer, o que fazia seu corpo se retesar, à beira do primeiro orgasmo.

– Vamos, Connor –, murmurou ela. – Me fode com força.

Ela sacudia o quadril, enfiando o vibrador lá no fundo, a vagina apertada ao seu redor. Ela estava transando com o brinquedo em golpes agudos do quadril, começando a gozar.

– Connor... me fode... me fode... sim!

Seu clímax foi forte o suficiente para cegá-la, fazê-la gritar seu nome.

– Connor!

E ela continuava a enfiar o vibrador enorme na vagina, precisando de mais.

Não era o suficiente...

Não seria. Só o próprio Connor seria suficiente.

Ela finalmente parou. O prazer ainda revolvia em seu corpo. O tesão era tão profundo e poderoso. Tesão por *ele*.

Connor.

Ela estava tentando recuperar o fôlego, ao tirar o pênis de seu corpo, desligá-lo. Seu corpo ainda ardia, ainda faminto por satisfação. Mas ela sabia que podia passar a noite inteira transando com o vibrador que não sentiria a satisfação que desejava. Isso era algo que só Connor poderia lhe dar. Seu toque. Seu comando. Sua presença.

Ela ficou imaginando se algum dia ficaria verdadeiramente satisfeita, ou se ele a arruinara pra sempre, de alguma maneira.

De qualquer forma, ela o veria amanhã à noite. E agora, isso era tudo que importava.

Às 18h55, Connor encostou na frente do prédio de Dylan. Ele olhou acima, viu as luzes acesas no apartamento, sabia que Mischa o esperava, lá em cima. Ele ficava de pênis duro só de pensar nela. De vê-la, imaginar todas as coisas indecentes que faria com ela, em seu apartamento, após o jantar.

– Calma, garoto –, murmurou ele, para o pênis que inchava, pressionando a mão por cima da calça. Não ajudou muito.

Ele jurou baixinho, ao sair do carro, atravessou a rua, tocou o interfone. Ela não disse nada, só apertou para deixá-lo entrar no prédio.

Ele recostou na parede do elevador, enquanto subia.

Tenho que ver a garota. Preciso pôr as mãos nela.

Tinha passado tempo demais.

Quatro dias?

Mas ele não tinha tempo de se questionar. O elevador abriu e ele estava diante da porta dela. Ela abriu, e parecia todas as fantasias que ele tivera, desde que havia deixado a cidade. Só que estava com roupa demais.

Mas ele gostou. Um vestido de amarrar, com estampa preta e vermelha, que acentuava suas curvas, mostrando um decote generoso. Os saltos altos pretos que ele adorava, um pequeno toque de fetiche. E a porra da meia arrastão.

Ela sorria pra ele, com aquela boca deliciosa e vermelha.

– Não vai dizer olá? –, perguntou ela, rindo um pouquinho.

Ele entrou, chutou a porta para fechá-la.

– Não.

Ele agarrou-a, trazendo pra perto, virando-a de costas para a porta, empurrando-a contra ela. E seus lábios estavam sobre os dela, beijando, a língua entrando em sua boca. Ela sentiu cheiro de pasta de dente e flores. O que não fazia sentido, mas ela não ligou. Ele a inalava, tragava sua língua quente e molhada. Apertava seus seios, sentindo o inchaço rijo dos mamilos através do vestido, do sutiã.

Ele parou de beijá-la, somente para passar a língua por seu pescoço, precisando saboreá-la.

– Esse foi um olá e tanto –, ela resfolegou, conforme ele puxava seu vestido para o lado, enfiando a mão no sutiã, deixando o seio à mostra.

Ele se curvou para levar os lábios ao mamilo vermelho escuro, lambendo, depois chupando, depois mordendo com força.

– Ah, que bom, Connor...

As mãos dela estava nas laterais do rosto dele, segurando-lhe a cabeça junto a ela. As dele serpenteavam sob o vestido, levantando a bainha, conforme ele subia por suas coxas, encontrava as meias presas pela liga. Não havia mais nada por baixo. Ele teria sorrido, se seus lábios não estivessem ocupados em chupar o mamilo inchado. Ele continuou chupando, enquanto segurava sua bunda com uma das mãos, apertando, beliscando. A outra foi direto às dobras de sua vagina.

Ele começou a esfregá-la, enfiando dois dedos dentro dela, pressionando o clitóris com a base da mão.

– Porra, Connor.

Sim, vamos foder...

O pênis dele estava duro como aço. Ele soltou sua nádega, apenas pelo tempo de abrir o zíper do jeans. Para puxar o pênis pra fora e colocar uma camisinha que tirou do bolso do casaco, depois, impacientemente, lutou para tirar o casaco e o jogou no chão. Então, ele estava sobre ela. Ele a pegou e passou suas pernas ao redor da cintura, entrando em seu corpo. Sua vagina o recebeu, quente, molhada, apertada, engolindo seu pênis.

– Ah, Cristo, Mischa. Eu precisava disso. Foder com você. Só. Isso.

Cada palavra era pontuada com um mergulho forte do quadril, enquanto ele entrava nela, pressionando suas costas junto à porta. O prazer era a única coisa que revolvia em seu peito. A única coisa que podia saciar a pulsação de seu pênis. A única forma como ele poderia ser parte dela.

Ela estava gemendo, com as mãos enlaçadas atrás do pescoço dele. Ele a segurou pela bunda e mergulhou com força, enquanto ela arqueava o quadril pra ele. Enquanto ela gozava, a vagina apertando como se fosse um punho fechado segurando seu pênis. Então, ele gozou, gritando, fodendo com ela, o mais forte que podia. Precisando que fosse com força, animal.

As pernas dele estavam tremendo e ele precisou tirar, colocá-la de pé. O rosto dela estava vermelho, seu lindo seio ainda pra fora do vestido, o mamilo provocadoramente vermelho. Ele passou a pontinha do dedo por cima, sentiu o arrepio. Quando ele olhou para o rosto dela, seus olhos estavam azuis cintilantes, brilhando pelo gozo recente.

Ela estava respirando com força. Ele também.

– Bem –, disse ela, depois de um minuto. – Bem-vindo ao lar.

Ele percebeu que parecia, mesmo, estar de volta ao lar. Estar ali com ela. Estar dentro de seu corpo.

Não posso pensar assim.

Ele parecia não conseguir parar de pensar.

Estou em sérios problemas.

Ele também não pensaria nisso. Ele sorriu pra ela. – Pronta pra jantar?

Ela riu. – Eu talvez precise de um banho rápido, de piranha. E trocar minha calcinha. Se estivesse usando uma.

– Vá se lavar. Nada de calcinha. – Ele mandava nela.

Ela fez uma continência debochada, antes de seguir ao banheiro. Mas ele não ligava que ela fosse um pouquinho atrevida. Ele estava de volta ao leme, que era exatamente onde ele precisava estar. E onde pretendia ficar.

DEZ

*MISCHA ADOROU O PEQUENO RESTAURANTE ITALIANO, DE CARA – UM DA*queles locais antigos, com reservados grandes de vinil vermelho e toalhas xadrezes. O tipo de restaurante que só locais conheciam. Ela tinha certeza de que a comida seria maravilhosa.

– Eles fazem um putanesca incrível, aqui –, ele disse a ela, quando eles sentaram no reservado.

– O espaguete da prostituta? –, perguntou ela, sorrindo.

– Bem, você tomou um banho de cortesã, antes de deixar o apartamento. – Ele deu uma piscada, carregando no sotaque. – Achei que seria apropriado.

Ela riu, não pela primeira vez, naquela noite. – Então, putanesca será.

Ele pediu o vinho sem consultá-la, o que ela tinha de admitir que gostou, e o garçom rapidamente trouxe.

Ela tinha notado que quase todos pareciam pular para atendê-lo. Ela não achou que fosse por seu tamanho, embora isso pudesse intimidar. Imaginou que fosse sua autoridade natural, à qual as pessoas reagiam, sem sequer saber que estavam fazendo isso. Ela, certamente reagia. Até quando estava lutando contra. O que não estava fazendo agora. E dava uma sensação boa.

Ela se sentia bem. Ainda na reverberação da transa rápida e forte, contra a porta, no instante em que ele havia chegado. E, talvez, simplesmente por ele estar *ali*.

O vinho chegou, um Zinfandel da Califórnia, e Connor pediu que o garçom servisse os dois. Ele lhe entregou sua taça e ergueu a dele.

– Saúde –, disse ele, tilintando seu copo ao dela.

– A que estamos brindando?

– Eu sou irlandês. Pra nós, está ótimo brindar pela bebida.

– Ora, vamos, Connor. Você certamente sabe ser mais criativo que isso –, ela provocou.

– Bem, então, sua mocinha tagarela, que tal se brindarmos à transa absolutamente espetacular que acabamos de ter, e à outra, mais tarde. Com umas palmadas acrescentadas, como precaução. Minhas mãos estão coçando para sentir sua linda bundinha.

Não era o que ela esperava que ele dissesse. Ela não sabia o que esperava. Mas isso a encantou, fazendo-a abrir um sorriso ainda maior.

– Você é um homem vulgar, Connor Galloway.

Ele ergueu uma sobrancelha. – Mas você gosta disso em mim.

– Gosto.

Eles bateram as taças e beberam.

– Como foi no bufê? –, perguntou ele.

– Foi bom. Conseguimos escolher o cardápio. Tudo parece estar nos trilhos. Embora Dylan e eu estejamos muito gratas por Lucie. Ela é a única de nós que parece saber alguma coisa sobre esse negócio de casamento.

– E a outra reunião? –, Ele deu um gole no vinho, e o copo parecia ridiculamente pequeno em sua mão grande.

– Também foi boa, produtiva. Greyson e eu nos encontramos com um advogado e repassamos toda a papelada para abrir a sociedade, e pedimos que ele desse uma olhada no contrato de locação, antes de assinarmos. Estou ficando empolgada em abrir outro estúdio, embora o começo seja uma grande dor de cabeça. Tem todas as contratações, a estruturação, o pedido das cadeiras e suprimentos. Graças a Deus, desta vez eu tenho um sócio. Isso vai cortar minha dor de cabeça pela metade. Nós paramos e almoçamos, ficamos discutindo sobre o nome do estúdio, mas ainda não arranjamos nada concreto.

– Almoçaram, é? –, ele recostou no sofazinho, cruzando os braços. – E depois?

– Depois abrimos uma conta bancária para o estúdio.

– Uma conta conjunta?

– Bem, os dois precisam assinar, é claro. Greyson que estará aqui mais tempo, para supervisionar a obra e... Por que está me olhando assim?

– Assim, como?

– Como se estivesse injuriado com alguma coisa.

– Estou?

Ela se aproximou, observando suas feições, o rosto emburrando. Ah, sim, ele parecia bem irritado. Tentando disfarçar, mas não se saindo muito bem.

– Você quer saber se nós dormimos juntos, não é? – Por que parte dela estava satisfeita com isso?

Ele parou, descruzou os braços, como se tivesse acabado de perceber sua postura defensiva. – Não tenho direito de perguntar.

– Não. Mas eu vou lhe dizer, mesmo assim. Nada aconteceu entre nós. Se tivesse acontecido, eu não estaria abrindo um negócio com ele. Não acho que negócio e prazer se misturem bem. Uma vez que você dorme com alguém, a dinâmica se modifica.

– De que forma? Não estou questionando o conceito; só estou querendo saber quais são suas impressões.

– Se você fica uma vez com alguém, e nunca mais verá aquela pessoa, então, aquela noite é o que é: boa, ruim, seja o que for. Mas se vocês vão se ver novamente, bem, é bom que pelo menos tenha sido legal.

– Excelente argumento, esse.

– Se a pessoa é um amigo –, prosseguiu ela –, então, você vai voltar a ver, e a amizade sempre terá esse peso extra do sexo. Que pode ser realmente terrível, se o sexo não tiver sido tão bom.

– Você está insinuando que o sexo com Greyson não seria bom? –, perguntou ele, com um sorriso no rosto, uma das sobrancelhas escuras franzindo.

Ela riu. – Não, de jeito nenhum. Embora eu possa ver que você adoraria que eu dissesse que sim. O que estou dizendo é que se vocês são amigos, então, estão colocando a amizade em jogo. Se o negócio for bem, e você continuar saindo com alguém, amigo, ou alguém que tenha acabado de conhecer... – Ela parou, afastou os cabelos do rosto. – Certo, olhe pra nós, por exemplo. Nós temos nos encontrado, dormido juntos, por quase duas semanas. Mas foram duas semanas bem intensas. Talvez por sabermos que meu tempo aqui é limitado.

– E também pela intensidade da dinâmica do jogo de poder.

– Sim –, ela concordou assentindo –, tudo é mais intenso por conta disso. E agora, nós acabamos... aqui. Tendo que prosseguir em meio a esse negócio de ligação. Se nós tivéssemos nos conhecido na festa de noivado de Dylan e Alec, flertado um pouquinho, mas nunca dado um passo além, as coisas seriam completamente diferentes entre nós, digamos, no casamento, do que serão agora.

Ele se aproximou e baixou o tom de voz. – É, porque se nós já não dormíssemos juntos, eu provavelmente teria que levá-la a uma sala dos fundos, no casamento, pra transarmos até cair.

Ela riu. – Bem, é isso.

Ele assentiu ligeiramente, com os olhos cintilando. – Eu talvez ainda precise fazer isso.

– Isso é... uma possibilidade. Mas o que estou dizendo, faz sentido pra você?

– Faz. Concordo com tudo. Mas deixe-me lhe fazer uma pergunta: a que conclusão você chegou?

Ela levou alguns instantes para organizar seus pensamentos, enquanto os dedos brincavam com o copo de vinho. – O fato de você sentir que precisava se afastar por um tempo, o fato de termos tido uma conversa meio reveladora, está em linha com a forma como estamos fazendo as coisas, a partir daqui, prova meu ponto de vista. Se fôssemos eu e Greyson, tendo esta conversa, isso faria com que ter um negócio em conjunto ficasse meio... carregado, como eu disse antes. Decididamente mais complicado.

– Você está dizendo que não pode fazer sexo com alguém, sem se ligar?

– Estou dizendo que, às vezes, acontece, independentemente de nossa vontade. Mesmo de uma pequena forma, sobre a qual não temos controle. Mesmo então, a essa altura, precisamos ter cuidado...

Ela parou, mordeu o lábio. Ela tinha falado demais. Agora, ou ela estava falando em círculos, ou estava prestes a levar a discussão a um passo além, numa direção que ela não queria tomar.

Só que uma pequena parte dela queria.

– Você não está falando muito –, disse ela, mais na defensiva do que fora sua intenção.

– É. Bem, estou pensando em tudo que você falou.

Ela queria incitá-lo a contar o que estava pensando. Em vez disso, ela disse – De qualquer forma... eu espero que essa seja a última inquisição sobre Greyson?

– Rá. Nem de longe é uma inquisição, minha garota. Faço isso com uns dez metros de corrente e um pouco de cera quente, no mínimo.

Ela sentiu a pulsação esquentar, se debruçando mais em direção a ele, batendo os cílios. – Talvez eu goste disso –, disse ela, contente pela mudança da conversa.

– Você ia gostar, eu juro. Preciso levá-la novamente ao clube, em breve.

– Eu também gostaria disso.

A comida chegou, uma massa cheirosa, com nacos de tomate, alcaparras e azeite de oliva. Ela sentiu um leve cheiro de anchovas, ao levar o garfo até a boca e experimentar.

– E então? –, perguntou ele.

Ela mastigou, por um momento, saboreando. – Leve e fresco, perfeito.

Ele concordou, com uma expressão de satisfação pessoal, que ele sempre demonstrava. Era presunçoso, não tinha como negar. Mas havia algo nele... mesmo quando estava sendo arrogante, como se ele merecesse ser, e ela nunca achou odioso. Somente um homem como Connor – tão verdadeiramente seguro de si e naturalmente poderoso – conseguia se safar com isso.

Eles terminaram de jantar, relaxaram, conversaram sobre cinema, arte e lugares para onde tinham viajado e os que ainda queriam visitar. O Japão estava no topo da lista para os dois. Mischa sempre quis observar os mestres tatuadores japoneses.

– O que me faz lembrar –, disse ela –, nós precisamos terminar a sua tatuagem. Como vai indo a cicatrização?

– Bem, eu acho. Coça terrivelmente, claro.

– Quando quer que eu trabalhe nela?

Ele sacudiu os ombros. – Quando você estiver pronta.

– Amanhã? Não, amanhã eu tenho a prova do vestido. E na quarta, Dylan e eu vamos passar o dia no spa, depois jantaremos com as garotas. Que tal quinta? Greyson e eu vamos nos encontrar com um empreiteiro que ele conhece, pra fazer a obra do novo estúdio, depois eu estou livre. Ou você tem trabalho a fazer?

– Meu trabalho é por contrato. Atualmente, não estou num projeto. Quinta-feira está fechado.

Ele gostava do fato de estarem fazendo planos, mesmo que fosse para terminar a tatuagem dele. Mesmo que fosse só pra três dias. Havia algo agradável nisso, em não deixar as coisas inteiramente abertas, que era como ela geralmente fazia. Ela geralmente era ocupada demais para se ater a planos com um homem. E, francamente, não conhecera ninguém com quem quisesse passar tanto tempo assim.

Ela pegou o copo, engoliu o bolo estranho que se formava em sua garganta.

Isso não quer dizer nada.

Então, eles gostavam um do outro. E daí?

E daí, que quando eles resolvessem cortar esse negócio, fosse onde fosse, seria difícil. Que era exatamente o motivo para se manter ocupada e trabalhando bastante.

Ela deu uma bela e longa golada no vinho, concordou quando Connor ofereceu para reabastecer seu copo.

Ela estava gostando cada vez mais dele. Gostando da conversa, dos gracejos, tanto quanto do sexo. Bem, quase tanto. Porque o sexo era francamente fora do comum, arrebatador.

Se ela ao menos pudesse se manter focada nisso, tudo ficaria bem.

Depois do jantar, eles entraram no Hummer de Connor e seguiram de volta para a casa dele. Conversaram durante o trajeto, enquanto subiam a escada. A noite parecia prosseguir num ritmo mais relaxado, talvez, porque eles tinham dado uma, antes do jantar. Mas agora que estavam prestes a ficar sozinhos, ela mal podia esperar, seu corpo queimando de desejo, no instante em que ele fechou a porta.

Ele pegou o casaco dela e ficou segurando, enquanto tirava o seu.

Ele assentiu levemente.

– Tire a roupa.

– O quê? –, Ela riu um pouquinho, totalmente surpreendida, depois dessa noite casual que tiveram juntos.

Ele continuou em silêncio, observando-a, seus olhos verdes e dourados brilhando sob a luz de uma das luminárias da sala de estar. Pela sua expressão, dava pra ver que o momento casual tinha acabado. Que o clima tinha mudado e eles estavam subitamente nos papéis de dominador e submissa. E algo nela reagiu àquilo, com a mesma facilidade que ele colocou a mão atrás de seu pescoço, fazendo aquela leve pressão, como sempre fazia.

Ela lambeu os lábios, manteve os olhos nele, e desamarrou o vestido, deixando cair no chão. Ela parou, esperando por alguma pista. Tudo que obteve foi outro leve assentir de seu queixo esculpido. Ela queria fazer uma piadinha. Queria fazer com que ele lutasse com ela por isso. Mas ela sabia muito bem que não faria nada disso. Ela já estava ficando encharcada, ansiando.

Ela levou as mãos aos seios, passando os dedos sobre a renda vermelha do sutiã, antes de abrir o fecho na frente. Ela tirou o sutiã, revelando o peso de seus seios soltos, o vento fresco tocando seus mamilos, deixando-os instantaneamente rijos. Ela segurou o sutiã, deixou balançar em seus dedos, antes de soltá-lo, ao lado do vestido que estava no chão.

Ela estava prestes a tirar a liga de renda vermelha que prendia a meia arrastão preta, mas Connor colocou a mão na dela, detendo-a.

– Deixe isso. E os sapatos. Venha comigo.

Ele virou e ela o seguiu, batendo os saltos pelo chão de madeira. Ele parou para deixar os casacos no sofá, depois continuou em direção ao quarto. Ele não virou pra trás nenhuma vez, presumindo que ela o seguiria. E ela seguiu, é claro. Não houve questionamento a respeito, embora ela ainda tivesse que conquistar uma pequena parte de si mesma que achava que *deveria* questionar: o absoluto comando que ele tinha sobre ela, quando eles estavam em seus papéis. Porém, mais por ela simplesmente estar pronta para se entregar a ele. Ávida para fazê-lo.

Depois que estavam lá, ele gesticulou pra que ela ficasse de pé, diante da cama, de frente pra ele. Ele ainda não a tocara, o que a fazia tremer de desejo. O desejo de sentir as mãos dele em sua pele. Pra que ele se aproximasse.

Ele a observava como sempre fazia. Seus olhos faiscavam de dourado e calor, e outra coisa que ela não entendia. Intrigante. No entanto, ela não conseguia decifrar.

– Mischa –, disse ele, em tom baixo –, esta noite será de beliscões. A sensação é diferente das outras, sim?

– Sim.

A respiração dela já estava prendendo na garganta, o calor derretendo por entre suas pernas.

– Você já brincou com pregadores de roupa? –, perguntou ele, recuando um passo, até a cômoda alta, atrás dele. Sem tirar os olhos dela, ele esticou a mão para pegar um saco de veludo vermelho que estava em cima da cômoda. Seus olhos o viram rapidamente e voltaram pra ele. Ela sabia que ele não queria que ela desviasse o olhar, que se mantivesse focada nele.

Havia algo insano e sensual no fato de um homem desse tamanho e com essa força, desse perfil dominador, possuísse um saco de veludo vermelho. Não que ele não fosse sensual. Mas isso parecia diretamente oposto ao seu perfil sexual. Bruto. Primitivo.

Ela lambeu os lábios. – Eu já vi fazerem. Eu mesma, não fiz –, respondeu ela.

– E quanto a estes? –, perguntou ele, tirando um par de grampos de mamilos, com uma longa corrente presa a eles. Deu pra ver que eles tinham borracha preta nas pontas, embora ela soubesse que por baixo da borracha havia uma fileira de dentinhos cruéis.

Ela engoliu. – Eu só usei em outras pessoas. Quando eu estava por cima.

– Por quê?

– Eu não gosto... da ideia. Eles me parecem algo muito submisso.

– E o que você está fazendo aqui em pé, quase nua, sob meu comando, se não é submissão?

Os dedos dela se dobraram nos punhos cerrados, em suas laterais. Ela sentiu os olhos ardendo. – Estou me submetendo a você. Mas eu não gosto da ideia dos malditos grampos.

Ele sorriu pra ela, o que a surpreendeu. – Nós teremos que usá-los essa noite, não?

– Connor...

Mas ela não sabia o que queria dizer. Ela queria discutir. No entanto, não queria, ao mesmo tempo.

– Diga-me, Mischa. Isso é um não pra você? Ou um talvez?

– São... um talvez –, disse ela, mantendo os olhos nele, sentindo o fogo que havia ali. Ela cederia a ele. Mas ainda podia deixar que ele soubesse que não estava feliz com isso.

Ele se aproximou, até que ela podia jurar sentir o calor que emanava de seu corpo, embora ele ainda estivesse a um palmo de distância. Ele estendeu o braço, afagou o rosto dela e, com as pontas dos dedos, tracejou descendo a lateral de seu pescoço.

Ele disse, com uma voz suave: – Você se lembra de quando conversamos sobre forçá-la no caso de algum talvez?

Ela assentiu.

– Diga, Mischa.

– Eu me lembro.

– Esta é uma dessas coisas. Particularmente, porque você parece zangada quanto a isso. Nós vamos descobrir um meio de trabalhar através disso. De tirar isso de você.

Deus, por que seu corpo estava se aquecendo com essa ideia? Seu corpo a traía? Seu sexo estava ficando molhado. E só então, ela percebeu que *queria* ser forçada. Ninguém se atrevera. E certamente ninguém em quem ela já confiara.

Será que ela algum dia confiou em alguém?

Ninguém, exceto Connor. Assim, não.

Ele parou o dedo em sua clavícula, mas agora continuava, usando a mão inteira para segurar seu seio, fazendo-a inalar o ar, conforme o prazer a tomava. Revolvia em seu sangue.

– Você tem os seios mais lindos que eu já vi –, murmurou ele. – Mal posso esperar para torturá-los. Mas nós vamos começar com os grampos.

Ele deu um beliscão num dos mamilos, resultando numa pequena dor. Mas foi o suficiente para excitá-la. Fazê-la querer apertar as coxas para abrandar a dor que sentia entre elas. Em vez disso, ela contraiu o maxilar.

– Não se mexa –, ele disse a ela.

Ele abriu o saco e ela ouviu o som, conforme espalhava os pregadores na cama. Ela começava a tremer inteira, apenas um pequeno tremor de adrenalina, talvez. Mas também parcialmente o desejo percorrendo seu corpo, num ritmo estonteante.

Agora, ele estava em pé atrás dela, pressionando seu corpo junto ao dela, que fazia tudo para não se esfregar nele, nos músculos rijos junto às suas costas. Sua ereção sólida por baixo do jeans que ela sentia no pé das costas. Uma das mãos veio contornar-lhe a cintura, segurando-a com força suficiente para que ela sentisse sua autoridade absoluta. Ela sentia a respiração morna em seus cabelos.

– Preciso prepará-la –, disse ele, baixinho. – Deixar seu corpo pronto para lidar com a dor. Eu faria isso, de qualquer jeito. Mas, ao longo do jantar, eu estava pensando na sua racha molhada. Como são macios os lábios da sua vagina inchada, quando você está excitada. Como eles incham até mais, quando eu toco. Quando coloco minhas mãos sobre você. Minha boca.

Ela flexionou os dedos, os joelhos, desejando – precisando – que ele a tocasse.

– E quando eu estava bebendo o meu vinho, estava me lembrando do seu gosto, da sua vagina doce. De como você fica toda molhada. Isso me deixa maluco, e eu não tenho vergonha de lhe dizer – porque você fica encharcada por mim.

Ela mordeu o lábio, com o corpo inteiro latejando de tesão, enquanto ele falava.

Ele espalmou a mão na barriga dela, foi deslizando abaixo, bem devagar.

– Diga-me, meu bem. Você já está molhada?

– Sim –, sussurrou ela, fechando os olhos.

– Eu devo sentir?

– Sim –, disse ela, mais alto, abrindo mais as pernas pra ele.

– Ah, eu adoro que você esteja tão ávida por mim. Perfeito que você se abra sem eu ter que pedir.

Ela esperou, enquanto ele mantinha a mão na beirada de sua liga. Seu clitóris pulsava.

Me toque...

– Você quer minha mão em seu corpo –, disse ele. – Não quer, meu bem?

– Sim...

– Quer que eu a foda com meus dedos. Diga-me.

Ela engoliu. – Sim. Eu quero que você me foda. Com sua mão. De qualquer jeito que quiser.

Ela fez tudo que pôde para não arquear o quadril, enquanto ele deslizava a palma da mão abaixo.

Ele esperou. Ela inalou o ar.

– Diga por favor, Mischa.

– Por favor –, ela respirou.

Ele passou o dedo só na pontinha do clitóris e ela resfolegou.

Ele parou.

Sua vagina, seu corpo inteiro, se retraiu. Ela sacudiu a cabeça, os cabelos varrendo seus ombros.

– O que foi, Mischa?

– Nada. – Ela mordeu o lábio, apertou mais os olhos.

Ele passava levemente as pontas dos dedos em seu clitóris contraído e ela gemeu.

Ele parou outra vez.

– Isso está te deixando mais molhada, não é?

– Sim, droga –, murmurou ela.

Ele riu baixinho. – Eu sei que está. Exatamente por isso que estou fazendo. Quando você vai aprender a confiar em mim? A se entregar a mim, completamente? Eu vou cuidar de tudo. Faço tudo com uma intenção. A essa altura, você certamente já viu isso. Você não precisa tomar nenhuma decisão aqui. Essa é a chave do que fazemos juntos. Tem tudo a ver com confiança. Agora. Diga por favor, com vontade.

Por que as lágrimas estavam ardendo por trás de suas pálpebras? Mas ela fez o que ele queria. Como *ela* queria. Estranho que fosse a mesma coisa. – Connor, *por favor*.

– Ah, que bom, garota querida.

Ele deslizou os dedos pra dentro dela e ela imediatamente ficou ofegante. Ele começou a enfiar e tirar.

– Como você é gostosa –, murmurou ele, junto ao seu ouvido. – Como seda. E tão quente. Eu poderia jogá-la na cama e meter até você gritar.

– Sim...

– Mas, primeiro, nós temos outros jogos.

Ele tirou a mão e ela cambaleou. Ele a segurou, passando o braço ao seu redor. Ela recostou sobre ele, tentando recuperar o fôlego.

– Vou precisar sentá-la na ponta da cama –, disse ele, depois de alguns instantes.

Ela concordou.

Ele ajudou-a a sentar e ficou em pé, na frente dela.

– Abra seus olhos, Mischa.

Ela abriu. Foi quase um choque vê-lo. Seu rosto lindo e rude. Sua boca deliciosa. Aqueles olhos penetrantes. Ela notou a pequena cicatriz sob seu olho, sentiu sua masculinidade.

– É isto que eu vou usar em você –, disse ele, segurando a mão cheia de pregadores coloridos. – Eles vão doer quando eu colocar. Vão doer muito mais, quando eu tirar e o sangue voltar a fluir nas áreas que ficarem sem circulação, enquanto os grampos estiverem presos. O que irá me entreter imensamente. Mas você também deve obter uma onda enorme de endorfina. Lá vamos nós.

Ele ajoelhou na frente dela e pegou um de seus seios, com sua mão grande, massageando a pele. Foi uma sensação maravilhosa, com o mamilo enrijecendo. Então, ele usou um dos dedos para beliscar a pele da lateral do seio e prender um pregador ali. No instante em que ele soltou, a dor irrompeu por ela.

– Oh!

Ele sorriu. – Sim, foi uma surpresa, não é? Respire. Você pode suportar. Inale.

Ela fez o que ele disse, seguindo suas instruções, conforme ele a fez respirar. A dor era intensa. Assim como o prazer, conforme as endorfinas fluíam por seu cérebro, seu corpo.

Quando ele colocou o segundo pregador, ela se lembrou de respirar. Ainda doía. E trouxe uma onda ainda mais pesada de desejo. Ela sabia que estava absolutamente encharcada. Estava totalmente consciente disso. Da sensação das meias arrastão colocadas sobre suas coxas. A liga apertada, ao redor do quadril. Os saltos altos em seus pés. Tremendamente alerta em relação a tudo, incluindo – ou talvez principalmente – Connor. Seu cheiro misterioso de terra e chuva. O ritmo de sua respiração que falhou ligeiramente, ao mesmo tempo que a dela, quando ele colocou um pregador. O calor de mãos, conforme ele beliscava outra porção de pele e colocava outro pregador.

Quando eram quatro ou cinco – ela tinha perdido a conta –, ele passou ao outro seio. Beliscou embaixo, prendeu um pregador.

– Bom? –, ele perguntou, depois que ela resfolegou.

– Sim. É bom.

Ele sorriu, mais uma vez. Então, ele se inclinou e beijou-a. Ele tinha na boca um gosto inesperado de doçura e deslizou a língua para dentro da dela. Sua fome foi outra surpresa, conforme ele absolutamente devorava-lhe a boca. E, mais uma vez, ela sentiu um nó na garganta, as lágrimas querendo vir. Um desejo inacreditável irrompendo no meio de suas coxas, como eletricidade.

Preciso dele...

Ele pareceu ler sua mente – não pela primeira vez – ao deslizar a mão entre suas pernas e sobre seu clitóris contraído.

Ela gemeu dentro de sua boca. Ele continuou a beijá-la, esfregando seu clitóris. Ela arqueou o quadril na direção de seu toque. Achou que fosse gozar e o beijou com mais força, a respiração saindo em ofegos.

Ele recuou.

O desejo estava estampado no rosto dele, em sua boca macia e relaxada. Seus olhos ardiam com um fogo dourado, nas profundezas esverdeadas.

– Olha o que você faz comigo, garota –, disse ele, baixinho. Ele respirou fundo. Ela fez o mesmo. Se sua mente não estivesse tão embaralhada de desejo e dor, ela teria uma dúzia de perguntas para lhe fazer. Ela não sabia por onde começar. Não conseguia pensar agora.

Ele piscou, passou a mão no maxilar. Esticou o braço atrás dela, para mais um pregador.

Ele colocou mais dois, rapidamente, depois tocou o primeiro que tinha prendido em sua pele dolorida, puxou delicadamente. A dor irrompeu por ela. Ela inalou, curvando ligeiramente o corpo. O prazer veio rapidamente a seguir.

– Ah, eu adoro a forma como você reage. Mas vou pedir que você respire fundo pra mim. E quando eu puxar o primeiro pregador, exale o ar. E mantenha os olhos nos meus, querida.

Ela concordou, assentindo ligeiramente, para que ele visse que ela entendeu. Ela respirou fundo, prendeu o ar nos pulmões, enquanto ele soltava o primeiro pregador.

A dor foi aguda, varando seu corpo.

– Deus!

– Sim, inale, Mischa. Você consegue.

Ele passou a palma da mão atrás de seu pescoço, massageando, enquanto ela tentava inalar, tentava fazer o que ele dizia. Mas a dor era terrível. Até que as endorfinas fluíssem novamente e sua cabeça girasse de puro prazer. Aquilo percorria seu corpo, como se fosse um combustível transbordando em seu sexo.

– Ah... –, ela gemia.

– Sim, é bom, não é? Deixe fluir.

Ela estava tonta. O tesão e a dor rugiam em sua mente.

– Vou tirar outro –, ele disse a ela.

Ela inalou profundamente, deixando que a dor explodisse, como se fosse uma parede desabando, em sua pele, corpo e mente. E ela ofegava até novamente derreter numa piscina de desejo inacreditável.

Ele fez novamente, e a cada vez, era uma nova onda de dor aguda como uma lâmina, parecendo ir mais fundo em sua pele. Cada onda de dor fazia com que ela não sentisse nada, exceto prazer, seu corpo ardendo com ele. Ela pensava loucamente que ia gozar, simplesmente por essa mistura inebriante de dor extrema e prazer extremo, e tudo tendo a ver com Connor.

Quando o último pregador foi tirado, seu corpo arqueou junto ao dele e ela não sabia se tinha escorregado da cama, ou se ele a puxara. Mas, subitamente, ela estava em seu colo, no chão, e ele a beijava novamente, mesmo enquanto ela absorvia as últimas ondas de dor. Sua pele estava em fogo. Sua vagina doía, encharcada. Precisando dele.

Ele segurou seus seios, massageando a pele dolorida, trazendo uma nova onda de sensações. Ela se pressionou contra ele, bebendo seu sabor, chupando sua língua. Ela usava as mãos cegamente, arrancando-lhe a roupa. Ele tirou a camisa e as mãos dela encontraram seu peito musculoso, os mamilos, e ela apertou. Ele gemeu. Ela fez de novo. Ele levou uma das mãos aos cabelos dela, puxou sua cabeça pra trás, até que ela deslizou de seu colo e deitou no chão.

Ele estava em cima dela, suas coxas abriam as dela, seu jeans tinha sumido, de alguma forma. Então, seu pênis inchado, enorme, estava na entrada do corpo dela, deslizando por suas dobras molhadas. Ela enlaçou os braços em volta das costas largas, tentando trazê-lo para mais perto.

– Vamos, Connor –, ela implorava.

– Não posso... espere, droga. Camisinha.

Ele esticou o braço ao lado; ela virou a cabeça e o viu tirar uma camisinha do bolso do jeans. Ficou grata por ele estar preparado; ela não podia esperar mais nem um segundo por ele. Não precisou. Ele pôs o preservativo, segurou suas coxas com mãos fortes e mergulhou dentro dela.

– Ah, Deus, Connor.

Seu pênis estava gigantesco, preenchendo-a, fodendo até o fundo, dando golpes punitivos.

– Mischa...

Ela ergueu os olhos ao rosto dele, tomado de prazer. E, mais uma vez, ela sentiu as lágrimas brotando em seus olhos. Ela não sabia o motivo. Seu corpo estava adorando o dele, a transa gostosa e forte. Seu comando dela, com seus dedos fincados na parte interna de suas coxas, segurando-a aberta pra ele. Ele estava olhando diretamente pra ela. Vendo suas lágrimas, ela sabia. Ela era impotente para impedi-las. Mesmo quando a expressão dele mudou, franzindo as sobrancelhas.

Ele parou. Puxou-a para seus braços.

– Mas que droga, garota –, murmurou ele.

Ele deu um último apertão, antes de virá-la em seus braços, até que ela ficou sobre as mãos e joelhos, em cima do tapete persa macio e ele estava acima dela, abrindo suas nádegas, para penetrá-la por trás.

Ela queria, aquele pouquinho de anonimato que vinha com a transa por trás. Ela fechou os olhos, enquanto ele deslizava o pênis pra dentro de sua vagina que o esperava, mais uma vez.

Sim, apenas mergulhe na sensação. Nos comandos dele. Não pense em mais nada.

Nem mesmo no motivo para que as malditas lágrimas estejam vindo, apenas em fazer sexo com esse homem.

Logo ficou fácil fazer isso, sentir seu pênis duro entrando nela, trazendo o prazer junto. Ele estava com um braço ao redor de sua cintura, seus dedos apertavam-lhe o mamilo, enrijecendo, enquanto ele mergulhava dentro dela. A respiração dele soprava atrás do pescoço dela, depois, a boca, chupando e mordendo.

– Goze, garota. Goze de novo pra mim.

Ela sabia que ia gozar. O prazer revolvia dentro dela, um nó apertado que se desfazia em seu corpo, se espalhando pra fora, conforme o pênis batia em seu ponto G, repetidamente.

– Goze pra mim, agora –, ele disse a ela, com um tom áspero que não deixava espaço para discussão. – Goze, Mischa.

Ela gozou, gritando, tremendo em suas mãos fortes, arqueando o quadril pra trás, pra dentro do corpo dele, até o fundo.

– Nossa, garota, como você é apertada. – Ele mergulhava nela, com força suficiente para doer. Mas ela continuava gozando, a sensação se espalhando em seu corpo. Ela não ligava, ansiava pela dor. Pela sensação de ser tomada.

– Me fode com mais força –, ela disse, em meio à respiração ofegante.

– Ah, Mischa, minha garota...

Ele batia com o quadril nela, seu braço apertando-a ao redor da cintura.

E ela continuava precisando de mais. Não era o bastante.

– Goze, Connor.

– Você quer mais? –, ele perguntou.

– Sim. Eu preciso. Preciso que você... seja meu dono.

Ela não pôde acreditar que tinha dito isso. Mas era verdade. Ela se sentia estranha. Como se estivesse à beira de um abismo e só a aspereza dele pudesse mantê-la segura.

– Respire –, ele rugiu em seu ouvido, com a respiração quente.

Ela fez como ele disse.

Ele subiu a mão até seu ombro, segurou em volta de seu pescoço. Ela a segurou firmemente. Foi um ou dois instantes, antes que ela pudesse perceber que mal conseguia respirar.

Ele meteu com força, algumas vezes, soltou a garganta, e ela puxou o ar, resfolegando.

– De novo –, ele disse a ela.

Ela inalou, ele apertou os dedos em seu pescoço, e meteu com força, enquanto ela exalava, sua respiração estava reduzida, antes que ela inalasse mais um pouco de ar.

Ela logo entendeu que não havia perigo, que ele tinha tudo sob controle.

Confie nele.

Sim, completamente. Tudo tinha a ver com isso. Ela não estava em nenhum perigo real, embora a forma como ele temporariamente lhe cortou o ar tivesse sido assustadora. Mas depois que ele fez novamente, o medo dissolveu.

– Não mais –, disse ele, com as mãos de volta à cintura dela, conforme ele se ergueu, atrás dela. – Fique de cabeça baixa, minha garota.

Ele se segurou nela, enquanto mergulhava com força, cada vez mais forte, batendo contra ela, fazendo-a bater de volta, recebendo cada centímetro dele.

Em instantes, ela estava gozando outra vez, inesperadamente.

– Connor!

– Sim... Mischa!

Ele gozou com um rugir, cravando os dedos em sua pele. E ela adorava tudo aquilo – a voz rouca, o pênis pulsando em seu corpo, o prazer dele.

Ele abaixou o corpo sobre ela, mais uma vez, e ela o sentiu estremecer. Apenas um tremor que lhe disse que ele tivera um clímax tão forte quanto o seu. Que ele tinha sido afetado pelo que acabara de acontecer entre eles.

O que tinha acabado de acontecer?

Parecia ter feito sentido, na hora. Agora, em sua mente, tudo girava, com mil possibilidades.

Ele tinha sido violento com ela.

Ela podia confiar inteiramente nele.

Nenhum homem deveria ter tanto controle sobre ela.

Ela estava totalmente segura nas mãos dele.

Isso tinha a ver com estar nas mãos dele. Nunca nas de outro.

Perigoso. Não o sexo. Os sentimentos.

Mas era Connor. Connor.

Ela o amava.

Jesus.

Ela chegou à frente, se soltando do corpo dele, o pênis deslizando pra fora dela.

– Mischa?

Ela sacudiu a cabeça, sem conseguir falar.

– Eu machuquei você?

Ela sacudiu novamente a cabeça, se afastando dele, na direção da cama. Engatinhando até chegar aos travesseiros. Ela se encolheu neles, deixando que os cabelos escondessem seu rosto.

– Ei –, disse ele, com um tom mais suave do que ela jamais ouvira, enquanto ajoelhava ao pé da cama, sabendo que não deveria chegar perto demais. – Não tive a intenção de assustá-la, garota querida.

– Não, não é isso.

– Então, o que é?

– Eu...

Mas ela não podia dizer a ele. A Connor, não. Ela, não, pelo amor de Deus.

Ela não iria se transformar em sua mãe. Não iria. Ela respirou fundo, tentou forçar para que a voz saísse normal, apesar do martelar dentro de seu cérebro. – Foi apenas um pouquinho... demais pra mim, talvez. Só preciso de um minuto.

– Tudo bem, tudo bem. – Ele levantou e sentou no pé da cama, esperou alguns instantes, se aproximou, lentamente, até que estava bem ao lado dela. Ele afagou seus cabelos, afastando de seus olhos, com dedos tão delicados que ela teve vontade de chorar. – Tem certeza de que você está bem? Eu já fiz muito controle de respiração. Eu nunca machucaria você.

– Não. Eu sei disso.

– Sabe?

O olhar dele era misterioso, observando os olhos dela. Ela desviou. Não se atreveria a olhar pra ele. Ela temia que ele visse a verdade em seus olhos.

– Pode me dar um pouco d'água?

– Claro.

Ela sentiu o colchão balançar, conforme ele levantou, ouviu seus passos de pés descalços saindo do quarto.

Que diabos ela deveria fazer agora?

Ela afastou o cabelo do rosto, olhando ao redor do quarto.

Tudo tinha se tornado tão familiar, tão rapidamente. Talvez, familiar demais – os móveis pretos modernos, a linha elegante, que pra ela, era acolhedora. As luzes da rua iluminando através das persianas finas, a forma como a luz era difusa, fazendo tudo no quarto parecer mais suave. Até o cheiro do quarto de Connor dava uma sensação de lar. Até mais que a casa de Dylan.

Talvez, até mais que sua própria casa, em São Francisco, que agora parecia tão distante.

Deixe de ser idiota. Isso é apenas outro jeito de chegar ao fundo do poço.

Será que era?

Ela puxou o ar, soltou lentamente, forçando-se a ficar calma.

Ela guardaria isso pra si. Talvez tirasse algum tempo, amanhã, pra analisar isso, ver se era simplesmente uma reação ao jogo extremo de poder. Só porque ela tinha pensado nas palavras, isso não as tornava verdade. Não é?

ONZE

Connor se afastou da mesa de desenho e levantou. Ele estava acordado desde as sete horas, havia passado o dia tentando trabalhar, mas sua concentração estava uma merda. Eram quase três da tarde e ele não tinha feito quase nada. Ele passou a mão na cabeça, olhando pela fileira de janelas. Ele tinha pendurado as mesmas persianas aqui, como no restante do apartamento, quando transformou este quarto em escritório, mas aqui, ele as mantinha abertas ao céu de Seattle. Ele gostava de ver os tons mutantes de cinza da neblina e nuvens, aqueles raros momentos quando o sol atravessava. Gostava de sentir o ritmo da cidade. Isso o inspirava. Geralmente. Hoje, não.

Como ele dissera a Mischa, seu trabalho era por contrato e ele estava em meio aos prazos de entrega. Mas ele tinha algumas ideias que vinha cultivando para um novo vídeo game, para uma empresa de Los Angeles, e precisava elaborar alguns desenhos, nas próximas semanas. Os dois últimos dias tinham sido uma lavada e ele acabou indo pra academia, os dois dias, onde ficou treinando feito um fanático. Pra queimar... o quê?

O que estivesse estragando seu foco.

Você sabe muito bem o que é.

Mischa.

Ele não podia acreditar nessa porra. E quantas vezes ele já dissera isso, a si mesmo, desde que eles tinham se conhecido? Já estava ficando manjado.

Era a verdade.

Ele soltou o ar, sentou na mesa de desenho.

– Basta desenhar –, ele disse, em voz alta.

Ele pegou o lápis, abaixou a cabeça para trabalhar.

Mas tudo que ele conseguia ver eram seus ombros claros, a boca vermelha. E, em lugar de ver o interior da espaçonave na qual deveria estar trabalhando, era o rosto dela que começava a aparecer na folha.

– Porra –, ele murmurou.

Ele desistiu e deixou que sua mão lhe mostrasse o caminho. A curva das maçãs de seu rosto, seu maxilar, seus cílios longos e grossos. Seus olhos... Só que havia algo dentro deles que ele não conseguia entender direito. Ele precisava tê-la à sua frente, precisava que ela posasse pra ele.

Eles tinham falado a respeito. Tinham falado sobre ela vir tatuá-lo, hoje. E ele estava ansioso como um cachorrinho, esperando pra ter notícias dela. O que o fazia se sentir um panaca.

Ele levantou outra vez e começou a andar de um lado para o outro, no chão de madeira, passando pela estante cheia de livros de arte que ele vinha colecionando, ao longo dos anos: quadrinhos, arte clássica, fotografia. Na frente dos livros havia algumas fotos em porta-retratos: suas irmãs, Clara e Molly, sua mãe, no jardim. Elas tinham sido as únicas mulheres em sua vida – realmente em sua vida – desde Ginny.

Ele sacudiu a cabeça. Também nunca chegou a deixar Ginny entrar.

E, por quê? Do que ele tinha tanto medo? Porque – ele estava vendo pela primeira vez – era o medo que o travava. Ele sabia disso, porque Mischa Kennos o matava de medo.

Ele deu um pulo quando o celular tocou. Falou um palavrão baixinho e pegou.

– Alec.

– Tem alguém de mau humor.

– É, mais ou menos. Meio acabrunhado. Desculpe.

– Quer me dizer o que está havendo? –, perguntou Alec.

– Na verdade, não.

– Tudo bem.

– Você às vezes é cordato demais, porra.

Alec riu. – Que engraçado, nunca me disseram isso.

– Bem, eu vou lhe dizer. Porque, pra dizer a verdade, estou quase fora de mim, aqui. – Ele parou e Alec esperou que ele continuasse. – Você se lembra que nós falamos sobre Mischa.

– Claro.

Ele começou a andar de novo, colocando o telefone no viva-voz, segurando na mão. – Ficou pior. Hoje eu estou esperando notícias dela. *Esperando*, Alec. Nunca esperei mulher nenhuma. Nem minha ex-esposa. Ninguém. Então, que diabo isso significa? Não. Não responda isso. Eu não quero ouvir.

Houve uma longa pausa do outro lado da linha, apenas o tempo suficiente para fazer com que ele se sentisse ainda mais tolo.

– Não sei o que você quer que eu diga, Connor. Que você não deveria mais vê-la? Que você vai se cansar e vai acabar deixando de se sentir assim? Não posso lhe dizer isso. Não sei o que vai acontecer. Todos são diferentes. Você precisa se acalmar pra ver no que vai dar.

– Esse "ver no que vai dar" parece andar às cegas. Sem qualquer controle da situação.

– Às vezes, isso é tudo que podemos fazer. Até caras como nós. Uma coisa que eu descobri foi que ainda somos humanos. Você, eu, Dylan. Mischa. E isso nos torna imprevisíveis.

– Não gosto do imprevisível.

– Você gosta de ser imprevisível –, disse Alec. – Você só não gosta quando outra pessoa é.

Ele deu uma risadinha. – É, nessa você está certo. Mas parte do problema é que agora, eu nem sei o que vou fazer.

– Você vai descobrir. Eu digo que deixe rolar, por um tempo. Ela vai ficar na cidade por mais duas semanas.

– O quê? Eu achei que fosse mais uma semana.

– Ela disse à Dylan que precisa prolongar a viagem, pra finalizar algumas coisas do novo estúdio.

– Ah. Então... – Ele parou de andar, passou novamente a mão na cabeça. Não tinha certeza o que deveria pensar dessa nova informação. – Então, por que você ligou?

– Há um grupo de apoio a dominadores, no Pleasure Dome, amanhã à noite. Talvez você queira vir junto, pra falar sobre seus sentimentos?

– O quê?

– Sacanagem.

– Babaca.

Alec riu. – Eu liguei pra ver se você e Mischa querem vir jantar conosco, hoje. Ou é estranho demais?

– É muito... tipo negócio de casal.

– Tudo bem.

– De qualquer forma, ela vai trabalhar mais um pouco na minha tatuagem, mais tarde –, ele disse, pegando o lápis e batendo na beirada da mesa de desenho.

– Eu não sabia que ela estava tatuando você.

– É. O trabalho dela é incrível.

– É, sim. Ela fez um pequeno trabalho pra Dylan e eu, ontem à noite.

– Ah, ela mencionou que ia fazer um trabalho em vocês dois.

– Você parece saber bastante coisa do que ela está fazendo, pra alguém que não está a fim desse "negócio de casal".

– Não fode, Alec.

Alec riu. – Fica firme, a gente logo se fala.

Eles desligaram, e Connor estava se sentindo um pouco mais centrado. Alec estava certo. Ele podia deixar o negócio rolar. Simplesmente deixar que fosse o que tivesse que ser. Ótimo sexo com uma mulher deslumbrante que, em duas semanas partiria pra Califórnia, voltaria à sua vida. Ele não precisava se lembrar que depois que esse novo estúdio de tatuagem estivesse pronto, parte de sua vida seria em Seattle.

Mais duas semanas, em vez de uma... isso era bom, não era? Ele sacudiu a cabeça, pegando o lápis. Ele gostaria muito de saber.

* * *

Mischa ergueu a mão para bater na porta azul de Connor. Seu coração revirava no peito. Ela recuou a mão e mordeu o lábio.

Estava sendo ridícula outra vez. Só porque percebeu como se sentia a respeito dele... Deus, ela nem podia pensar na palavra, dentro de sua cabeça. Mas isso não precisava mudar nada. Era o que ela estava tentando dizer a si mesma.

Ela mudou a pasta vermelha quadrada de mão, com seu equipamento de tatuagem, e bateu firmemente.

Pronto, assim estava melhor.

O ar sumiu de seus pulmões, na hora em que ela deu de cara com seu peito imenso, o suéter preto esticado por cima. Foi ainda pior quando ela ergueu o rosto até seus olhos verdes, sentiu-se como se mergulhasse nas profundezas salpicadas de dourado. Havia tanta coisa nos olhos desse homem...

– Oi –, disse ele, com aquela voz baixa, que a deixava com os joelhos fracos.

– Oi.

Ela sorriu, tentou recuperar sua compostura, conforme ele pegou o estojo, tomou sua mão e a levou pra dentro. Ele cuidadosamente pousou o estojo no chão, tirou o casaco de seus ombros e a beijou.

Ele tinha a boca firme e suave ao mesmo tempo, a língua doce entrando nos lábios dela. Então, ele realmente a beijou, e seu corpo inteiro acendeu de desejo, enquanto ele a apertava junto ao peito. Ela mergulhou no beijo, mergulhou nele. Seu cérebro já começava a apagar.

Ele a soltou, segurando-a com o braço esticado.

– Jesus, Connor.

– É, eu sei. Por isso que eu parei. Temos trabalho a fazer.

Ela engoliu com força. – Sim.

Ele a olhou por alguns instantes, a puxou outra vez e a beijou com tanta força que ela achou que fosse deixar seus lábios roxos. Ela não se importava. Ele abriu sua boca com a língua aveludada. Passou um braço em volta de sua cintura e segurou apertado. O outro braço foi atrás de sua cabeça, por baixo de seus cabelos, para que ela sentisse o calor de sua mão grande.

Adorável.

Ela ficou toda mole, o corpo cedendo, antes que a mente pudesse pensar. Só conseguiu segurar os braços dele, usá-los para se manter de pé, enquanto seu sexo pulsava de tesão. E seu coração batia ainda mais forte. Um tesão diferente...

Precisando dele.

Ele recuou e disse: – Mischa.

– Connor?

– Precisamos... conversar.

Agora, sua cabeça estava girando. – Sobre o quê?

Ele respirou fundo; deu pra ver o jeito que ele encheu os pulmões, estufando o peito ainda mais. Ele a segurou pelos ombros, com as duas mãos, observando seu rosto, enquanto ele falava, com as sobrancelhas escuras franzidas.

– Olhe. Isso está... As coisas estão ficando intensas por aqui. Você concorda?

– Sim.

– Isso a assusta?

Ela não pôde evitar uma risadinha rápida. – Assusta.

– É, então, a mim também. E eu não sou o tipo de cara que tem conversas sobre a direção que estamos tomando, nada disso.

– Eu não esperaria isso de você. E também não sou o tipo de garota que faz isso.

– Certo. Mas tem uma coisa. Eu acho que agora é necessário dizer algo. Sobre o que está acontecendo entre nós. Porque nós estamos passando um bocado de tempo juntos; o tempo tem sido condensado.

– Sim –, ela concordou. – Mas eu vou pra casa em breve, então, realmente não há sobre o que falar.

Por que será que suas próprias palavras faziam seu coração murchar? Talvez, porque ela sabia muito bem que não estava sendo honesta.

– É, em mais duas semanas.

– Como soube que eu vou ficar mais tempo?

– Alec me disse. Mas, olhe, nós podemos passar essas duas próximas semanas juntos? Quer dizer, o tempo que tivermos. Podemos concordar em não questionar, apenas vivermos o momento? Entende o que estou dizendo?

Ela concordou. – Entendo. E não vejo porque não.

Quando foi que ela se transformou numa mentirosa tão grande? Ela não tinha nada além de perguntas. Pra ele. Perguntas para as quais ela provavelmente não queria saber as respostas.

Deus, ela estava encrencada.

– Bom. Isso é bom –, disse ele, tirando as mãos dos ombros dela.

Ela mordeu o lábio, esperou que ele dissesse mais. Como ele não disse, ela perguntou: – Por que não começamos o trabalho na sua tatuagem?Ainda há muito a fazer.

– Claro. Você pode se instalar na sala de jantar, se for bom.

– Deve ser, contanto que tenha boa iluminação.

– Tem.

Ele pegou o estojo de couro e a seguiu. Ela o observou colocar a pasta no chão, depois se concentrou em preparar a estação de trabalho, sobre o imenso tampo de vidro da mesa de jantar, enquanto Connor ia até a cozinha pegar água pra eles.

Ela precisava se acalmar. Parar de tentar dissecar o significado dessa estranha discussão, se é que significava algo. Ela realmente não tinha entendido nada. Obviamente, ele ainda queria vê-la. A forma como a beijou já dizia, se ele próprio não tivesse dito. Mas ele não queria mais nada dela. Deixara bem claro que depois que ela voltasse pra São Francisco, eles terminariam. Não deixara?

Seria melhor. Ela não podia permitir que um homem a abalasse dessa forma – havia muito em risco. Seu foco precisava estar na abertura do novo estúdio. Seu negócio, o sucesso do empreendimento, era ela, tanto quanto a própria arte. Ela não estava prestes a jogar tudo isso fora por causa de um homem, da forma com Evie fazia. Se ela comprometesse mesmo que uma pequena parte da promessa que fizera a si mesma, há muito tempo – tanto tempo que nem se lembrava de quando pensava diferente –, isso arruinaria tudo pelo qual ela trabalhou tão duro para conseguir.

Apenas mantenha sua trajetória.

Quando Connor voltou, ele lhe entregou uma garrafa de água e ela aceitou, e seu coração já estava mais calmo. Ela sempre soube o que quis. E nem Connor Galloway, mesmo com o que sentia por ele, iria desviá-la de seu caminho.

– Certo –, ela disse a ele. – Vamos trabalhar.

Eles passaram as cinco horas seguintes com a agulha da máquina ligada, ouvindo música no iPod de Connor. Ninguém falou muito, fora algum comentário sobre uma música, ou quando Mischa checava, pra ver se ele não estava muito dolorido ou cansado. Ela gostava dessas sessões longas de tatuagem. Muitos outros tatuadores limitavam suas sessões a duas ou três horas, mas ela gostava da oportunidade de realmente se concentrar num trabalho, se deixar mergulhar nele. Pra ela, era algo meditativo e a fazia se sentir mais ligada à sua arte.

Ela estava tendo uma excelente evolução, a parte inferior do dragão ia tomando forma, o detalhamento das asas. Finalmente, ela chegou a um ponto em que tinha trabalhado em toda a área disponível de pele que não estivesse cicatrizando da sessão anterior, e parou. Ela sentou para olhar o visual como um todo, satisfeita com o que via. Ficaria lindo, quando estivesse pronto.

– Quer dar uma olhada no espelho, Connor?

– Claro, quero.

Ela o seguiu até o banheiro, lembrando, com um arrepio, das vezes que fez sexo no chuveiro, com a água caindo sobre a pele nua dos dois. Ela inalou o ar.

Calma.

Connor estava em pé, de costas para o espelho grande da bancada. Mischa lhe entregou um espelho de mão que sempre mantinha com seu equipamento de tatuagem.

– O que acha? –, perguntou ela.

– Está incrível. Parece ainda melhor na minha pele do que estava em seu desenho. Não posso acreditar em quanto trabalho você fez hoje.

– Bem, eu trabalho depressa. E você se portou como um campeão. Não é todo mundo que consegue ficar sentado por tanto tempo.

– É o meu sangue de lavrador irlandês. Venho de raízes resistentes. – Ele deu uma piscada pra ela, sorrindo.

Toda a tensão pareceu sumir. Pelo menos, por parte dele. Ela ainda estava se sentindo ligeiramente incerta, principalmente agora, que tinha parado de trabalhar na tatuagem. Ela queria – precisava recuperar um pouco do senso de controle. Não que com Connor, ela fosse algum dia segurar as rédeas...

– Nossa, estou todo duro, de ficar sentado tanto tempo.

Ele pousou o espelho de mão no balcão e ergueu os braços, para se alongar. Mischa olhou o movimento dos músculos em seu abdômen, a linha fina de pelos escuros que desciam por dentro do cós de seu jeans, sentindo seu corpo aquecendo, de repente.

Sem dizer uma palavra, ela puxou o vestido de linha pela cabeça. Connor arregalou os olhos, mas não fez nada para impedi-la, enquanto ela abria o fecho do sutiã e deixava cair no chão, deixando-a sem nada, exceto seus meiões de lã que iam até as coxas. Ela ajoelhou no tapete do banheiro e abriu o zíper do jeans desbotado que ele vestia, e a última coisa que viu em seu rosto foi o sorriso largo.

Depois, era o pênis que ganhava toda sua atenção. O pênis imenso, grosso, com a pele dourada, a cabeça já inchando, ficando mais escura, enquanto ela deixava que o calor de sua respiração banhasse a pele.

Ele levou a mão até atrás da cabeça dela, mas não segurou com força, como talvez fizesse antes. Ele já parecia sentir que dessa vez, algo seria diferente. Ele emaranhou os dedos em seus cabelos, mas o toque era leve. Assim como o primeiro roçar de sua língua, na ponta do pênis duro. Ele gemeu baixinho.

Ela sorriu, lambeu de novo. Esperou, alegre, que ele puxasse o ar. Ela se aproximou e deixou a língua pousar na cabeça, mantendo-a parada ali, simplesmente deixando que ele a sentisse, enquanto ela sentia a pulsação de seu desejo na língua.

– Ah, vamos, meu bem –, ele disse, finalmente.

Ela não se mexeu, ouviu quando ele respirou fundo, lentamente, depois parou, antes de soltar o ar.

– Então, assim que você vai jogar, não é querida? Você sabe que eu poderia pegá-la e virar ao contrário, agora mesmo, não sabe? – Como ela não reagiu, ele continuou: – Você é bem atrevidinha, hein? Mas é uma das coisas que eu amo em você, Mischa. Por você aturar tanta besteira que eu falo.

Ela não prestaria atenção ao fato de que a palavra "amo", acabara de sair de sua boca. Não prestaria. Mas certamente o faria pagar.

Ela abriu os lábios e deslizou a boca pela extensão de seu pênis, engolindo inteiro, de uma só vez.

– Ah, Deus, garota!

Ele flexionou os dedos nos cabelos dela, mas ainda não fez nada para controlá-la. Ela recuou, deslizando os lábios até chegar à ponta do pênis, enroscando a língua ali, enfiando a pontinha no buraquinho, e ele arqueou o quadril. Ela recuou.

– Vingança é uma droga, não é? –, murmurou ele, mas sua voz estava embargada de prazer.

Ela sentia que agora tinha poder sobre ele. Que ele estava inteiramente à sua mercê. Era o que ela precisava, naquele momento. E ela adorava o que estava fazendo com ele. Adorava o sabor desse pênis gigante, do peso dele em sua boca. Os gemidos de desejo, a forma como ele estremecia a cada toque, cada lambida. Ela sorriu novamente, antes de descer seu jeans um pouquinho, para pegá-lo melhor. Ela agarrou a base do pênis com uma das mãos e seus dedos quase não conseguiam segurar em volta, e apertou. Ele gemeu. Ela sentiu a tensão nas coxas dele, conforme ele se mantinha imóvel.

Muito bom.

Então, ela enfiou a mão entre suas coxas e segurou os testículos.

– Ah, que bom...

Ela olhou acima. Os olhos de Connor estavam fechados, sua cabeça estava inclinada pra trás, uma das mãos apoiadas à bancada do banheiro, para mantê-lo equilibrado.

Ela lambeu os lábios, olhou o pênis lindo, mais uma vez. Hoje, o pênis era todo seu. *Ele* era todo seu.

Ela passou levemente os lábios na ponta, à frente e pra trás. Deixou a língua percorrê-lo, saboreá-lo, provocando. Colocou a cabeça na boca, chupou com força suficiente para doer, ela sabia. Connor estava com a respiração ofegante, o que a satisfazia imensamente, ele estar tão perdido de desejo, e ela fosse a causa. Ela sentia o próprio sexo molhado, doendo de tesão. Mas não estava inclinada a parar. Continuou provocando: dando uma lambida, passando o lábio, mordiscando por baixo, apenas segurando os testículos. Então, finalmente, ela engoliu o pênis todo, deixando bater no fundo da garganta.

– Ah, você está me matando, Mischa.

Ela começou um ritmo de vai e vem, deslizando a boca, pressionando, enquanto a língua dançava no pênis petrificado. E começou a massagear levemente o saco, remexendo as bolas na mão, enquanto a outra mão acompanhava o ritmo da boca.

Quando ele começou a embalar o quadril, arqueando em sua boca, sua mão, ela sabia que ele era seu. Sabia que ele tinha perdido o controle – ou, pelo menos, desistido. Passado o controle pra ela.

Ela parou para enfiar um dedo na boca, chupando junto com o pênis, depois tirou, passou por trás do saco e enfiou na bunda dele.

– Cristo, mulher!

Mas ele não se mexeu. Só ficou imóvel, com a respiração ainda mais ofegante que antes. Ela sentiu uma ligeira contração da bunda dele, enfiou o dedo mais fundo e chupou o pênis com mais força.

– Ah...

Quando ele tentou pressionar o alto de sua cabeça, para guiar seu movimento, ela ergueu uma das mãos para impedi-lo. E ele colaborou, tirando a mão de seu cabelo.

Ela realmente começou com tudo: chupando o pênis, até suas bochechas doerem, até machucá-lo um pouquinho, ela sabia, como também sabia que ele estava adorando. Deslizando o dedo pra dentro e pra fora de sua bunda, massageando sua próstata. Usando a outra mão para fazer um anel apertado em volta da base do pênis. Cada vez mais rápido. Cada vez mais forte. E ela ficando encharcada, como se ele a estivesse chupando também, com as mãos em seu corpo. Ela sentia a força do que estava fazendo com ele. Sentia o prazer como se fosse dela.

– Mischa!

Ele gozou, tremendo inteiro, gemendo, gritando seu nome, repetidamente.

– Mischa! Cristo, garota! Mischa... ah...

Ela sentiu o jorro em sua garganta, o calor doce e salgado de seu gozo. E continuou chupando até ter certeza que era a última gota. Quando terminou, ela estava tremendo tanto quanto ele. Ele deslizou ao tapete, levando ela junto. O tapete era macio por baixo dela, mas seus ombros estavam nos ladrilhos frios, fazendo um contraste gostoso e sensual ao calor abrasivo de seu corpo.

Ele estava ajoelhado por cima dela, ainda com o pênis pra fora do jeans, brilhando de saliva e um pouquinho de seu gozo. Ela sentia a vagina pulando de desejo, os seios ansiavam para serem tocados.

– Você sabe o que eu quero, Connor –, ela disse a ele, o poder ainda a deixando tonta. – Venha, me dê.

Ele deu aquela risadinha maliciosa. Depois ficou de quatro acima dela, curvando-se para dar um beijo rápido em sua boca, antes de descer.

Ele começou a lamber seus seios, primeiro um, depois o outro. Dando lambidas longas e sinuosas. Acima, nas laterais, nos mamilos, finalmente sugando os mamilos rijos. Primeiro um, depois o outro, usando a boca para deixá-la louca. Ela enlaçou as pernas atrás das costas dele, tentando puxá-lo mais pra perto, mas ele era forte demais; ela não conseguia deslocá-lo.

– Connor.

Então, ele riu, um som abafado, pois ele estava com seu mamilo na boca.

– Connor, me chupa, vai.

Ele chupou, com força, causando uma dor lancinante. Mas o prazer foi igualmente profundo.

– Ah, que gostoso –, murmurou ela.

Ele chegou para o lado, fez novamente, sugando forte, e ela ficou imaginando como sua boca podia ser tão bruta e sedosa ao mesmo tempo. Mas quando ele chupava, chupava, chupava, ela se perdia de prazer, levando as mãos aos cabelos dele, mas ele ergueu as mãos e segurou as dela, prendendo-a firmemente nas laterais.

Ela não ligava pra mais nada. Não precisava estar no controle. Era bom demais simplesmente deixá-lo fazer o que quisesse. Quando ele percebeu que ela parou de relutar, ele soltou seus braços e ela os deixou onde ele os colocara, sentindo-se aberta, devassa. Ela deixou as coxas caírem abertas e ele instantaneamente recuou de seus seios e foi descendo por seu corpo. Seu sexo se apertava de expectativa.

Ela não precisou esperar muito. Em instantes, ele estava lambendo sua fenda, dando longas e deliciosas lambidas, acima e abaixo. Quando ele chupou o clitóris, começou – espirais de prazer que arrebatavam seu corpo causando um rugir em seus ouvidos. Ele enfiou os dedos dentro dela, e sua vagina se contraiu, o prazer se espalhando por sua barriga, seus seios. Seus mamilos estavam rijos. Seu clímax se espalhou como o calor de um raio, quente, deixando um rastro chamuscado.

– Connor, eu estou gozando... ah... ah...

Ele deixou que ela sentisse, da mesma forma que ele havia sentido, quando era dor que ele lhe dava, em vez de prazer. Ou talvez fosse tudo a mesma coisa. A mente dela estava nadando.

Connor ergeu a cabeça, com os olhos cintilando. Endiabrados. – Você gostou disso?

– Amei –, ela resfolegou.

Amo você.

Não faça isso.

Não ame. Não pense.

Em vez disso, ela disse: – Vou amar ainda mais, quando você puder transar comigo direito. – Era igualmente verdade.

– Ora, é só dar um pouquinho de poder pra garota e ela já abusa. – Ele esticou o braço para apertar um de seus seios e ela estremeceu com seu toque, o corpo ainda trêmulo pelo clímax. – Não pense que não vou transar com você com força, e muito em breve, querida. Vou foder você e dar umas palmadas, até que você goze, grite e chore, tudo ao mesmo tempo. – Ele deu um belo beliscão em seu mamilo, fazendo-a puxar o ar por entre os dentes. – Você sabe que eu vou. – Os olhos dele estavam inebriados, cintilantes.

– Sim. – Ela sorriu.

– Assim está melhor.

Ele sentou sobre os calcanhares, olhando-a abaixo, um pequeno sorriso em seu belo rosto. Ela se sentia uma anã, diante do tamanho dele. Mas não estava com a menor vontade de levantar do chão. Ela adorava a forma como ele a fazia se sentir. Tão fêmea. Não, era mais que isso. Ele a fazia se sentir *feminina*. Ela não queria parar para pensar o motivo para estar se deleitando com isso.

– Hora de me alimentar, mulher. Preciso repor minhas forças.

– Que bom. Estou faminta. O que vai fazer pra mim?

Antes que ela sequer tivesse tempo para dar um sorriso, ele a puxou para seu colo e virou ao contrário. E deu-lhe uma palmada com força.

Ela resfolegou. – Eu sei que você acha que está me punindo –, disse ela, com os dentes cerrados, conforme o prazer irrompia em seu corpo.

– Ao contrário. Eu estou lhe dando um presentinho de endorfinas, para guardar, até mais tarde, ao que pretendo fazer, depois que comermos.

– Hum...

Ela estava tentando pensar numa resposta perspicaz, quando ele começou a bater com determinação. Foi uma saraivada de palmadas rápidas, agudas, depois ele bateu com a mão em concha, para que os dedos e a palma fizessem contato, numa sessão ruidosa, em vez de só pinicar. Ela sabia que ele a deixaria roxa, mas não ligava.

Não, isso não era bem verdade. Ela queria. Queria que ele a marcasse.

A pressão rapidamente se acumulou dentro dela, tão depressa que ela ficou imaginando se ela poderia gozar simplesmente das palmadas. Isso, e a sensação de suas coxas musculosas embaixo de sua barriga. Ela arqueou o quadril, descobriu que podia pressionar o púbis sobre sua coxa, esfregar seu clitóris ansioso.

Ah, sim, isso era suficiente. O prazer revolvia junto com a dor. Sua bunda era uma concentração de sensação: a mão pesada descendo sobre ela, repetidamente, o ardor se transformando numa queimação deliciosa. O desejo brotando entre suas coxas. Ela abriu-as ligeiramente, realmente se esfregando nele. E ele a deixava fazê-lo, ela notava, de um lugar vago, repleto de endorfina. Deixando-a se aliviar em sua coxa, enquanto ele lhe dava um monte de tabefes.

Ela pairava nesse limiar, com o orgasmo quase ao alcance. Ela angulou o quadril e ele se movimentou ligeiramente embaixo dela, com o músculo da coxa esfregando exatamente no lugar certo. E ele espalmava suas nádegas, e ela jurava que podia sentir a reverberação pelo corpo inteiro, desencadeando. Ela gozou numa torrente de dor e prazer, se esfregando nele, seu clitóris inchado e pulsante.

Ela ficou ofegante, com o clímax ainda causando pequenos tremores por seu corpo, quando ela percebeu que as palmadas tinham parado. Connor a ergueu, até que ela ficou montada em seu colo. Ele sorria pra ela.

– Isso vai me ensinar uma lição –, murmurou ela, com os olhos meio fechados, conforme ia saindo das últimas ondas químicas de seu cérebro.

Connor riu, um riso profundo e contagiante, e ela também se viu rindo com ele.

– Você é a mulher mais estranha –, ele lhe disse.

– Mas você gosta.

– Gosto.

– Agora, você deve estar faminto.

– Prestes a desmaiar –, ele concordou.

– Isso, nós não podemos fazer, podemos?

– Eu perderia toda minha dignidade.

– Bem, se você soltar meu mamilo esquerdo, talvez eu possa levantar e achar alguma comida.

Ele olhou abaixo, para onde estava apertando, sorriu.

– Ah, certo. Vamos levantar.

Ele a colocou de pé, conforme levantou. Ela estava meio tonta. Com seu clímax impressionante. Os efeitos posteriores das palmadas fortes. Com a dinâmica entre eles.

Algo tinha mudado, no instante em que ela se ajoelhou e assumiu o controle. E mesmo que claramente o controle tenha voltado pra ele, algo tinha permanecido mudado.

Ela ainda se submetia a ele. Quanto a isso, não havia mais dúvida. Mas algo na forma como eles se relacionavam, entrando e saindo daqueles papéis, algo havia mudado. Eles eram mais simplesmente como pessoas, o que cada um deles era. Subitamente, tinha menos a ver com os papéis.

Mais perigoso.

Sim, porém, mais prazeroso também.

Ela ia sentir falta dele.

Fique no momento.

O momento era incrivelmente bom. Ela não queria perder um segundo disso, pensando em coisas que preferia nem pensar.

Ele pressionou um dedo num ponto entre suas sobrancelhas.

– O que está se passando aqui?

– Hmm... estou pensando na comida. Estou realmente faminta.

– Agora está tarde demais pra pedir. Receio que você terá de suportar minha comida.

– Tenho certeza de que já comi pior.

Ele a puxou mais pra perto, deu outra palmada em seu traseiro dolorido. – Acha que eu vou te envenenar?

– Vamos torcer que não. Ainda temos uma sessão, pra terminarmos sua tatuagem.

– Espertinha –, ele murmurou, entregando seu vestido, depois fechou o zíper de seu jeans. – Venha.

Ele deu um beijo em seu rosto e virou, pra sair do banheiro.

– Eu já vou lá. Só me dê um segundo.

Ela fechou a porta atrás dele, tirando um minuto pra lavar as mãos, jogar uma água no rosto e tomar um banho de puta, com um paninho que encontrou enrolado numa prateleira. Ela usou os dedos para arrumar os cabelos no lugar, olhando seu rosto corado, seus olhos azuis cintilando.

Ninguém jamais tinha feito com que ela se sentisse tão viva quanto Connor. Nenhum homem jamais trouxe à tona o seu humor, ninguém com quem tivesse dormido. Ela era mais engraçada com as amigas. Era com quem se sentia à vontade o suficiente para ser ela mesma. Então, o que significava que sua personalidade estava vindo à tona, com ele?

E quando ela ia parar de questionar cada coisa relativa à Connor?

Eles tinha acabado de concordar em deixar as coisas rolarem, não tinham? Ela precisava cumprir seu lado do acordo. Independentemente do quanto fosse difícil, mais tarde.

Fique no momento.

Essa era a chave. Simplesmente ficar no *agora*. Amanhã – figurativamente falando, já que o amanhã que lhe dava pavor ainda estava a duas semanas de distância – chegaria logo.

– Mischa? Você vai passar a noite toda aí? A comida está quase pronta –, Connor gritou do outro lado da porta.

– Já estou saindo.

Ela respirou fundo e abriu a porta.

O apartamento estava com um cheiro maravilhoso e quando entrou na cozinha, ela encontrou Connor na frente do fogão, com uma espátula numa das mãos, o que a fez sorrir.

– Quer uma ajuda? –, ela perguntou.

– Não, tudo bem. É só uma omelete. Espero que você goste de cogumelos e tomate. Não é uma daquelas malucas naturalistas que não come queijo, é?

– Eu amo queijo. Amo quase tudo.

Ele ergueu os olhos pra ela, deu um sorriso rápido, antes de voltar o olhar para a frigideira.

– Então, sente-se.

Ela sentou, acomodando-se na mesa que ficava num nicho, para o café da manhã, onde havia um par de guardanapos e garfos, caprichosamente colocados. Ela observou enquanto ele habilmente virava a omelete, e depois de alguns instantes, deixou escorregar em seu prato. Ele o colocou à sua frente.

– Chega pra lá, nós vamos dividir.

Ela chegou, adorando quando ele sentou ao seu lado, seu braço grande roçando no dela.

– Isso parece ótimo. Eu não sabia que você cozinhava.

– Nada gourmet, mas o suficiente para me alimentar. Eu sempre fico acordado até tarde, então, sempre me vejo comendo tarde da noite. Aqui, como está?

Ele pegou um garfo, cortou um pedaço e deu a ela. O queijo derreteu em sua língua.

– Hum, muito bom. Você gosta de cozinhar?

– Não me importo. Mas eu ia preferir que alguém cozinhasse pra mim, o que nunca aconteceu, realmente. Motivo pelo qual também como fora, muitas vezes. – Ele parou e deu uma garfada.

– Ninguém nunca cozinhou regularmente pra você? –, ela perguntou, enquanto ele se preparava para lhe dar outra garfada.

– Claro, minha mãe, quando eu estava crescendo. Depois Ginny, por um tempo. Ah, desculpe. Eu não devia ter falado nisso.

– Não, tudo bem.

Ele mastigou outra garfada de omelete. – E quanto a você? Você cozinha?

– Ultimamente, eu não tenho tido muito tempo pra cozinhar, cuidando do estúdio, fazendo tatuagens, escrevendo alguns contos por ano, pra não perder a mão.

– É verdade, você é uma autora erótica, como Dylan.

– Sim, só algumas histórias. Não é meu foco principal de carreira, obviamente, mas eu adoro. Faz com que eu exercite uma parte diferente da minha mente criativa. E foi assim que eu conheci a Dylan.

– Então, isso é bom.

– É. Mas eu acabo comendo fora, com amigos, ou pedindo em casa, também. Mas eu sei cozinhar. Tive muita chance de praticar, quando era criança. Eu sempre cozinhava para Evie e Raine.

– Quando criança? Sua mãe não cozinhava pra você?

– Às vezes, mas pra ser honesta, era mais tofu, grãos e uns troços verdes que eu mal reconhecia. Raine e eu gostávamos mais quando Evie se esquecia de parar de pintar, ou de trabalhar no que estivesse fazendo. Eu pegava algum dinheiro em sua carteira e ia ao mercado mais próximo. Quando eu tinha nove anos, comprei uma edição de *Prazer de Cozinhar*, e aprendi algumas coisas. Raine passou a ser minha ajudante de chef, quando ficamos mais velhas. Ela é uma ótima cozinheira agora. Não sei como ela faz, com o trabalho e tudo mais. Mas Raine é uma fonte de força. Ela sempre me disse que iria ascender e ultrapassar esse nome hippie que Evie lhe dera, e fez isso. Com honras.

– E quanto a você? Ascendeu seu nome? Que, por sinal, eu não considero um nome hippie.

– Não como Raine. Mas sim, também ascendi o nome. Ascendi acima de tudo.

Connor pousou o garfo e ela notou que eles tinham comido tudo.

– O quer dizer com "tudo"?

Um pequeno nó se formava em seu peito, e ela percebeu o que, de alguma forma, havia vazado de sua boca, enquanto eles estavam comendo. Por que ela ficou tagarelando sobre sua família, pra ele?

Ela sacudiu a cabeça. – Você não vai querer ouvir esse negócio todo, Connor.

– Claro que vou. Por que não?

– Porque é... não é uma história muito feliz.

Ele sacudiu os ombros, e os músculos se mexeram. – Não precisa ser.

– Bem... acho que "esse negócio todo" é apenas ter crescido com Evie. Tem certeza de que quer ouvir isso?

Ela olhou pra ele, viu sua expressão mais suave do que jamais vira.

– É, quero.

Ela mordeu o lábio. – "Tudo" com Evie foi um bocado. Ela se esquecia da gente com frequência, sabe? Ficava envolvida na pintura, ou escultura, ou sentada no torno de cerâmica, e Raine e eu simplesmente desaparecíamos pra ela. E se tivesse um homem por perto... – Uma risada curta escapou dela. – Bem, ela simplesmente sumia. Às vezes, literalmente durante dias. Até se cansar dele, ou ele dela. Era de se pensar que ela teria aprendido, depois do sumiço do meu pai, depois, do pai de Raine terminar tudo quando ela disse estar grávida de Raine. Evie sempre jurava que não ia cair nessa novamente, mas sempre caía.

– Era um pouquinho mais fácil quando morávamos em comunidades. Havia outros adultos em volta, que meio que seguravam as pontas. A gente ganhava alguma refeição quente. Outras crianças com quem brincar, cujas mães, às vezes, nos davam roupas, ou liam pra gente, quando faziam essas coisas para os próprios filhos. Mas, ainda assim... nós sabíamos que tinha algo errado em nossa vida. Que as pessoas não viviam daquele jeito. Sem televisão, ou uma mãe que fosse a uma reunião de pais e professores, na escola. – Ela parou, suspirou, conforme afastava o cabelo do rosto, olhando o prato vazio. – Crianças precisam dessas coisas.

Connor pousou a mão atrás de sua cabeça, afagou seus cabelos. – Lamento, que você não tenha tido.

Ela olhou pra ele. Ainda havia ternura em suas feições. Não pena. Só solidariedade.

– Parece que você também perdeu muito de sua infância, Connor.

– Eu perdi. Por isso que sei o quanto dói. Mas nós vamos deixar essa história pra outro dia.

– Tudo bem.

Ela não se importava. Ela não achava um mau sinal que ele não estivesse pronto para compartilhar os detalhes do que havia acontecido com seu pai. Já era suficiente que ela tivesse se sentido capaz de conversar com ele sobre seu passado, as coisas horrendas e tudo mais. Já era o bastante ficar sentada em sua cozinha aquecida, com a chuva começando a cair lá fora, fazendo com que ela se sentisse segura e aconchegada, com Connor sentado ao seu lado.

Fazia muito tempo que ela não se sentia tão segura com alguém. E nunca com um homem. Ela nunca tinha sentido por ninguém o que sentia por Connor.

Mas era suficiente se deleitar no conforto do momento, em vez de questioná-lo. Ela guardaria a história para outro dia.

DOZE

*C*ONNOR MANTEVE A MÃO NO PÉ DAS COSTAS DE *M*ISCHA, CONFORME eles entravam no Koi, restaurante japonês onde deviam encontrar Alec e Dylan, para jantar. Parecia meio estranho ir até lá juntos, como um casal, mas Alec tinha convidado outra vez, disse-lhe que ele estava pensando demais e que devia simplesmente ir. Era algo que ele não fazia há muito tempo, não assim. Era diferente de levar uma mulher a uma festa, ou ao Pleasure Dome. Mas também dava uma sensação natural, por ser Mischa.

Tudo parecia natural com ela. As coisas tinham sido fáceis entre eles, ao longo dessa última semana, desde a noite em que ela trabalhara em sua tatuagem. Até mesmo a conversa reveladora, em sua mesa da cozinha. Bem, reveladora pra ela. Mas ele estava contente, por eles terem conversado. Ela estava mais aberta, desde então. Em todos os níveis. Tinha deixado o sexo e o jogo de poder incrivelmente empolgantes.

E ele estaria mentindo para si mesmo se achasse que essa era a única coisa empolgante.

Agora, não.

Não, agora ele avistara a silhueta grandalhona de Alec, numa mesa perto da janela respingada de chuva, com Dylan parecendo miúda, ao seu lado. As cabeças juntinhas, ela com seus cabelos ruivos brilhando, sob a luz fraca do restaurante. Belo cabelo que a Dylan tinha. Mas não o ouro em seda, como o de sua Mischa.

Sua.

Deus.

Ele se permitiu que os dedos apertassem sua cintura, possessivamente, precisou fazer isso, por um momento, e ela se virou pra ele, com os olhos azuis intrigados. Ele sorriu e ela sacudiu os ombros, deixando pra lá.

– Oi. – Alec levantou para cumprimentá-los, dando uma boa batida nas costas, curvando-se para dar um beijo no rosto de Mischa, antes que Dylan levantasse para abraçar os dois.

Ele ajudou Mischa a sentar em sua cadeira, depois sentou ao seu lado, na mesa.

– Espero que vocês não estejam esperando há muito tempo. O trânsito estava um inferno –, disse Connor, colocando seu guardanapo no colo.

– Só alguns minutos –, Dylan respondeu. – Nós também pegamos trânsito. Mas já pedimos lulas e uma rodada de cerveja. Espero que esteja bom.

– Ora, mas você é uma garotinha submissa mesmo –, Mischa provocou.

– Rá! Olha como fala, ultimamente, meu bem. – Dylan ficou radiante, mesmo protestando, e Alec sorriu pra ela.

– Vocês dois –, disse Connor – estão rindo que nem bobos.

– Que nem bobos felizes –, disse Alec, levando a mão de Dylan aos lábios, pra dar um beijinho. – Você devia experimentar, qualquer hora.

– Não, felicidade não é pra mim.

Só depois que falou, ele percebeu que grande parte dele verdadeiramente acreditava nisso. Ele deu uma olhada para Mischa, afastou o pensamento. No momento, ele estava feliz o suficiente, não estava?

O garçom veio com a cerveja e a serviu na tulipa, depois serviu o de Mischa também. Ele deu um gole. – Então, como estão os detalhes do casamento? A essa altura, praticamente terminando, eu imagino, não?

– Deus, não. – Dylan sacudiu a cabeça. – Ainda há mil coisas a fazer. Eu não tinha ideia que casamentos davam tanto trabalho.

– Ainda bem que esse é o único casamento que nós dois teremos –, disse Alec, passando o braço em volta dos ombros dela.

– E ainda bem que Mischa está aqui pra ajudar.

– Eu gostaria de dar mais ajuda. Honestamente, se não fosse por Kara e Lucie, eu estaria totalmente perdida. E eu lamento ter que voltar a São Francisco, Dylan. Eu gostaria de ficar até o casamento.

Eu também.

Connor deu outro gole longo de seu copo de cerveja. Ele precisava parar de pensar assim. Não fazia sentido.

Era um pequeno aperto em suas vísceras, mas ele não ia cair nessa. Ele deu outro gole, viu que já tinha virado o copo quase todo. Não podia ir por aí, afogando os pensamentos com álcool.

– Não se preocupe, Misch –, disse Dylan. – Eu entendo. Você tem um negócio pra tocar. Falando em negócios, como vão indo as coisas como Greyson?

Outro nó esquisito em seu estômago, que ele preferiu ignorar. Ele não gostava de ouvir o nome do homem. Não gostava de ser lembrado do quanto ele era próximo de Mischa.

Porra. Ele estava sendo um idiota absoluto.

– Está tudo saindo bem tranquilamente. Abrir um novo estúdio com um sócio pra fazer a metade do trabalho é muito mais fácil do que fazer sozinha, como aconteceu com a Thirteen Roses. Já demos uma olhada na planta, pra obra, e parece ótima. E finalmente escolhemos um nome: 1st Avenue Ink.

– Que legal – disse Alec. – Quando acha que vai abrir?

– Ah, deve demorar pelo menos uns quatro meses, ou mais. Isso, se a obra correr bem. Mas eu estou contando com alguns contratempos. Empreiteiros nem sempre são muito confiáveis. E mesmo que o cara do Greyson seja tão bom quanto diz, eu sei que acontecem coisas imprevisíveis. – Mischa deu de ombros.

– Mas você vai voltar pra checar as coisas, antes disso? –, perguntou Dylan.

Connor contraiu o maxilar, tentando ignorara a forma como seu peito se apertou. Ele ergueu os olhos e viu Alec o observando.

– Certamente –, Mischa respondeu. – Ainda temos que contratar tatuadores e o gerente pro estúdio, e concordamos que não vamos pegar ninguém, sem que nós dois tenhamos conhecido. Não pretendemos contratar nenhum tatuador só pelo portfólio. Queremos ter certeza de que combina, em todos os aspectos. Choques de personalidade podem arruinar um estúdio de tatuagem – os clientes logo sentem a tensão, então precisamos ter cuidado.

Alec ergueu a sobrancelha pra ele. Connor fingiu não ter ideia do que ele estava questionando.

– Com que frequência você acha que poderá vir? –, Dylan perguntou a ela.

Os dedos de Connor agarraram o copo. Aparentemente, ele não tinha deixado pra lá. Alec também tinha notado. Ele ainda o observava e sabia muito bem que o amigo estava analisando cada resposta, da mesma forma como faria, num jogo de submissão. O homem era muito bem treinado na arte de observar.

– Provavelmente, pelo menos uma vez por mês. Por alguns dias, ou uma semana, de cada vez. Isso depende do movimento do estúdio em São Francisco. Mas será uma boa prática para Billy, quando eu estiver dividindo o tempo entre os dois estúdios.

– Você vai precisar de um lugar pra ficar, quando vier –, Dylan sugeriu.

Mischa abanou a mão. – Posso ficar num hotel, até encontrar um canto pra mim.

– Não seja tola, Misch. Eu ia alugar meu apartamento, depois do casamento, mas isso pode esperar. Por que não fica lá?

Ou na minha casa.

O que ele estava pensando?

– Eu não quero atrapalhar. Você tem que pelo menos me deixar pagar algum aluguel.

– Não precisa.

– Claro que precisa, Dylan. Se não for assim, eu nem vou considerar. Mas se realmente não tiver problema, eu vou adorar ficar no seu apartamento; sempre me sinto à vontade lá. E será legal ter uma base onde morar, com tanto estresse que é a abertura do estúdio novo.

– Considere combinado.

Mischa sorriu pra Dylan. – Você é um amor. Olha a lula! Estou faminta.

Connor soltou o ar longamente, quando a comida foi servida na mesa e todos estavam distraídos. Ele não queria pensar muito sobre o regresso de Mischa pra São Francisco. Ou o que aconteceria – ou não – quando ela voltasse regularmente para Seattle.

Nada de expectativas. Eles não tinham concordado com isso? Por que diabo ele não conseguia parar de pensar? E pensar não estava a um passo de distância de *esperar*?

Mischa sentiu Connor tenso ao seu lado, imaginando o que haveria de errado com ele. Ela estava se divertindo e ele conhecia Alec e Dylan, deveria estar tão à vontade com eles quanto ela. A cerveja japonesa estava boa, o *tempura* de lula estava até melhor. E melhor ainda, era a promessa de um sexo incrível, depois, como sempre. O que havia com ele?

Ela virou a cabeça, tentando analisar sua expressão, conforme ele encarava Alec, que o encarava de volta. Homens! Impossível decifrar. Ela decidiu desistir e voltar sua atenção à comida.

Durante o jantar, Connor finalmente pareceu relaxar um pouquinho, conforme a conversa voltou ao casamento que se aproximava, amigos mútuos que iam chegar para o evento e por que Dylan e Alec queriam pular a festa de despedida de solteiro.

– Mischa, vamos comigo ao banheiro? –, Dylan perguntou, depois que os pratos foram retirados.

– Claro, querida.

– Por que as mulheres não podem ir ao banheiro sozinhas? –, questionou Alec, levantando, quando Dylan saiu de sua cadeira.

Connor fez o mesmo quando Mischa levantou e ela tinha que admitir para si mesma, mais uma vez, o quanto adorava essas maneiras antigas, que via nos homens verdadeiramente dominadores.

– Nós precisamos sumir, de vez em quando, pra que vocês se lembrem de nos dar valor –, disse Dylan.

– Eu sempre dei valor, meu bem – Alec disse a ela, com adoração pela futura noiva.

Dylan sorriu pra ele, se inclinou para lhe dar um beijo, enquanto a barriga de Mischa começou a apertar. Será que Connor lhe daria mais valor, quando ela voltasse pra São Francisco? Isso não era meio piração? Ela ter de ir embora da porcaria do Estado para que ele sentisse a sua falta.

E por que ela tinha que se importar tanto?

– Vamos, Misch.

Ela sacudiu a cabeça, tentando acalmar seus pensamentos, enquanto seguia Dylan em direção aos fundos do restaurante. O banheiro era elegante, como o resto do local, com paredes cobertas de bambu e uma área refinada de sofás. Dylan pegou a mão dela e a puxou para sentar num sofá de couro preto, de dois lugares.

– Mischa, o que está havendo com vocês dois?

– O que quer dizer?

– Ora, vamos, não vai me dizer que você não notou Connor todo carrancudo, o jantar inteiro.

– Ele pareceu meio agitado, hoje, mas eu não sei o que era. As coisas têm sido boas, entre nós. Na verdade, ótimas. Talvez ele só esteja tendo uma noite difícil, ou alguns problemas no trabalho. Honestamente, eu estou tentando não querer saber demais. Já fico maluca com ele, do jeito que está.

– Por que você está ficando maluca, se as coisas estão bem, entre vocês? –, perguntou Dylan.

– Eu não sei... Talvez porque tudo *tem* sido tão bom. – Ela parou, mordendo o lábio, por um instante. – Desculpe, eu sei que não faz muito sentido. É que... não gosto de pensar que vou pra casa e nós dois vamos simplesmente seguir em frente, como se nada tivesse acontecido. Não consigo me acostumar a essa ideia.

– Por quê?

– Porque... – Ela teve que parar outra vez, e soltou o ar longamente. – Porque alguma coisa aconteceu. Está acontecendo. Isso deveria ser divertido. E tem sido demais. Mas não deveria ser nenhuma outra coisa. Mais nada.

– Misch, o que você está tentando dizer?

– Que eu... estou sentindo umas coisas pelo Connor. E não sei como lidar com isso. Realmente não quero. Isso *não* tem nada a ver com o que preciso, neste momento.

– Talvez tenha –, Dylan disse, baixinho.

Mischa sacudiu a cabeça. – Não, não é. Como pode ser? Estou abrindo um novo negócio e isso não é uma façanha pequena. Haverá meses de planejamento, entrevistas e alvarás, depois temos que tentar promover o novo estúdio, atrair clientela. Sem mencionar que tenho que preparar meu estúdio de São Francisco para que eu possa começar a dividir meu tempo entre as cidades. Terei que procurar um apartamento, depois. Tem mil coisas a serem feitas, coisas em que *preciso* focar. Deus, outro dia, eu cheguei atrasada a uma reunião com Greyson, porque estava largada na cama com o Connor. Grey fez uma gracinha sobre como tenho me esquecido dos negócios, agora que estou com um namorado e, embora ele estivesse brincando, aquilo realmente calou fundo. E Connor nem é meu namorado. Nem de longe.

– Misch, ninguém duvida da sua dedicação ao trabalho.

– Bem, isso fez com que eu duvidasse de mim mesma. Pelo menos, por um minuto. – Ela sacudiu a cabeça, frustrada por ter tanta dificuldade para se explicar. – O que quero dizer é que isso fez com que eu reconhecesse que estou distraída. E não posso estar. Não tenho tempo pra isso!

Dylan colocou a mão em seu braço, deu um apertãozinho. – Está tudo bem, querida. Acalme-se.

– Você não vê, Dylan? Não posso ficar calma, porra. Esse que é o problema.

Ela limpou uma lágrima que escapou, com a mão impaciente, vendo a confusão estampada no rosto de Dylan. Ambas ficaram quietas por alguns instantes.

– Nossa –, Dylan finalmente disse.

Mischa fungou. – Nossa, o quê?

– Você o ama.

Mischa cobriu os olhos com as mãos. – Por favor, não diga isso –, sussurrou ela.

As mãos de Dylan cobriram as dela e ela tirou as mãos do rosto. – Mischa, está tudo bem.

– Não está. Não tem nada bem. Eu tenho que pensar na minha carreira. Eu tenho uma vida.

– E não se pode ter isso e amor também?

Mischa apenas sacudiu a cabeça, impotente.

– Eu tenho todas essas coisas.

– Isso é você –, ela protestou.

– Por que você tem que ser diferente? Misch, eu entendo como você se sente. Não faz muito tempo que estive na mesma posição, você sabe disso. Até que encontrei o Alec. Até que amá-lo me fez perceber que ele era o que estava faltando. Que amá-lo era o que me faltava.

– Acho que isso não é pra mim, Dylan, e Connor certamente não é assim. Nós fomos claros, um com o outro, desde o início. Não posso esperar que ele mude. Isso não é justo. Não é realista.

– O jeito dele, quando você mencionou o nome de Greyson, hoje, diz algo diferente.

– Que jeito?

– Como se ele estivesse pronto pra arrancar a cabeça de Greyson e comer com o sushi.

Isso a fez sorrir um pouquinho. – Que nada.

– Está bem, talvez não tenha sido tanto. Mesmo assim, o homem estava com ciúme.

– Ciúme não equivale a amor.

Dylan sacudiu os ombros. – Talvez, não. Mas também não equivale a um cara que não ligue.

– É só um senso de posse. Isso não faz parte do negócio de dominador e submisso?

– Sim, até certo ponto. Mas quando um homem sente que você é *dele*, bem, isso é uma história totalmente diferente.

– Ele nunca disse que eu era *dele*.

– Ele está pensando isso.

– Como pode ter tanta certeza?

– Eu já vi aquela expressão. No Alec. Em uma dúzia de homens, no cenário da escravidão sexual e sadomasoquismo e fora também. Eu escrevia a respeito, mesmo antes de experimentar.

– Eu não sei, Dylan. Não sei o que ele está sentindo. É confuso. Porque nem eu sei, e não tenho a menor ideia do que fazer a respeito. Não sei se posso ter isso, entende o que quero dizer? E querer, se o Connor não quer, é tolice. Perigoso.

– Você não acha que vale a pena, Misch? Não vou dizer que seja fácil, mas estou lhe dizendo que vale totalmente a pena.

– Não sei. Apesar de sua certeza quanto ao amor, eu não consigo entender. Tudo que sinto é perigo e nada da alegria tão aparente em você e Alec.

Ela somente sabia que amar Connor significava que toda sua vida, tudo pelo qual havia trabalhado com tanto afinco, tudo poderia desabar, diante do golpe que seria, se ele lhe desse as costas.

Mas ela não conseguia se afastar de Connor. Ainda, não. Tinha que encontrar um jeito de lidar com seus sentimentos, de ficar com ele, pelo tempo que pudesse. De ignorar o fato de que haveria um fim para o que eles estavam vivendo.

Ela engoliu com força, tentando fazer descer o bolo que estava em sua garganta.

– Só preciso reunir as minhas forças –, ela disse a Dylan. – Seguir em frente, como sempre fiz. Essa é a única opção pra mim.

Dylan franziu o rosto. – Tudo bem, querida. Se é assim que você quer encarar, eu estou contigo, independentemente de qualquer coisa. Mas eu gostaria que você pensasse a respeito.

– Eu agradeço, Dylan, tudo que você está dizendo. Mas ficarei melhor se parar de pensar tanto. Realmente vou. Está bem?

– Sim, claro. Tudo bem.

Dylan deu outro apertão no braço dela. Mischa sabia que era para tranquilizá-la. Mas pareceu um aperto em seu coração, quando ela engoliu a dor que aumentava, a emoção que ameaçava sufocá-la, se ela se atrevesse a realmente pôr pra fora, mesmo que por um instante.

Ela tinha que parar de pensar em qualquer possibilidade de um futuro com Connor. Tinha que focar em seu trabalho, a única coisa que sempre a salvava. Estava acostumada com isso, em focar no trabalho. Em receber todo seu valor pessoal através de sua carreira como tatuadora, sua outra carreira como escritora. Ser bem-sucedida como proprietária de um negócio. Isso fazia sentido pra ela. O que ela não estava acostumada, e não fazia sentido, era estar apaixonada.

Depois do jantar, eles ficaram, tomaram chá e conversaram por mais uma hora, dando a Mischa tempo para se acalmar. Ela estava contente por lidar melhor consigo mesma, até a hora em que eles se despediram de Alec e Dylan, e voltavam pra casa de Dylan, no Hummer preto. Ambos estavam quietos durante o curto trajeto – o respingo abafado da chuva nos pneus, o ruído baixinho dos limpadores de para-brisa que a deixavam mais calma.

Já dentro do apartamento, Connor ajudou-a a tirar o casaco úmido, depois tirou o seu e ela os pendurou, antes de irem para a sala. Houve um trovão distante, conforme eles sentaram no sofá de camurça verde.

– Quer algo pra beber? –, ele perguntou, sempre cavalheiro, mesmo em sua casa temporária.

– Não, obrigada, estou bem. E quanto a você?

– Não preciso de mais nada pra beber; devo ter tomado um bule inteiro de chá.

– Eu quis dizer se você está bem, Connor? –, perguntou ela, baixinho, sem querer assustá-lo, mas precisando saber. *Precisando*, sem gostar nem um pouco, mas sentindo que algo estava errado, algo muito forte para ser ignorado.

– O quê? Claro, estou. Tudo bem.

– Você pareceu bem agitado no jantar.

– É? Bem, o trabalho tem sido duro. Nada que eu não possa resolver. Estou um pouco atrasado num projeto, só isso.

– Precisa ir? Eu não quero atrapalhar seu trabalho. Eu sei que é importante. Você não precisa ficar.

Ela foi levantando, mas ele a impediu, colocando a mão em sua cintura.

– Não preciso ir embora, Mischa. Vou parar de resmungar do meu trabalho; não precisa se preocupar com isso. Estou com tudo sob controle.

Ela recostou em seu lugar. – Você sempre está.

Ele ergueu uma sobrancelha.

Ela sacudiu os ombros. – Eu não estava brincando, Connor. É verdade, você sempre está no controle.

– Está dizendo que não gosta?

– Não. Você sabe que eu gosto. E não estou falando só do sexo, do jogo de poder. Gosto que você seja alguém no comando de sua vida. É a forma como também gosto de levar a minha vida. Organizada. Movida pela carreira.

– É. Então, o que está deixando de fora?

– Por que acha que estou deixando algo de fora?

– Sou treinado para ler as entrelinhas, não sou? E, com você, tem mais coisa, embaixo da superfície.

Os olhos dele reluziam, sob a luz do abajur. Observadores como sempre, mas ela ainda podia jurar que havia mais alguma coisa se passando ali.

– Não é assim com todo mundo? –, perguntou ela.

– Sim, claro. Mas, nesse momento, tem algo específico acontecendo com você.

– E com você, não tem?

Ele ficou quieto, por um instante, um franzido surgindo em sua boca deliciosa. – *Touché* –, disse ele, baixinho.

Apesar do papo tranquilo, ela estava totalmente atenta ao calor do corpo dele, ao lado do seu. Independentemente do que a deixava angustiada – e ela tinha de admitir que se angustiava com frenquência, ultimamente – isso nunca passava. E agora, que ele estava meio irritável, talvez até um pouquinho zangado – embora *ela própria*, estivesse ligeiramente zangada –, ela sentia o fogo da presença dele, até os ossos.

– Connor, eu não quis... Droga, eu não sei o que estou fazendo. Irritando você. Deixando você zangado.

– Não estou zangado.

Ele estendeu o braço, prendeu os cabelos dela atrás da orelha. Um leve arrepio a percorreu. Seu olhar cruzou com o dela, o verde esfumaçado, na luz branda que vinha do abajur de chão, o reflexo das luzes da rua entrando pelas janelas altas. Havia uma ternura ali, um tipo de sensibilidade. Talvez, um pouquinho de raiva, ou seja lá o que fosse, que reluzia em seu olhar fixo. E ela se surpreendeu quando ele a puxou com força, esmagando seus seios junto ao peito musculoso, e beijando-a. E a surpreendeu novamente, quando seu beijo foi voraz o suficiente para lhe tirar o fôlego.

O homem era só contradição, o que a confundia e provocava, ao mesmo tempo. Mas, em alguns momentos, ela era incapaz de pensar a respeito. De pensar em qualquer coisa. Ele rapidamente a despiu, com mãos rudes, sem tirar os lábios dos dela. Seu vestido deslizou dos ombros, depois o sutiã. Ele puxou o tecido por baixo de seu corpo, levando a calcinha junto. Ainda beijando-a, ele abriu o zíper de suas botas, tirou, deixando-a sem nada, exceto as meias de lã até as coxas.

Ele continuava a beijá-la, enquanto se despia, parando para beliscar seus mamilos, levar a mão até suas nádegas e apertar com força, enquanto tirava a roupa. Quando os dois estavam nus, ele a pressionou nas almofada e imediatamente abaixou a cabeça sobre ela, com uma das mãos em sua barriga, a outra abrindo as coxas.

Ele mergulhou a cabeça e tomou seu clitóris nos lábios, sugando com força.

– Jesus, Connor. Me dê um segundo para... ah...

Ele girava a língua em seu clitóris. Ela sentia aquele botãozinho de carne enrijecendo, enquanto ele chupava.

Ele ainda a segurava, quando ela tentou mudar de posição e ele a prendeu com mais força, sem deixar que ela se mexesse. E não havia uma parte dela que quisesse se rebelar contra a forma como ele a prendia. Ela estava adorando cada momento, precisando ser tomada por ele, se perder naquilo.

O prazer a varria, com uma onda após a outra, revolvendo em sua barriga, espalhando até a vagina apertada, aos mamilos rijos.

Ele enfiou os dedos dentro dela e seu corpo se arqueou no sofá.

– Ah!

Ele começou a movimentar a mão, com força, no fundo, depressa. Sua boca era igualmente exigente. Exigindo seu prazer. Exigindo que ela gozasse. Ela sentiu o desejo aumentando, chegando a um ápice estonteante, tão depressa que ela não conseguia nem questionar. A mão dele agarrava sua coxa com mais força, cravando os dedos na pele, e ela sabia que ele a estava *possuindo* exatamente da forma como ela ansiava. Precisava.

Connor. Me faz gozar.

Ela não conseguia dizer em voz alta. No entanto, ele captou a mensagem, em alto e bom tom. E mergulhava os dedos dentro dela, batendo em seu ponto G, enquanto chupava seu clitóris, repetidamente, deslizando a língua em sua fenda, ao mesmo tempo em que enfiava os dedos. Era como um oceano afogando-a, conforme ela mergulhava nas profundezas, com o corpo tremendo ao gozar.

– Ah...

Ele parou, para murmurar – Que lindo Mischa, de novo.

– Connor, eu não sei...

– Goza de novo, pra mim.

Ele se debruçou novamente, tomando seu clitóris dolorido na boca aquecida. Dessa vez, ele passava a língua na pontinha inchada, bem de leve, fazendo o desejo percorrê-la, fluídico e quente. Ele entendia que ela estava dolorida, sensível, mas sabia exatamente o que fazer. Seus dedos pressionavam pra dentro, dessa vez, mais delicadamente, mal mexendo, depois ele colocou mais dois, preenchendo-a.

– Ah, Deus, Connor, que gostoso.

Ele girou a mão com os dedos dentro dela, depois girou tirando, criando uma espiral de sensação, levando-a novamente à beira do gozo. E ao chupar suavemente seu clitóris, deslizando na pontinha, ela gozou novamente, tremendo, gritando.

– Connor!

Ele se mexeu, tirou os dedos, afastando os lábios, e ela teve a nítida noção dele pegando uma camisinha da pilha de roupa e o barulho da embalagem rasgando. Ela se forçou a sair do torpor de seu pós-clímax para vê-lo vestir o pênis imenso e lindo, vendo-o apertar a base, ouvindo-o resfolegar.

Ela esperou, mas ele se segurou um momento, olhando pra ela.

– Você tem os seios mais perfeitos que eu já vi. Eu já lhe disse isso, querida? –, perguntou ele, acariciando a curva dos seios, com dedos delicados.

Ela sorriu. – Disse.

– Bem, é verdade. – Seu sotaque estava carregado, sua voz era baixa, rouca. – E você tem os olhos do tom de azul mais surpreendente. Como o céu. Eu me sinto como se... – Ele parou, afagando seu rosto com um dedo. – ...como se eu pudesse mergulhar dentro deles. Sempre me sinto assim, quando estou com você, Mischa, minha garota.

O que ele estava dizendo? As lágrimas brotaram nos olhos dela. Seu coração estava aos pulos no peito.

– E quando estou dentro de você, dentro de seu lindo corpo, nada mais importa. – Ele franziu as sobrancelhas. Seu rosto estava repleto de desejo e algo mais que ela não conseguia identificar. Ele deslizou a mão ao meio de suas coxas, para dentro de seu calor molhado e ela gemeu. – Isto é o céu, minha garota. Mas não é tudo. Não só em vê-la, mas senti-la. É sua pele. É seu cheiro, me deixando maluco, todos os minutos do dia. É...

Ele parou e ela sentiu o coração parar, por um momento, esperando que ele terminasse a frase.

Ele sacudiu a cabeça, com o olhar inebriado de tesão. – Agora, eu preciso comer você. Entende?

Ela concordou, embora não entendesse, de verdade. Ela não sabia o que ele queria dizer, o que estivera prestes a dizer. Tudo que ela sabia era que se ele não ia lhe dizer, tê-lo dentro dela era a segunda melhor coisa.

– Abra pra mim –, disse ele, num tom mais baixo, porém, autoritário como nunca.

Ela abriu as pernas, enlaçando-as atrás das costas dele, que mergulhou.

Sua rigidez a preencheu, um pouquinho maior do que ela conseguia abrigar, mas, ainda assim, nunca era o bastante.

Nunca era o bastante de Connor.

Não pense sobre isso.

Não, ela pensou somente no prazer imenso, no desejo ardente que a percorria. Na sensação adorável de seu corpo rijo e musculoso, apertando o seu, em cima das almofadas do sofá. O peso dela, a prendê-la. Do coração dele batendo junto ao seu.

* * *

Connor fechou os olhos, arqueou o quadril, entrando lentamente, lentamente. O prazer era pesado em suas veias, seu pênis. No peito, de alguma forma. Ele não se atrevia a abrir os olhos, a olhá-la no rosto, neste momento. Sabia que perderia a cabeça, se o fizesse. Mas quando ela suspirou, ele não pôde evitar.

Foi tão ruim quanto ele imaginou que seria. Ou tão bom quanto. Melhor. O rosto dela estava corado, as pupilas dilatadas, seus olhos azuis estavam vidrados. Sua boca tinha um tom de vermelho cereja, mesmo depois que o batom tinha saído todo, com os beijos.

Ela era a mulher mais linda que ele já vira.

Ela era a única mulher que ele queria.

Não.

Apenas transe com ela agora.

Ele se arqueou pra dentro dela, sentiu a vagina aveludada e apertada, engolindo seu pênis. As mãos dela estavam em seus ombros, depois deslizaram em suas costas, deixando um rastro de calor.

Foco.

Ele deslizou pra fora dela, quase até a ponta, depois entrou com tudo.

– Ah, Connor.

Sim, diga o meu nome. Eu preciso ouvir.

Não.

Ele saiu, mergulhou de novo. Desta vez, com mais força, os ossos pélvicos dos dois colidindo. E ele fazia, repetidamente. Os braços dela estavam em volta dele, abraçando apertado. *Abraçando.*

O coração revirou no peito dele, mesmo com todo prazer que o varria, deixando seu corpo inteiro quente e solto. Ele estava derretendo, se fundindo a ela.

Ele continuou a mergulhar cada vez mais fundo, com as mãos nos cabelos dela, segurando nas mechas sedosas, como se fossem um salva-vidas. Ele sabia que estava puxando com força, machucando-a com o pênis que a surrava, com seus lábios. Adorava porque ela não fazia nada além de gemer ofegante. E o abraçava com mais força.

A visão dele embaçou e ela virou uma aquarela de olhos azuis, lábios vermelhos, aquela pele perfeita de porcelana. E seu clímax irrompeu, deixando sua visão negra, e ele caiu dentro dela. Em seus braços, em seu corpo.

Mischa.

Ele estava apaixonado por ela.

Não.

Ele tremia com um prazer indescritível. Com o puro prazer de gozar dentro dessa mulher. E um medo estarrecedor.

Eu não posso amá-la.

Mas eu amo.

Meu Deus, mas que droga.

Ele queria se afastar dela, mas estava fraco demais por gozar. Fraco demais com o sentimento a varrê-lo, como uma sensação física que pesava. Tudo que pôde fazer foi desmoronar nela, em seu corpo macio e imóvel sob o dele.

Ele não podia pensar nisso agora. Não havia nada a ser decifrado. Simplesmente *era*. E não havia droga nenhuma que ele pudesse fazer a respeito.

Não era sobre o sexo, por mais estrondoso que fosse, por mais divino que fosse com ela, embora fosse quando a ficha caiu. Foi como dar de cara num muro de pedra. Mas, não, era ela. Quem ela era. Sua forma de pensar sobre as coisas. Sua criatividade. Seu ímpeto.

Será que alguma vez ele fora capaz de ter esse raciocínio tão lúcido, logo depois de gozar?

Ele sugou o ar. Tragou seu cheiro, um aroma exótico que ele só conseguia identificar como *Mischa*.

Ele precisava... de quê? Sentir aquela concentração com ela, de alguma outra forma fora o sexo. Que porra louca. Mas era isso.

– Mischa.

– Hmm? O que foi?

As mãos dela passeavam por suas costas, os dedos macios afagando sua pele, e ele teve que parar, por vários instantes, só pra sentir.

– Você pode trabalhar na minha tatuagem?

– Claro. Quando quer que eu faça?

– Agora.

– Nesse momento?

– Você acha que consegue?

– Eu sempre consigo tatuar –, ela respondeu, com um tom presunçoso na voz, aquele fogo que ele adorava.

– Eu sei que está tarde. Você consegue terminar essa noite? –, ele perguntou a ela.

– Não me importo que esteja tarde e mais uma sessão longa é realmente tudo que precisa. Mas você vai ter que deixar.

Ele saiu de cima dela, com algum esforço. Era tentador demais ficar onde ele estava, com seu peso esmagando o corpo dócil sobre as almofadas. Mas ele *precisava* que ela o tatuasse. Trabalhasse com a tinta em sua pele. Ter aquele momento em que fossem só eles dois e o som da agulha zunindo, as endorfinas fluindo em seu corpo. Ela fazendo o que adorava. Fazendo isso com *ele*.

Ela desapareceu rumo ao quarto, enquanto ele vestia seu jeans. Ela voltou com uma calça preta de ioga e uma camiseta pink colada às suas curvas. Seus cabelos claros estavam ligeiramente desalinhados, as bochechas ainda tinham um tom adorável e rosado do sexo. Ela sorriu pra ele, ao passar para pegar seu estojo de couro vermelho com o equipamento, que estava ao lado da porta da frente, e ele a pegou e beijou rapidamente, no caminho de volta. Quando ele a soltou, ela deu um passo atrás, e apertou os lábios, olhando pra ele, por um tempinho. Ele sabia que ela estava pensando o que havia com ele. Ele não podia explicar de nenhuma maneira que fizesse sentido.

Finalmente, ela deu outro passo atrás e virou. – Vou levar alguns minutos para organizar as coisas –, disse ela, por cima do ombro, seguindo para a cozinha. – Você quer chá?

– Eu faço.

– O chá está no armário, perto da pia.

– Claro, pode deixar.

Ele encontrou o chá, duas canecas grandes de cerâmica branca e encheu a chaleira, colocou pra esquentar, enquanto ela forrava o granito do tampo do bar com filme plástico, espremia um pouco de pomada antibiótica no plástico, como ele a vira fazer, para manter no lugar os copinhos de tinta. Ela os encheu com tinta preta e vermelha. Ele não sabia direito o que ela fazia com a máquina, algo envolvendo elásticos e pequenos ajustes. Qualquer hora, ele perguntaria a respeito. Mas não agora. Agora, ele só queria começar.

A chaleira apitou e ele fez o chá dos dois, colocando a caneca a uma distância segura dos apetrechos do balcão.

– Está pronto? –, perguntou ela.

Ele assentiu, sentou na banqueta alta, recostou os cotovelos no granito frio.

Ela passou antibactericida em sua pele, depois começou a trabalhar.

No instante em que a agulha tocou sua pele, foi como uma sensação de alívio. Ele respirou inalando: o som, a leve pontada. A ideia de Mischa silenciosamente se concentrando atrás dele. Ele mergulhou naquilo, de forma bem semelhante ao mergulho submisso ao chicote, ou de ficar preso, durante horas. Eram só eles dois, envolvidos pelo céu noturno do lado de fora das janelas do loft. Não havia nada entre eles, exceto a agulha ruidosa da tatuagem, sua arte, a pele dele. Ele deixou o corpo relaxar e a mente também. Não queria pensar muito no que estava lhe acontecendo. Sobre o que sentia por ela. Alguma parte distante dele podia quase aceitar. Por hora, ele deixaria rolar; e ignorar esse "deixar rolar" tinha se tornado seu novo mantra, quando se tratava de Mischa, assim como a questão de quanto tempo ele poderia continuar a fazer isso.

Mischa se curvou acima das costas imensas de Connor, com a máquina familiar e aquecida em sua mão. Que estranho que ele tivesse pedido – quase exigido – que ela o tatuasse agora. Naquele minuto. Ser exigente não era estranho. Isso era puramente Connor. Mas o fato de fazer isso logo depois do sexo. O que tinha a ver?

Claro que ela disse que faria. Ela achava difícil recusar qualquer coisa a esse homem. Que não dizia respeito inteiramente ao seu ar de autoridade. Mas por que agora?

O sexo desta noite havia sido diferente. Nada de sacanagem, fora a entonação sutil de Connor no comando. Mas ela achava que ele não sabia ser de nenhuma outra maneira, nem com ela, nem com ninguém, em qualquer aspecto de sua vida. Ela sentia tanto... Tivera vários minutos em que quase teve certeza de que ele também estava sentindo. E agora, ele queria que ela o tatuasse. Não apenas tatuasse, mas terminasse o trabalho.

Terminasse.

Será que isso era o que estava acontecendo? Essa exigência instantânea de concluir a tatuagem. Será que ele havia decidido encerrar com ela e não queria que o trabalho ficasse incompleto?

Não se distraia.

Mas ela era boa o suficiente no que fazia, para permitir que uma pequena parte de sua mente vagasse de forma independente da agulha. E ela sabia exatamente o detalhe que queria acrescentar a esse desenho, vinha pensando a respeito, ao longo das últimas semanas.

Ele não agia como se tivesse terminando com ela. Mas, por outro lado, ela que sempre terminava com um homem. Não fazia ideia de como era estar no outro papel. Talvez isso fosse algum tipo de retribuição divina.

Ela estava sendo filosófica demais. Demais, enquanto trabalhava. Demais e ponto final.

Ela provavelmente estava apenas paranoica. Mas não podia evitar aquela pequena voz, no fundo de sua mente, que ficava dizendo que tinha acabado. Que eles tinham tido seu tempo, que tinha sido adorável, mas Connor tivera sua porção. Que pena que ela não. Que pena que ela não achava que jamais fosse se satisfazer de Connor Galloway.

TREZE

Passava das cinco da manhã, quando ela terminou. Ela limpou a pele mais uma vez, admirando seu próprio trabalho. O dragão era enorme, cobrindo toda a parte superior das costas dele. Era um de seus melhores trabalhos até hoje, com detalhes perfeitos: as escamas sombreadas, a língua vermelha, os pontilhados nas garras e asas. O perfil do dragão era perfeito para Connor: fera de elegância e poder.

– Tudo acabado –, ela disse a ele.

Ela nem conseguia pensar nessas palavras.

– Ah, que bom. Vamos olhar no espelho.

Ela o seguiu até o banheiro e entregou-lhe o espelho de mão que guardava em seu kit, o qual ele segurou para que visse o reflexo de suas costas no imenso espelho acima da pia. Ela olhou com ele, por cima do ombro, ou ao redor. Gostava dos músculos fortes dali, da forma como eles flexionavam, à medida que ele mudava de posição, assim como a tatuagem que ela fizera.

– Isso está incrível. – Havia verdadeira admiração em seu tom. – Melhor do que eu podia imaginar. Estranho como parece ter ficado completa de uma forma nova, agora foi concluída. Só que eu vejo essa mesma coisa em meu trabalho, às vezes. Independentemente do modo como você imagina, de como as linhas fluem juntas, enquanto você está trabalhando, o produto final tem sua magia própria.

– Sinto muito isso, em relação ao meu trabalho. Nunca está realmente completo, até que tenha sido concluído. Nem mesmo a imagem em minha cabeça.

– Sim, exatamente. – Ele colocou o espelho na beirada da pia, debruçou-se à frente e deu-lhe um beijo na testa, que foi muito meigo pra ela. – Obrigado. Está mais que lindo.

– De nada.

Ele recostou pra trás, na bancada, olhando-a, abaixo. Sua expressão ficou misteriosa. Indecifrável. – Eu gosto que a gente se entenda. Do fato de sermos artistas, de certa forma. Não que meu trabalho se iguale ao seu, de jeito algum.

– Claro que sim. Não entendo por que você diz isso.

– Trabalho sob encomenda não é arte.

– Ah, é sim. E é isso que faço, a maior parte do tempo, de qualquer jeito. Meus clientes me dão instruções específicas que devo seguir. Ainda é arte, porque é nossa interpretação da imagem. É nossa voz artística, aplicada, toda vez.

– Hmm, eu imagino que você esteja certa. Geralmente, não penso assim. Acho que... sinto parte do valor sendo subtraído, por ser pago pra fazer.

– Isso me parece uma culpa latente –, ela provocou, o bate-papo tranquilo ajudando-a a relaxar.

– Bem, eu fui criado na Igreja Católica, então, nem preciso falar da culpa, não é?

– Foi o que ouvi dizer.

A expressão dele tinha mudado, conforme eles conversaram, e agora, seus olhos estavam cintilando num lindo tom de verde e dourado.

– Mischa. Deixe-me desenhá-la –, ele disse, subitamente.

– Está bem.

– Agora.

Ela riu. – Agora?

Ele a puxou, beijou com força, seus lábios doces e firmes. Ele recuou. – Venha. A luz é perfeita com o amanhecer. E tem uma porção de janelas.

Ela riu de novo. – Está bem, vamos.

Aquilo fez seu coração rugir ligeiramente. Ela se lembrava da primeira vez que ele tocou no assunto. Naquele momento, ela também tinha ficado empolgada. E agora, seu corpo estava aquecendo com a ideia de se despir pra ele, sentar totalmente imóvel, exatamente da forma como ele queria que ela fizesse. Havia algo de submissão nisso, pensou ela. Mas também era muito sexy.

Eles voltaram à sala de estar e ela lhe emprestou um dos blocos de desenho e alguns lápis.

– Tire a roupa –, disse ele, assentindo ligeiramente. – Eu aumentei a calefação; não quero que você fique com frio.

Ela tirou a roupa, inclinando a cabeça ao lado, enquanto ele a encarava. Ela adorava o jeito como ele a olhava, seu olhar de apreciação, mas de uma forma como ela nunca vira. Ela imaginou que ele estivesse analisando os contornos de seu corpo, seu rosto, os olhos dele captavam onde batia luz ou sombra. E estava profundamente atenta ao seu olhar parando em seus seios, no V depilado entre as suas coxas. Ela ficou novamente molhada, só por ele olhá-la dessa forma. Estando nua. Sentindo-se mais despida do que quando eles estavam prestes a fazer sexo. Quando ele ia lhe dar umas palmadas. Isso era mais parecido com o que fora no Pleasure Dome, o mesmo tipo de empolgação do exibicionismo, embora, claro, ele a tivesse visto nua. Não chegava a fazer sentido, nem mesmo em sua própria cabeça. Ela só sabia que isso dava uma sensação diferente. Era incrível.

– Lindo –, disse ele. – Faremos primeiro um desenho de você de pé, apenas assim, perto das janelas. Assim é perfeito, com a luz matinal entrando por trás de você. Um desenho rápido. Não vou deixá-la de pé, por muito tempo. Quero que você respire fundo, relaxe. Sim, com um joelho flexionado, com o peso sobre a outra perna. Deixe os braços pendendo nas laterais e incline ligeiramente o queixo. Perfeito. Fique bem assim.

O lápis já estava se movendo, enquanto ele falava. Ele desenhava com movimentos velozes, olhando cuidadosamente, depois olhando abaixo, ao bloco de papel. E ela ficou ali, em pé, imóvel como uma estátua, algo irrompendo por dentro, pelo esforço de se manter parada. Dando vazão ao corpo, à mente. Ao fazer o que ele queria dela.

Ele cumpriu o que disse; desenhou por uns quinze ou vinte minutos, antes de lhe dizer que sentasse no sofá.

Ele veio até ela, que percebeu o borrado do grafite nas pontas dos dedos da mão direita.

– Vamos recostá-la, ligeiramente. Sim, apoie seus cotovelos. E um joelho pra cima. – Ele usou as mãos para posicionar a perna no local exato onde queria e seu toque foi como um pequeno frisson de fogo em sua pele. – Por quanto tempo você consegue manter a cabeça pra trás? Quero você numa pose de êxtase, jogando a cabeça pra trás, se puder. Quero seus cabelos varrendo a superfície do sofá.

– Posso manter assim –, ela lhe disse, com uma sensação de orgulho. Ela *conseguiria.*

– Excelente.

Ele estava desenhando novamente, agachado no chão, depois de pé, olhando-a de posições diferentes. E, para seu espanto, ele agora parava para tocá-la, passando a mão por sua panturrilha, por cima do contorno de seu pé, quadril, barriga. E, finalmente, passou as pontas dos dedos em seu queixo, seus lábios.

Ela estava tremendo. Não de fadiga, embora também estivesse sentindo. Mas pelo tesão que revolvia por ele. Ela estava ligeiramente fora de si, por não dormir. Mas também era pelo tempo que eles estavam passando juntos, como num sonho, com a luz matinal nebulosa, lançando um branco pálido e dourado dentro da sala. Sobre seu corpo, a curva de seus seios e barriga. Ela pensou no visual matinal do oceano em volta de São Francisco, como às vezes ficava com as ondas iluminadas em meio à luz da neblina. Como essa luz era suave. E ela se sentiu toda suave, seu corpo, seu ser.

Ela nem tinha certeza do que queria dizer. Talvez, que a concha dura que ela criara como proteção estivesse... derretendo. E porque ela sabia que, mesmo agora, com Connor desenhando, em vez de dando palmadas, enquanto estavam naqueles papéis ela estava igualmente *nas mãos dele*. E era onde ela queria estar.

– Mischa, vamos erguer a cabeça, agora.

Ele colocou uma das mãos atrás de seu pescoço, erguendo por baixo dos cabelos, fazendo-a estremecer, ajudando-a a levantar a cabeça. – Você está com frio, querida?

Ela sacudiu a cabeça. – Não.

– Tem certeza?

Ela assentiu. Era tudo que ela conseguia fazer.

– Então, tudo bem. – Ele deu um passo atrás, depois outro. – Olhe pra mim. Abaixe o queixo, mas mantenha o olhar em mim. Ah, que sonolenta – ele murmurou. – Muito sexy, essa expressão nos seus olhos.

Ele se aproximou novamente, afastou os cabelos de seu rosto, parou com a mão em sua bochecha. Ela fechou os olhos, absorvendo o calor da mão dele. Sua mão foi substituída pelos lábios, e ele traçou uma linha de beijos vorazes, descendo por seu maxilar, até a lateral de seu pescoço. Seus mamilos enrijeceram, o clitóris pulsava.

– Você é tentadora demais –, disse ele, com a voz rouca, seu sotaque pesado.

Ele passou os dedos em seus seios, circulando os mamilos, por um instante, fazendo doer. Então, ele abaixou a mão por entre as coxas dela, pressionando seu clitóris. Ela abriu os olhos, e cruzou com seu olhar, enquanto ele acariciava sua fenda.

– Adoro que você esteja sempre pronta. Tão molhada. – Mantendo o olhar no dela, ele levou os dedos até a boca e rapidamente os lambeu. – Adoro seu gosto. É puro mel.

Ela gemeu, tremulando os cílios. Ele a estava matando.

– Connor...

– Psiu. Você vai ficar deitada quietinha e me deixar desenhá-la, antes que eu transe novamente com você. Ah, sim. Não questione isso, minha garota. Se você estivesse com a mão livre, eu a deixaria sentir como estou duro que nem pedra, por sua causa. Mas vou esperar até terminar isso. Até que eu tenha captado você, no papel. Diga-me, você quer que eu transe com você, Mischa?

– Sim –, ela resfolegou.

– Diga.

– Eu quero você, Connor – disse ela, baixinho. – Quero que você transe comigo. Com força, do jeito que você faz.

Ele riu, um som sensual e rústico. – Eu farei isso. Não duvide, querida.

Quando ele levantou e recuou para observá-la, com seu lindo e gracioso corpo, sua ereção forçava a frente do jeans.

Ela estava encharcada. Tudo zunindo, sua mente, seu corpo.

Eu te amo.

Ela não podia dizer em voz alta. Mas podia pensar. E, nesse momento, não havia nada nela que pudesse lutar contra.

Ele continuou se deslocando pela sala, virando as páginas do bloco, começando um novo desenho, então, rapidamente indo à outra página. Depois de um tempo, ela percebeu que havia um ritmo em seus movimentos, na forma como ele mudava de posição, desenhava de ângulos diferentes. E ela mergulhou naquele ritmo, de forma bem semelhante ao que ela fazia, quando ele lhe dava palmadas ou chicotadas.

Ele acabou dizendo a ela: Vire, Mischa.

– O quê?

– Está meio aérea? Acontece. E eu gosto de vê-la assim. Na verdade, é perfeito para o que tenho em mente.

– E o que é? –, perguntou ela.

Mas antes de obter uma resposta, ele a virou de bruços, como se ela não pesasse nada, usando suas mãos grandes, e começou a bater na bunda.

– Oh!

Ele não disse uma palavra, só continuou batendo com força, num ritmo punitivo, descendo a palma da mão na pele quente, até que suas nádegas estavam em fogo. E o tesão ardia igualmente, entre suas pernas.

Ele parou e ela pôde jurar que ele estava tão ofegante quanto ela, ao deslizar a mão por entre suas coxas, alisar seu suco, fazendo sua vagina contrair.

– Agora, eu preciso desenhá-la com sua bunda nesse lindo tom de rosa.

Ela ficou onde estava, de bruços no sofá, com a parte superior do corpo erguida sobre os cotovelos. Os seios roçavam na superfície de camurça, o estofamento macio em seus mamilos inchados. Se ele ao menos tirasse um momento para tocá-los, beliscá-los...

Mas ela logo estava novamente retomando a pose de imobilidade, entregando-se. Sua cabeça zunia, suas pálpebras estavam meio fechadas sob a luz nebulosa que entrava pelas janelas, invadindo sua mente, como um véu. O tempo passava, mas ela perdeu a noção. Parecia não importar.

– Mischa –, disse ele, finalmente.

– Hmm?

– Está na hora.

Subitamente, ele estava atrás dela, seu quadril nu pressionando suas nádegas ainda doloridas, seu braço enlaçando sua cintura, puxando-a para ficar de joelhos. Então, ele estava separando suas coxas, com os joelhos, deslizando a ponta do pênis já de camisinha, entre os lábios de sua vagina. Ela adorava como ele fazia isso e a pegava de surpresa. Começava com ela, sem aviso. Era bom demais.

– Connor...

– Vou comer você, minha garota. Vou meter com força. Respire.

Ela obedeceu, tremendo inteira, ficando mais molhada, terrivelmente molhada. Ele foi até o fundo, numa única investida.

– Ah, Deus, Connor.

Ele recuou, angulou o quadril e arqueou pra dentro dela, preenchendo-a com seu pênis pesado, quente e pulsante. O prazer foi como um raio a chamuscá-la. Chocando-a.

Ela pressionava pra trás, junto a ele, acolhendo-o até o fundo. As mãos dele subiam até seus seios, seus dedos apertavam os mamilos, enquanto ele a fodia. Seu pênis era um mastro duro de pele aveludada. O desejo era como uma luz radiante, se insinuando em todas as suas células. O prazer vinha de todas as direções, de uma só vez: de sua vagina, dos mamilos, até do quadril se esfregando nela. Estava no cheiro dele, sua pele.

E foi aumentando, potente, inegável. E, finalmente, irresistível, conforme seu clímax chegou arrasando tudo. A luz preencheu sua mente, deixando-a tonta, conforme ela gozava.

– Connor! Oh...

– Querida, sim... sim... goze pra mim. Cristo, eu estou gozando, minha garota. Ah...

Ele arqueou dentro dela, levando seu orgasmo adiante. E mesmo com a camisinha, ela sentia o calor e a força de seu gozo. Então, seu corpo enorme começou a tremer, o calor de sua respiração em seus cabelos.

– Ah!

Foi um som primitivo, um som animal extraordinário. Ela sabia, o sentia reverberar no fundo de seu corpo.

Ele deslizou pra fora dela, arrastando-a junto, até que os dois ficaram deitados no sofá, Connor atrás dela, acolhendo-a. Ela se sentia totalmente solta, relaxada. Confiando que estavam pensando igual. Que ela não precisava perguntar o que estava havendo entre eles.

Eles tiveram uma noite estranha e incrível, como nenhuma experiência que ela já tivera com um homem. Ela estava exausta, mole. Cansada demais para questionar qualquer coisa, como normalmente faria. E, talvez, só dessa vez, isso fosse algo bom. Por ora, ela simplesmente desfrutaria do corpão sólido de Connor, atrás do seu. Da forma como ele passou um braço em volta de sua cintura, com a mão espalmada em sua barriga, segurando-a, possessivamente.

Sim, pela primeira vez em sua vida, ela estava pronta para abrir mão das rédeas que segurava com tanta força. Quanto à sua vida. Quanto a ela mesma e seu coração. Ela estava pronta.

Com essa ideia, essa confiança em mente, ela fechou os olhos sob a luz fraca matinal e dormiu.

Connor abriu os olhos, julgando, pelo ângulo do sol entrando pelas cortinas, que eles não teriam dormido mais de uma ou duas horas. A respiração de Mischa era um ritmo silencioso. Ela ainda estava dormindo. Tão suave, ao seu lado. Tão perfeita, em seus braços, que ele mal conseguia respirar.

Ele sentiu a pulsação acelerar, o coração batendo freneticamente no peito.

Ele precisava levantar.

Ele sacudiu a cabeça, esfregou os olhos. Ele não conseguia se acalmar.

Mexeu-se cuidadosamente, não querendo perturbá-la. Mas ele estava desesperado para levantar, abrir alguma distância entre eles. Algum espaço para pensar. Respirar. Quando ele conseguiu levantar do sofá, ela suspirou, de olhos ainda fechados, e rolou, ficando de barriga pra cima. Ele ficou ali em pé, olhando pra ela. Ela era linda de morrer.

Boa demais pra ele.

Ele sacudiu a cabeça. Passou a mão na barba por fazer.

Mas que idiota, porra, de cair por essa garota. Deixar as coisas chegarem tão longe.

Seu coração parecia um tambor no peito, aumentando a cada instante.

Preciso ir embora.

Ele sacudiu novamente a cabeça. Não podia simplesmente deixá-la. Era errado partir depois da noite que eles tiveram. Sem vê-la, ter certeza de que ela estava bem.

Ele não estava bem.

Porra.

Ele deu um passo atrás, seus pés descalços pisaram no jeans que estava no chão, e, ao lado, o bloco de desenho. Ele abaixou e pegou o bloco, olhando os desenhos. Ele tinha quase conseguido capturá-la.

Quase.

Ele olhou mais uma vez, onde ela estava deitada, silenciosamente, no sofá verde. Ela estava nua e tão deslumbrante que fazia seu peito doer. Como uma mulher podia ser tão linda assim? O corpo em curvas de proporções perfeitas. E seu rosto... Seus dedos ardiam para tocar a maçã de seu rosto, seus olhos fechados. Seus lábios vermelhos. Mas ele não faria isso. Não podia.

E, Cristo, o cheiro dela estava impregnado nele.

Ele delicadamente colocou uma colcha em sua silhueta imóvel, antes de pegar seu jeans e levá-lo, junto com o bloco, até o banheiro. Ele ficou se olhando no espelho.

Ele era uma fraude. Bancando o dominador responsável, quando estava prestes a deixar essa mulher, depois de jogar com ela, algumas horas atrás. Sem checar para ver como ela estava. Ah, sim, ele estava indo embora.

Eu a amo.

Não.

Impossível. Era ele, pelo amor de Deus! Ele não podia fazer isso. Consigo mesmo, talvez. Mas, certamente, não com ela. Ele estava fazendo uma merda monumental, do mesmo jeito que fizera com Ginny. Do mesmo jeito que seu pai fizera com sua mãe. Estava nos genes. Era o exemplo vil que ele tinha recebido, do homem que ele era. Ele podia ter passado os últimos anos tentando ser um homem melhor do que era. Certamente, melhor do que seu pai. Mas isso era somente no cenário da escravidão sexual e do sadomasoquismo, com as regras que envolviam ser um dominador responsável, que o mantinha em cheque. Eram os limites em que ele podia funcionar como alguém com o controle de si mesmo. Se ele ficasse mais com Mischa, aqueles papéis nem sempre estariam presentes e ele... não tinha certeza do que podia acontecer. Ele não arriscaria. Isso, em si, seria uma perda de controle em nível que ele jamais experimentara. E abrir mão do controle... Bem, isso seria um desastre pra ele. E, mais importante, para Mischa.

Ele não faria isso. Já tinha chegado perto demais. Tinha ido longe demais, com ela. Era tudo culpa sua. Imperdoável.

Seu peito parecia um ferimento aberto, quando ele vestiu o jeans, arrancou os desenhos do bloco e os segurou cuidadosamente, ao seguir de volta até a sala, para procurar a camisa, os sapatos, o casaco. Ele deu uma última olhada nela, tão linda que o deixava arrasado.

Ele estava com os punhos cerrados, uma das mãos amassando a beirada do desenho, enquanto ele a olhava dormir, pelo tempo que ousou. Quando soube que não podia mais suportar, ele virou, abriu a porta e saiu.

Mischa acordou sabendo que algo estava errado. Não era simplesmente a ausência do corpo grande Connor ao seu lado. Ele poderia estar na cozinha, no banheiro. Mas, de alguma forma, mesmo antes de abrir os olhos, ela soube que ele não estava.

A dor começou instantaneamente. Por que ele teria partido, se isso não era o que ela temia, durante todo o tempo em que eles estiveram juntos?

Ela se obrigou a levantar, puxando a colcha em seus ombros nus. Ela não se lembrava de como a colcha tinha ido parar ali; eles adormeceram nus. Colados.

Ela mordeu o lábio, diante do pequeno soluço de choro que quis escapar.

Ela foi até a cozinha, esfregando os olhos, tentando clarear a mente embaçada, pela falta de sono. Se ele tivesse lhe deixado um bilhete, o lugar mais óbvio seria na bancada do bar. Não havia nada ali. De alguma forma, ela sabia que não haveria. E, no entanto, ela foi verificar a mesinha de cabeceira, o espelho do banheiro, a porta da frente.

Nada.

O vazio ameaçava abrir um fosso e sugá-la. Ela se firmou contra.

Não seja dramática. Pode ter sido qualquer coisa.

Ela sabia que não era verdade, mesmo ligando para seu telefone celular, que caiu direto na caixa postal.

– Connor, sou eu. Mischa. Eu só... fiquei imaginando prà onde você foi, hoje de manhã... Tudo bem. Ligue, quando tiver uma chance.

Ela parecia tão casual. Que boa atriz ela era. Que boa mentirosa. Porque por baixo das palavras, do tom, ela estava arrasada. Mal conseguindo evitar cair em prantos.

Não.

Isso era exatamente o que ela jamais quis fazer. Transformar-se em Evie. Ela não era aquela pessoa. Era muito mais forte que isso.

Ela podia quase sentir o fedor de ranço de maconha no ar. Quase podia sentir os ossos de passarinho do braço da mãe, conforme ela a ajudava a entrar na banheira, depois de muitos dias deitada no sofá. Evie sempre tinha uma expressão profundamente inexpressiva, durante um de seus períodos sombrios. Sem expressão, conforme as lágrimas desciam por seu rosto.

Às vezes, essa era a parte mais assustadora de tudo – que sua mãe ficasse tão anestesiada, como se ela não estivesse ali. Apenas tivesse... partido. Deixando Mischa, de nove anos, ou oito, ou sete, ou até seis, para tentar lidar com tudo.

Ela estremeceu, sentindo um frio profundo.

Nesse momento era muito difícil se lembrar de sua força. Talvez, ela não conseguisse fazer isso sozinha.

Ela pegou novamente o telefone e ligou para o número de Dylan.

– Alô?

– Dylan, sou eu.

– Oi, Misch. O que houve?

– Por acaso, você sabe se Alec falou com Connor, hoje?

– Eu não sei. Alec saiu cedo e eu não falei com ele, fora uma rápida mensagem de texto, algumas horas atrás. Por quê? O que houve?

– Ele... esteve aqui, ontem à noite. – Ela precisou parar, com a garganta fechando.

– Misch?

Ela puxou o ar longamente. – Provavelmente sou apenas eu, sendo paranoica.

– Certo –, disse Dylan, devagar. – Eu talvez acreditasse nisso, se já tivesse visto você sendo paranoica. Alguma vez. Apenas me diga o que está acontecendo.

– Nada. – Ela respirou fundo, tentando evitar que a voz tremesse. – Não é nada. Estávamos juntos, ontem à noite e nós... eu terminei sua tatuagem. Depois... – Ela parou, mordendo o lábio. – Dylan, eu me sinto uma idiota. Porque não sou tola, sabe? E isso é simplesmente... uma estupidez inacreditável. Ele provavelmente está em casa, trabalhando. Provavelmente se esqueceu de me dizer que precisava trabalhar cedo.

– Ele não se despediu? Deixou um bilhete?

– Não, nada.

Nada. Era o que ela tinha.

Aquele precipício novamente ameaçava abrir e tragá-la.

– Não estou gostando disso –, disse Dylan. – Deixe-me ligar para o Alec e...

– Não, por favor, não faça isso. Já é ruim o suficiente que eu esteja sendo tola na sua frente.

– Ah, querida, você não está sendo tola. Alec também não vai achar, eu juro.

– Apenas... vamos dar mais um tempinho. Eu tenho certeza de que ele vai pegar meu recado e vai ligar mais tarde. Estou sendo imbecil.

– Ele jogou com você, ontem à noite? – Ela ouviu o tom sério na voz de Dylan.

– Bem, foi mais essa manhã. Só umas palmadas. Nada muito pesado.

– Misch, esses caras, particularmente o círculo de amigos de Alec, estão sempre jogando pesado, independentemente do nível de dor, ou mesmo na ausência de dor. Eles são jogadores sérios. A dinâmica está sempre presente.

– Sim –, disse ela, mais humilde do que pretendia.

– Então, ele é um babaca irresponsável, de sair assim, sem cuidar de você. Não está nada bem. E eu lamento estar resmungando. Você está bem? Precisa que eu vá até aí?

– Não, não atrapalhe a sua programação. Como eu disse, ele vai aparecer, mais cedo ou mais tarde. Eu só preciso ficar fria.

– Tem certeza? Não é problema nenhum. Posso estar aí em vinte minutos. Se você estiver esgotada, caindo em depressão, eu devo ir, você não deveria ficar sozinha.

Mischa passou a mão em seus cabelos embaraçados. – Por favor, não se preocupe comigo, Dylan. Posso lidar com isso. Estou um pouquinho sensível, mas ficarei bem. Talvez eu só precise acordar, tomar um pouco de chá.

– Bem, me ligue depois, pra me dizer o que acontece. E me diga, se precisar de alguma coisa.

– Farei isso. Prometo.

Elas desligaram e ela se sentia mais mentirosa do que nunca. Ela tinha mentido para sua melhor amiga. Não estava nada bem. E ela já sabia que Connor não retornaria sua ligação. Agora, não. Nem nunca.

Ela passou o dia embrulhada na mesma coberta, olhando para a televisão. Ela raramente assistia televisão, mas a única outra opção era ler e ela sabia que não tinha concentração suficiente para ler. Ela podia desenhar. Mas desenhar, olhar seu bloco de desenho, depois do que se passara naquela manhã, estava fora de questão. Ela tinha mais era que cravar uma faca de cozinha no coração e acabar logo com isso.

Em vez disso, ela se entorpeceu o dia todo, com filmes em preto e branco, um documentário sobre a vida animal, passando vinte minutos mudando os canais, mal notando o que estava vendo.

Até a hora que o sol estava se pondo e o céu noturno chegava, e a televisão lançava um brilho azul das janelas altas, ela ainda não tivera notícias dele. E, por mais ridículo que achasse, ela ligou pra ele, mais uma vez.

– Connor, sou eu de novo. Mischa, caso você tenha se esquecido quem sou eu. O que aparentemente esqueceu. – Ela sugou o ar. – Merda. Desculpe. Não tive a intenção de ser tão... me liga, está bem?

Ela bateu o celular na mesa de centro, com força demais.

Maldito!

Ela tentou afastar aquilo, detestava ficar com raiva. Não era um sentimento construtivo. Mas ela estava injuriada.

Seu telefone tocou e ela o agarrou, com o coração disparado, como se houvesse um beija-flor engaiolado em seu peito.

Dylan.

Ela não podia falar com ela. Não podia encarar sua solidariedade, nem vê-la com raiva, tomando suas dores. Ela deixou a ligação cair na caixa postal.

Ela levantou, foi até a cozinha e encontrou uma garrafa de vinho. Um bom Cabernet da Califórnia, provavelmente bom demais para o que ela planejava, mas ela pagaria Dylan depois. Ela o abriu, levou de volta até o sofá e se encolheu com o vinho no colo. Olhava a TV enquanto bebia, dando uma golada, depois outra, direto da garrafa.

Era algo horrendo a fazer, ela sabia disso. Mas era do que ela precisava agora. Para parar de pensar, dissecar. Para se anestesiar. Não como Evie. *Jamais como Evie.* Só por um tempinho. Só por hoje. Ela se permitiria isso. Amanhã, ela voltaria à sua vida. Dia de trabalho normal, com ela no controle.

Ela emborcou a garrafa, deu outra golada. Estava certa; o vinho era excelente. Mesmo bebendo depressa como ela estava fazendo, dava pra saborear. Mas ela não estava sentindo nenhum prazer com isso. Nem mesmo da leve onda que já deixava seus músculos frouxos. Ela tinha a impressão de que passaria um bom tempo, antes que se sentisse bem novamente.

Quando ela acordou, o sol do novo dia estava claro demais em seus olhos ressecados, e ela soube que tinha razão. Sentia-se uma merda. Estava de ressaca, toda dura de ter passado o dia e a noite no sofá, droga, a noite anterior também. E aquele pavor doloroso da ausência de Connor pesava em seu peito ameaçando esmagá-la.

Não vou ficar nessa.

Não, hoje ela ia se recompor. Começaria com um banho.

Ela levantou, soltou o cobertor e foi pro banheiro. Abriu as torneiras, evitando seu reflexo no grande espelho emoldurado, enquanto esperava a água esquentar. Quando o banheiro começou a se encher de vapor, ela entrou.

A água estava surpreendentemente agradável, o calor penetrando em sua pele, acalmando sua cabeça dolorida, conforme ela deixou que a água caísse em seus cabelos.

Foi quando as lágrimas começaram.

Ela pôs o rosto embaixo do jato d'água, deixando que lavasse as lágrimas. Ela não queria admiti-las. Não era do tipo de garota que chorava por causa de homem, que se apaixonava e tomava um pé na bunda.

Ela não era sua mãe.

Ela levou as mãos à barriga, um medo insensato surgiu como bile em sua garganta, mas ela sabia que não podia estar grávida. Eles fizeram sexo seguro e ela tomava pílula desde os dezessete anos. Ela deixou as mãos penderem, sentindo-se tola. Mas Evie ficou na fossa, mesmo depois que ela e Raine tinham nascido. Ela vivia fazendo isso, toda vez que abria seu coração a outro homem que acabava por pisoteá-lo.

Exatamente como seu pai fizera. Como o pai de Raine tinha feito. E agora, apesar de seus esforços, estava acontecendo com ela.

As lágrimas vieram quentes, escaldando suas pálpebras. Quentes de raiva. Quentes de medo; o medo do que isso a transformava. A mulher desprezada.

Connor.

Ela podia ver seu rosto por trás das pálpebras fechadas com força. Quase lindo demais, se não tivesse aquele ar rude: o queixo quadrado, o maxilar forte, a cicatriz embaixo do olho, a boca deliciosa, os cílios escuros, os olhos cintilantes verdes e dourados.

Ela podia jurar que tinha visto sentimento naqueles olhos. Então, como ele podia simplesmente dar o fora, sem uma palavra? Sem sequer dizer que tinha acabado?

– Maldito, você, Connor – murmurou ela.

Ela recuou, sacudiu a cabeça, manteve-se firme, tirando os cabelos molhados do rosto.

Ela não ia ficar nessa. Não seria tão fraca. Não iria desperdiçar a vida, nem um suspiro, nem lágrimas, por causa desse homem.

Ele era perigoso. Ela logo viu. E não ouviu sua intuição. Ela dissera a si mesma que podia lidar com isso. Sempre foi mentira.

Era perigoso demais para ela, ficar em Seattle. Ela não podia vê-lo, não antes de realmente ter uma chance de se recompor. Embora agora, desse a impressão de isso talvez nunca acontecer.

Ela reservou um voo usando o laptop. Era incrível a rapidez com que se podia comprar um bilhete aéreo, fazer uma fuga veloz. Alguns minutos depois, ela estava jogando suas roupas numa mala, cuidadosamente limpando e juntando seu equipamento de tatuagem, que ficara exposto, a noite inteira. Irresponsabilidade dela. Mas ele a deixava assim. Ele virava sua cabeça, tornava impossível pensar. Exatamente por isso ele era um perigo tão grande pra ela. Ela poderia perder tudo, sendo distraída por ele. Seu negócio, seu sucesso, tudo que passara a vida trabalhando tão duro para construir. Tudo que a fizera sentir que tinha algum valor. As coisas de sua vida que a mantinham em segurança.

Ela esperou até chamar um táxi, antes de enviar uma mensagem de texto para Dylan, explicando que estava partindo para o aeroporto, prometendo voltar a tempo para o casamento. Ela se sentia terrível por deixar Dylan faltando apenas algumas semanas, com tanta coisa ainda por fazer. Sentia-se egoísta. Mas também sentia que, a essa altura, era uma questão de sobrevivência. Ela sabia que Dylan seria compreensiva, mas não conseguiria falar com ela. Não conseguiria explicar em voz alta tudo que estava passando.

Ela precisava sair de Seattle. Tinha que se distanciar de Connor o máximo que pudesse.

Connor.

Seu peito revirava de sentimentos, tudo emaranhado como uma bola de dor, afiada feito uma navalha: amor e ódio, medo e uma tristeza terrível, arrasadora. Amor.

Amor...

Porra.

Ela xingava as malditas lágrimas que escorriam de seus olhos, conforme o táxi seguia para o aeroporto. O sol estava se pondo, o céu cinzento momentaneamente prateado, e deixando a cidade apropriada; conforme ela deixava Connor Galloway pra trás, começou a chover.

Mas a verdade era que *ele a* deixara. Deixara sozinha, sem nem sequer um bilhete, uma ligação, uma despedida. Deixou-a sem nada.

Ela precisou fechar os punhos até que suas unhas curtas, pintadas de vermelho, cravaram em suas palmas, precisou cerrar os dentes, lutando contra a dor que batia nela feito um muro. Ela conteve as lágrimas, a garganta doendo, queimando.

Ela não tinha ideia de como suportaria isso. Quase quis ligar pra Evie, e perguntar como ela sobrevivera. Mas sabia, pela experiência de vida, que Evie não tinha ferramentas de combate, exceto sair. Ela colocava um belo vestido, dava uma circulada pelos festivais de arte onde pudesse conhecer artistas, os tipos excêntricos aos quais era atraída, os supostamente espiritualistas, o que era uma piada, e se esquecia da vida, nos braços de um novo homem.

Mischa não queria mais ninguém. E ela sabia muito bem que não era feita pra isso.

Ela simplesmente encontraria um meio de passar por isso. De sobreviver à sua primeira decepção amorosa.

Ela jurou que seria a última.

QUATORZE

O SUOR ESCORRIA PELO ROSTO DE CONNOR, ENQUANTO ELE PUXAVA FERro, com o rosto retorcido. Ele tentou mais uma série, mal conseguiu terminar, e, com um gemido, colocou o haltere de volta no lugar. Cento e oitenta quilos no supino era seu peso normal, mas, nos últimos quatro dias, ele vinha passando a maior parte do seu tempo na academia, treinando até seus músculos berrarem. Até ficar tão exausto que ia pra casa e caía na cama, depois de uma chuveirada rápida. Agora ele estava simplesmente exausto. Sabia que tinha forçado demais o seu corpo.

Ele sentou, limpou o rosto com uma toalha, respirando com dificuldade, nauseado.

Ele não conseguia ficar suficientemente no chuveiro pra relaxar a dor muscular, pois pensava demais *nela*. Droga, tudo o fazia lembrar. Especificamente o motivo para que ele estivesse praticamente vivendo na academia. Era o único lugar onde não havia lembranças dela.

Só que ele estava lá, e continuava pensando nela, não é?

Ele não conseguia mais treinar essa noite. Seu corpo estava acabado. Precisava ir pra casa.

Ele pegou sua garrafa d'água e bebeu lentamente, esperando que a náusea acalmasse, antes de levantar e seguir ao estacionamento. Depois do calor da academia, o frio de Seattle em sua pele encharcada de suor foi um pequeno choque que o fez estremecer.

Ele estava parecendo um veadinho. Mas ia além do fato de ter se esgotado na academia. Ele estava sentindo frio até os ossos. Ele nunca se sentiu tão covarde, tão fraco, em toda a sua vida. Desde o episódio dos socos na parede. E ele era bem novo, o que servia como desculpa.

Ele entrou no Hummer, ligou o motor e ficou olhando o concreto cinza, à sua frente. Mas isso não ajudou. Ele a via na cabeça, toda vez que entrava no carro. A forma como ela ficava tão quieta, no banco macio, como se o tamanho do veículo a levasse ao subespaço. Talvez levasse. Ela já vira isso acontecer com outras mulheres.

Ele não queria pensar em outras mulheres. Desde o minuto em que pusera os olhos em Mischa.

Não pense no nome dela, droga. Não faça isso.

Seu celular tocou e ele xingou, ao apertar o botão, momentaneamente se esquecendo de que não estava falando com ninguém, desde que saíra do apartamento de Dylan, feito um ladrão, deixando Mischa pra trás, quatro dias antes. Porra, quatro dias e meio, já que ele aparentemente estava contando.

– Quem é? –, ele rosnou.

– Jesus, Connor. Alguém pisou no seu calo?

– Alec.

– É. Será que devo sequer perguntar como você vai indo?

Connor esfregou a nuca. Ele não tinha a intenção de falar com ninguém, mas Alec estava ao telefone e ele tinha que dizer alguma coisa, não? – Não muito bem, pra ser honesto. Algo que, aliás, eu não tenho sido, ultimamente.

– O que está havendo? Tenho ligado desde segunda-feira. Não sou sua avó, mas sua voz está uma merda, irmão.

– Eu me sinto uma merda.

– Quer me contar a respeito? –, perguntou Alec.

– Na verdade, não.

– Deixe-me adivinhar: tem algo a ver com Mischa ter voltado pra São Francisco, no domingo à noite?

– O quê? Ela foi embora?

– Ela não falou com Dylan a respeito. Imagino que isso significa que vocês dois também não falaram.

– Você imaginou certo. – Connor não conseguiu evitar o tom áspero.

– E imagino – continuou Alec – que esse seja o motivo pra esse humor de merda.

– Humor de merda é pouco.

Alec ficou quieto, por um tempo. – Eu sei que a gente não é de compartilhar nossos sentimentos, Connor, mas me conte o que aconteceu. E antes que me diga que prefere não contar, isso já é óbvio. Então, conta logo.

Alec estava certo. Ele não queria falar a respeito. Não queria falar sobre nada. De como ele vinha ignorando o trabalho. Como andava acabrunhado como um cachorrinho chutado. Não queria falar da porra do clima. Mas ele não suportaria continuar se sentindo como se estivesse prestes a explodir, a cada segundo do dia.

– Eu a deixei. – A barriga dele deu um nó, sua mão livre apertou o volante. – E não fiz direito. Nem chequei pra ver como ela estava. Não fiz nenhuma das coisas que somos treinados pra fazer. Que eu treinei pra fazer. Totalmente inescrupuloso e irresponsável, eu sei.

– Você foi embora depois de jogar com ela –, disse Alex. Foi uma afirmação, não uma pergunta.

– Fui. – Ele podia fazê-lo caminhar sobre brasa, mas estava cansado demais.

Outra longa pausa do outro lado da linha. – Vamos falar dessa parte mais tarde. O que mais? E não me faça arrancar isso de você. Despeja.

– Ela me ligou, algumas vezes. Eu não atendi. Nem liguei de volta.

– E o motivo?

– O motivo é que eu não posso, Alec! Não dá pra fazer isso. Não posso falar com ela de novo. Não posso voltar a vê-la.

– Você está fazendo um estardalhaço, Connor. No passado, você simplesmente mandava a garota pra casa, quem quer que fosse. Fim de história. Você me disse antes que as coisas eram diferentes, entre você e Mischa. Então, o que aconteceu que fez você agir como um idiota?

– Eu sei. Então... – Ele parou, passou a mão na cabeça. – Não posso acreditar no que estou dizendo, mas eu amo a garota. Acho que ela também me ama.

– Connor, você está maluco, porra?

– Provavelmente. É, acho que estou.

– Por que diabo você foi embora, daquele jeito, se ama a garota? Vocês brigaram?

– Não, nada de briga. Eu não sei. Não, eu sei, sim. Ela está melhor assim. Eu tenho meus motivos, Alec.

– Você já levou em conta que seus motivos talvez sejam baboseira? Os meus eram, na época em que eu achava que não podia ficar com Dylan.

– Eu não sei... – Mas a mente dele estava fervilhando. E se Alec estivesse certo?

– É algo a se pensar. É tudo que estou dizendo.

– Então, eu estou pensando.

– Certo. Depois me conta no que deu.

– Está bem, farei isso.

Eles logo desligaram. Ele gostava disso em Alec, do fato de saber quando a conversa tinha acabado. E ele tinha outras coisas a fazer. Nesse momento.

Ele ligou para o número de Mischa e ficou com a cabeça girando, enquanto esperava que ela atendesse. Que diabo ele diria pra ela? Mas, depois de chamar algumas vezes, caiu na caixa postal.

– Oi, Mischa, sou eu, Connor. Olhe, eu sei que lhe devo um grande pedido de desculpas. Deixe-me pedir. Ligue pra mim.

Ele desligou se sentindo um tolo. Não era isso que queria dizer. O que precisava dizer. Nem de longe. Mas ele não podia falar na caixa postal. Precisava falar com ela.

Porra.

Ele ligou o motor, saiu da garagem e seguiu pra casa. Se ela não atendia suas ligações, ele teria que encontrar outro jeito.

Mischa deu uma olhada no identificador de seu celular.

Ela pegou o aparelho. – Oi, Greyson.

– Mischa, e aí? Achei que tivéssemos uma conferência agendada às quatro, com o advogado.

– Ah, não! Desculpe, Grey, eu me esqueci. Hoje estive no estúdio e eu... me desculpe –, ela repetiu. – Eu simplesmente esqueci.

– Está tudo bem com você?

– Sim, claro. – Ela sentou na poltrona estofada de veludo vermelho, na sala de seu apartamento vitoriano. – Não. Na verdade, não.

– Não vai me dizer que você está em dúvida quanto a abrir o negócio, a esta altura do jogo, Mischa?

– O quê? Claro que não. Você realmente acredita que eu faria isso?

– Não. Então, quer me contar o que está havendo? Isso tem algo a ver com o motivo de você ter partido de Seattle mais cedo, e cancelado essa reunião com o advogado, sem explicação? Porque eu te conheço. Se fosse uma emergência de família, ou alto com a Thirteen Roses, você teria me falado, em vez de mandar uma mensagem de texto, vagamente dizendo que precisava remarcar a conversa com o advogado, por telefone, lá de São Francisco.

– Grey, eu apenas... eu precisei partir. Precisava arrumar a cabeça.

– É aquele cara, Connor, não é?

Ela suspirou, afastou os cabelos do rosto. – Sim.

– Precisa que eu contrate um matador?

Ela riu um pouquinho, pela primeira vez, em cinco dias, desde que voltara pra São Francisco. – Não, isso não será preciso.

– Tudo bem. Mas me diga se mudar de ideia. Eu posso usar um dinheiro que tenho guardado, para a 1st Avenue Ink.

Sorrir doía um pouquinho, mas ela não podia evitar. – Valeu, Grey, você é um amigo de verdade.

Ele ficou sério. – Sou, mesmo, você sabe.

– Eu sei.

– Então... esse negócio de falar de sentimentos é um território novo pra gente, fora reclamar das nossas famílias e do trabalho. Mas se você precisar de mim, eu estou aqui.

– Eu agradeço. De verdade.

– Mas você não vai me contar o que aconteceu com você e Connor.

Ela sacudiu a cabeça, mesmo sabendo que ele não podia vê-la. – Agora, eu não posso. Estou zangada. Estou... magoada. E simplesmente ainda não posso falar a respeito.

Até admitir apenas isso, em voz alta, era como ter uma brasa quente espetada em seu peito e ela precisou respirar devagar.

– Bem, eu estou aqui –, Greyson repetiu.

– Obrigada. E obrigada por não me interrogar a respeito.

– Disponha.

Depois que eles remarcaram a teleconferência com o advogado e desligaram, ela foi até a janela. Seu apartamento ficava numa rua calma, em North Beach, numa fileira de lindas casas vitorianas. O sol estava se pondo e os últimos raios do dia tocavam os adornos das casas do outro lado da rua, com uma luz pálida de inverno.

Ultimamente, ela detestava essa hora do dia. Desde que havia voltado de Seattle. As noites eram intermináveis e, por mais bonito que ela achasse o pôr do sol, agora não era nada além de um prenúncio da longa noite pela frente.

Ela havia tentado se manter ocupada, ficar no estúdio até mais tarde, mas hoje não tinha nada agendado depois das três. Ela tentou ficar lá, achar algo pra se entreter, mas acabou tendo que ir pra casa. Não havia o suficiente a fazer e ela sabia que estava deixando seus funcionários malucos. Trabalhar numa tatuagem era a única hora em que ela realmente conseguia se perder daquela dor constante, e fazê-la apagar.

Agora, ela percebia que uma parte ridícula dela tinha achado que se voltasse pra casa, tudo ficaria bem. Mas não ficou. Esses foram os cinco dias mais longos de sua vida.

Droga, Connor.

Seu corpo aqueceu inteiro. Não com tesão, mas com uma raiva que revolvia. Como ele pôde fazer isso com ela? Como ela pôde deixar que acontecesse?

Você precisa desacelerar.

Ela respirou fundo, depois respirou novamente. Espalmou a mão na janela fresca. Mas depois que a raiva havia dissipado, tudo que restou foi a parte que doía tanto que ela mal conseguia respirar.

Um pequeno choro escapou e ela pôs a mão sobre a boca, tentando contê-lo. Tentando manter a dor sob controle. Mas esse era o problema. Connor a deixara aberta, e seus sentimentos eram algo que ela já não conseguia controlar. Sua segurança se fora, a única coisa que a manteve centrada, em toda sua vida. Todos aqueles anos, quando ela teve de ser adulta, em vez de criança. O controle foi o que a conduziu pela vida, que ajudou a ter uma vida.

Ela sacudiu a cabeça, querendo que o medo e a confusão passassem. Claro que não deu certo. Ela precisava fazer alguma coisa. Talvez um banho demorado ajudasse. Isso iria melhorar um pouco a tensão de seus ombros contraídos. Eles pareciam feitos de granito sólido, enrijecidos por todos esses dias contendo o choro, com uma força de aço.

Ela se afastou da janela e seguiu pelo corredor estreito, até o quarto. Geralmente era seu porto seguro, com sua cama branca de ferro, com uma pilha de travesseiros e o edredom lilás, a cômoda alta que ela encontrara numa loja de antiguidades do outro lado da Golden Gate, em Sausalito, as cortinas com estampa em preto e branco, com flor-de-lis, que ela mesma desenhara. Mas agora, seu cômodo preferido não parecia nada além de um espaço vazio. Desde seu regresso, ela passara todas as noites no sofá de veludo vermelho, na sala. O que não fazia sentido. Ele nunca estivera com ela em sua cama, no entanto, ela não suportava dormir ali sozinha.

Com um pequeno suspiro, ela tirou os chinelos, a calça de ioga e o moletom de capuz, e levou seu robe rosa ao banheiro. Lá, ela ligou as torneiras, deixando que a água aquecesse, algo que levava uma eternidade nesses prédios mais velhos.

Ela viu seu reflexo no espelho oval, acima da pia de pedestal. Estava pálida. Era sempre clara, mas sua pele estava com um tom acinzentado. Seus olhos estavam imensos. Assombrados. Exatamente como ela se sentia, portanto, não deveria ter ficado surpresa. Mas ficou. Ver a dor tão evidente em seu rosto foi um choque pra ela. Por isso ela vinha usando maquiagem, nos últimos dias, usando um espelhinho compacto para ver apenas um olho de cada vez, ou a boca, as sobrancelhas. Por sorte ela conseguia cuidar dos cabelos sem muita dificuldade, sem precisar olhar. Porque olhar seu rosto assim, era horrível.

Ela desviou. Teria que continuar evitando espelhos, por um tempo. Mas o que realmente a preocupava era ter que voltar a Seattle em breve, para o casamento de Dylan e Alec; só faltavam duas semanas. No momento, a ideia parecia impossível. Fazia seu estômago doer, seu pulso disparar em suas veias.

Ela enfiou o braço no boxe ladrilhado em preto e branco, para verificar a temperatura da água, ajustou antes de entrar embaixo da ducha morna.

Sim, isso era o que ela precisava. Um chuveiro quente para relaxar. Talvez, alguns copos de vinho, depois. Ela simplesmente tinha que desacelerar. Porque não teria como evitar Seattle. Nem Connor. Ela simplesmente teria de achar um jeito pra fazer isso.

Droga.

Connor saiu do táxi no endereço que Alec e Dylan haviam lhe dado, depois de uma pequena queda de braço, um pouco de apelação e a promessa de que não contariam a Mischa que ele estava chegando, que deixassem ele se virar sozinho. Agora parecia estranho que Mischa nunca tivesse dado o endereço. Ou, talvez não. As coisas entre eles não eram assim. Nada de conversa sobre o futuro, além do que talvez quisessem para o jantar, o que o próximo fim de semana poderia trazer. Certamente nada além do casamento de Alec e Dylan.

Ele estava na frente de uma fileira de casas vitorianas e em estilo tudor, que provavelmente tinham sido divididas em apartamentos, nessa parte da cidade – North Beach, a antiga área italiana. Ele sabia que ali havia muitos restaurantes bons. Também abrigava inúmeros estúdios de tatuagem. Ele não ficou surpreso que fosse o local onde Mischa morava.

Em seu endereço ficava uma construção vitoriana cor-de-rosa, com molduras em cinza e branco. Dava pra ver que era um lugar bonito, embora o sol já quase tivesse sumido. Havia três portas pesadas de carvalho, no topo da escada, com jardineiras nos dois lados da varanda estreita. Ele checou o endereço mais uma vez, e viu que a porta dela era a da esquerda.

Ele se forçou a soltar os ombros, antes de tocar a campainha, ouviu que ecoou lá dentro e esperou que ela atendesse. E esperou. Ele ficou ouvindo, cuidadosamente, pra ver se conseguia identificar se ela estava ali, mas não tinha ideia de qual era o seu andar, ou se conseguiria ouvir a origem de algum som. E havia os ruídos da cidade ao redor, como havia em sua casa, em Seattle: carros passando, vozes das pessoas andando pela rua, o motor de um ônibus, passando em algum lugar.

Impaciente, ele tocou de novo, mas ninguém atendeu.

Ele respirou fundo, inalando o ar úmido de São Francisco, que o fez lembrar Seattle. Isso o acalmou um pouquinho, por algum motivo. Era melhor que ele se acalmasse. Não havia nada a fazer, a não ser esperar que ela voltasse do trabalho, ou do lugar onde estava. Ele pousou sua mochila no chão da varanda e se acomodou nos degraus, vendo o trânsito passando, deixando que os motores dos carros, as pessoas e a vida urbana o aquietassem.

– Com licença, jovem, mas você terá que me deixar passar. E me diga quem é você. Eu não o conheço.

Ele olhou abaixo, para uma velhinha que devia ter pelo menos noventa anos, com um porte miúdo e frágil, um rosto enrugado e olhos miúdos, emoldurados por tufos de cabelos brancos. Ele tampouco a conhecia, mas seus modos eram bons o suficiente para que ele ficasse de pé e fizesse uma leve reverência, que não pôde evitar, mas que o fez sentir meio tolo, diante do olhar sagaz. – Sou Connor Galloway, senhora.

Ela continuou a olhar pra ele, do alto da escada. – Hmm. O que está fazendo, à toa, nos degraus do meu prédio?

– Estou esperando que Mischa chegue em casa.

– Ela está em casa.

– Não tenho a intenção de discutir, senhora, mas eu tentei a campainha.

– Então, talvez ela não esteja com vontade de atender.

– Isso me ocorreu –, admitiu ele.

– De qualquer forma, as luzes estão acesas. Ela não é de desperdício, então, meu palpite é que está lá dentro. Chegue para o lado.

A mulher miúda e mandona subiu a escada mais depressa do que lhe daria crédito, passou por ele e ergueu o punho fechado para bater na porta. Ele ficou atrás dela, com o coração disparado.

Para sua surpresa, a porta se abriu. Mischa apareceu, com um robe rosa. Mesmo com os cabelos molhados e caindo nos ombros ela parecia uma estrela de cinema dos anos 40.

– Sra. Tucci, eu... –, Ela avistou Connor e parou.

– Eu vim buscar o aluguel. Seu cheque está atrasado.

– Desculpe, Sra. Tucci. Sabe que nunca atraso, mas estive viajando. Vou levar, assim que eu me vestir.

– Eu só estava checando. Sei que você nunca deixa de pagar o aluguel. Ah, tem um cavalheiro a esperando.

O olhar de Mischa passou por Connor e seu tom foi meio morto. – Sim, eu estou vendo. Obrigada.

A mulher – aparentemente senhoria de Mischa – virou e acenou afastando a mão de Connor, que tentou ajudá-la a descer a escada.

Depois que ela se foi, ele ficou onde estava. Pela expressão de Mischa, ela não ficou feliz em vê-lo. Não que ele esperasse o contrário. Droga, por que ele não conseguia encontrar a voz?

Ele tentou limpar a garganta. – Mischa...

Ela o cortou, dizendo, secamente – Eu teria discutido com ela, sobre o ponto de você ser um cavalheiro, mas detesto aborrecer a Sra. Tucci.

– Você está certa.

Ela puxou a faixa do robe para apertar na cintura e ele não pôde deixar de notar como o tom claro de seda deixava sua pele mais leitosa ainda. – Mas saber disso não ajudava.

Ele subiu a escada, até a pequena varanda. Até poder ver as olheiras sob seus olhos azuis, a expressão assombrada em seu rosto. Linda como sempre, mas exausta. Isso o deixou se sentindo um merda. – Deixe-me entrar, Mischa. Nós devemos conversar.

– Devemos? Na verdade, nós deveríamos ter conversado há dias. Como no dia em que você me largou dormindo no sofá. Ou no dia seguinte. Deveríamos ter conversado, quando eu liguei pra você. Ou, no mínimo, quando você me ligasse de volta. Só que nunca ligou.

– Liguei, sim –, ele protestou. – Você não atendeu.

– Meio tarde, Connor.

– Eu sei. Mas agora eu estou aqui.

– E eu deveria ficar impressionada e toda alegrinha com você? Derretendo aos seus pés, como eu vinha fazendo? Como dúzias de mulheres antes de mim, tenho certeza.

Havia uma dureza em seus olhos azuis que ele nunca tinha visto.

– Mischa, eu entendo que você esteja zangada.

– Você não é o único que tem mau humor, Connor. Sendo ou não irlandês.

Ele ficou momentaneamente estarrecido. Balançou-se para trás, nos calcanhares, sentindo as narinas em brasa. A voz dele foi um rosnado baixo. – Eu nunca demonstrei mau humor com você. Nem uma única vez.

– Ora, supere esse seu ponto fraco, Connor. Só estou sendo debochada.

– Porra. Eu sei disso. Eu... –, ele parou, esfregou a cabeça. – Eu não a culpo. Fui um babaca, de tudo que é jeito. Minhas ações foram sem consciência. E eu vim até aqui para me desculpar. Por favor, me deixe entrar. Vamos falar sobre isso.

– Por que, Connor? Por que você não suporta perder?

– Isso nunca foi uma competição. Eu nem entendo isso. Contra quem eu estaria competindo?

– Você mesmo, talvez. Eu não sei, Connor. Tudo que sei é que eu já superei isso.

– Superou isso? –, ele repetiu.

– Superei isso, de ficar dando voltas, como se não pudéssemos ter sentimentos, você e eu, como se fôssemos bons demais pra isso. Certo? O dominador fodão e a tatuadora fodona. Bem, nós somos durões. Ou éramos, no começo. E eu, pessoalmente, pretendo voltar àquele ponto. Onde não preciso me preocupar com toda essa... baboseira. Onde não sou iludida, depois fodida.

– Mischa, por favor... Olhe, tudo que você está dizendo é justo, eu não vou negar. Não estou aqui para discutir.

– Por que está aqui, Connor?

Agora ela parecia cansada. Mas não derrotada.

Ele também estava cansado. Exausto. E embora ele esperasse que ela ficasse com raiva, não esperava que ela fosse tão forte quanto suas convicções. Tão firme para rejeitá-lo.

– Achei que você não tivesse uma boa resposta pra mim –, ela disse, baixinho, começando a fechar a porta.

– Mischa, espere!

Ele tomou um impulso, mas parou na hora em que a porta fechou com um clique. Que diabo ele iria fazer? Enfiar o pé na porta? Que tipo de babaca ele seria?

Mas ele não tivera a chance de dizer por que ele tinha vindo. Que estava ali porque a amava.

Mesmo que tivesse, ele não tinha certeza se ela acreditaria. Ou, a essa altura, se sequer ligaria.

Mischa deu um passo recuando da porta, depois outro. Era como se ela quase pudesse sentir o calor de seu corpo grande, do outro lado. Ela cerrou os punhos, cravando as unhas nas palmas, até doer. Mas precisava disso para se respaldar.

Sua pulsação estava estrondando em seus ouvidos, sua cabeça girava.

Connor, aqui, na porta da frente. O que ele estava querendo provar? Seria alguma atitude para se redimir de seu comportamento ruim? Ela não ia aturar.

Ela deu um passo hesitante em direção à porta, olhou pelo olho mágico. Ele estava em pé, abaixo do pequeno lance de escada, de costas pra ela, olhando a rua. Se ele fosse menor, ela nem conseguiria vê-lo, lá embaixo. Mas ele era imenso.

Houve uma época em que ela achava seu tamanho confortante.

Ela ficou olhando pelo pequeno olho mágico, enquanto ele descia até a rua e fazia sinal para um táxi.

Foi quando ela chorou.

Desta vez, as lágrimas não foram poucas, foram muitas, com um choro arrasador que fez suas costelas doerem. Ela enlaçou os braços no corpo, como se isso fosse conter o choro. Fosse mantê-la inteira.

Por que ele tinha que vir a São Francisco, antes que ela tivesse tempo para se fortalecer? Vê-lo foi demais. Não querendo nada além de estar em seus braços, independentemente do quanto ela estava zangada.

Mas o que ele fez foi imperdoável. E mesmo que não fosse... Bem, ela não ia correr esse risco. Não podia fazer isso. Não havia homem pelo qual valesse perder tudo, sentir esse vazio terrível, essa dor.

Só que uma pequena parte dela dizia que ele valia.

Ela percebeu que tinha apertado tanto o cinto do robe que estava cortando a sua circulação. Ela soltou, flexionando os dedos, respirando fundo, repetidamente, andando pela sala.

Como ela tinha deixado isso acontecer? Como se permitiu gostar tanto com ele?

Ela sabia que tinha sido terrivelmente rude, em não deixar que ele ao menos entrasse e tivesse a chance de falar. Sabia que havia sido impaciente, que se tivesse lhe dado alguns instantes para falar, ele talvez tivesse dito... algo que ela quisesse ouvir. Quisesse desesperadamente. Por isso precisou rejeitá-lo.

Ela enfiou as duas mãos nos cabelos úmidos e despencou na poltrona de veludo vermelho. Deus, ela mal podia suportar a ideia de que ele estivera bem ali, em sua porta, e ela o deixara ir embora. Porém, e mais importante, ela não poderia suportar o que talvez tivesse acontecido se ela o deixasse entrar, falar, deixasse que as coisas fossem mais longe, com um homem de quem ela gostava. *Amava*, pelo amor de Deus! Era arriscado demais. E ela ainda estava zangada o suficiente para sentir um senso de retidão. O fato era que ele a deixara, havia saído sorrateiramente, enquanto ela estava dormindo. Ela não se importava em que estágio o relacionamento estava. Ela não precisava ser tratada como uma transa barata, de uma noite só. Merecia mais que isso. Merecia mesmo, droga!

Sentindo-se um pouquinho mais forte, ela levantou e voltou ao banheiro, e começou a escovar os cabelos.

Ele tinha agido mal com ela. Até pior do que se fosse um cara qualquer com quem ela estivesse transando. Mas depois de todo aquele papo do que significava ser um bom dominador, toda aquela porcaria de responsabilidade... ele tinha usado essa frase para manter o controle sobre ela, mas quando chegou a hora de agir, olhe o que aconteceu.

A escova prendeu numa mecha embaraçada e ela arrancou com um puxão.

– Ai!

Ela sacudiu a cabeça para seu reflexo no espelho.

Ela não ia estragar seus cabelos por causa desse homem. Não ia estragar nada: nem seus cabelos, seu negócio, sua vida.

Então, ela estava apaixonada por Connor Galloway. E daí? Ela superaria isso a tempo. Tinha bastante coisa para mantê-la ocupada. Tinha seu estúdio pra cuidar. O novo pra abrir. O casamento de Dylan.

Porra.

O casamento de Dylan. Connor estaria lá.

Bem, ela simplesmente teria que encontrar um jeito de lidar com isso. E o casamento era daqui a duas semanas. Tempo de sobra pra que ela dominasse seus sentimentos. Ela se asseguraria de que isso que estava acontecendo – ou não estava – entre ela e Connor, não atrapalhasse o dia do casamento de sua melhor amiga. Por mais que ela ficasse arrasada de pensar em vê-lo outra vez. Por mais que tivesse ficado arrasada em vê-lo hoje, com o coração aos pedaços.

As malditas lágrimas começaram novamente e ela desistiu, soltou a escova e pôs as duas mãos na bancada e deixou as lágrimas caírem.

Ela nunca mais faria isso. Nunca mais arriscaria sentir esse tipo de dor. Ela nunca mais amaria outro homem.

Não. Porque o único homem que ela amaria na vida seria Connor.

O telefone a despertou, não pela primeira vez, naquela manhã, mas ela resolveu que seria melhor ver quem era.

Ela enxergou o nome de Dylan no identificador de chamada.

Mischa esfregou os olhos doloridos. De chorar tanto, eles pareciam cheios de areia. Ou tatuados. Era o mesmo tipo de irritação aguda e insistente, aquela dor pontiaguda.

Parou de tocar e ela colocou o telefone de volta na mesinha de cabeceira, afundou o rosto no travesseiro. Começou a tocar de novo.

Dando um pequeno suspiro, ela atendeu. – Alô?

– Mischa, você está bem?

– O quê? Claro. Tudo bem

– Acho que não.

– Você agora é vidente, Dylan? Só porque eu não estava com vontade de atender ao telefone. – Ela parou, passando a mão nos cabelos. Estava todo embaraçado de novo, algo que ela nunca deixava acontecer, mas que vinha acontecendo com uma frequência, ultimamente. – Deus, me desculpe. Eu... desculpe. Eu não tive a intenção de ser tão nojenta.

– Tudo bem. Só me diga o que está acontecendo.

– Você sabia que o Connor veio aqui?

– Sim, mas Alec não conseguiu falar com ele e eu não tenho conseguido falar com você. Tentei no estúdio, e o Billy disse que não tinha notícias suas desde sexta; ele pareceu preocupado, embora estivesse tentando esconder. E pra você perder o trabalho... Ou as coisas estão muito boas, ou muito ruins.

– Não estão boas –, admitiu ela. Não fazia sentido ficar dando voltas. Dylan logo notaria qualquer desculpa que ela tentasse dar.

– Eu tinha essa impressão. O que posso fazer?

– Nada. – Ela parou, suspirou. Tentou não deixar que o suspiro se transformasse em choro. – Eu só... preciso superar isso.

– Ah, meu bem.

– Não, tudo bem. Vou ficar bem. Eu consigo.

– Onde você esteve nos dois últimos dias? –, Dylan perguntou, baixinho.

– Estive aqui, na cama.

– Há dois dias?

– Hmm... – Ela olhou o relógio. Nove da noite. Ela tinha perdido o sábado, o domingo quase todo. Só ficou deitada chorando, com raiva de si mesma, perambulou pelo apartamento, voltou pra cama, chorou mais. Nesse ínterim, dormiu também. Muito. E viva o escapismo.

– Mischa?

– Desculpe. Estou aqui. Estive dormindo. E sentindo pena de mim mesma, pra ser sincera. Mas parei com isso, eu juro. Agora chega, eu vou me recompor e colocar tudo sob controle. Estarei aí pra ajudar com o casamento, eu prometo. Não vou decepcioná-la.

– Eu estou mais preocupada com você. Você vai ficar legal em vê-lo? Porque se não, você não precisa vir. Kara e Lucie vão me ajudar e, bem, nunca seria a mesma coisa sem você, querida, mas se for difícil demais... Eu nunca a obrigaria.

– Dylan, eu não perderia seu casamento. Nunca! Por favor, não se preocupe com isso. Não se preocupe comigo. Eu posso lidar com isso.

Eu jurei que não o deixaria mudar a minha vida e isso faz parte. É uma parte importante.

– É que eu nunca a vi assim.

– Nem eu. E agora nós sabemos por que eu nunca quis que isso me acontecesse. Mas, Dylan, eu não vou deixar me derrubar. Não vou. Vou ficar bem. Voltarei pra Seattle alguns dias antes do casamento e nós vamos fazer isso juntas. Você vai ter o melhor casamento do mundo. E vai ser muito feliz...

As malditas lágrimas voltaram a brotar em seus olhos, fechando a sua garganta.

– Ah, Misch.

– Não, não. Está tudo bem. Estou muito feliz por você.

Ela era uma péssima mentirosa. Sabia disso, Dylan também. Mas Dylan foi gentil o bastante pra deixar passar.

– Tudo bem, querida. Mas você sabe que eu estou aqui, se precisar de mim, com ou sem casamento. Só porque eu estou me casando não significa que eu seja uma florzinha delicada. Se você quiser falar disso – e eu estou vendo que agora você não quer –, estou aqui pra você. Está bem?

Ela fungou. – Está bem. Obrigada. E obrigada por compreender.

– Você não é de se abrir. Eu a conheço. Mal posso esperar pra vê-la, querida.

– Eu também. Tudo vai ser lindo. Tudo vai sair perfeito.

Ela se asseguraria de que o casamento de Dylan fosse perfeito. Nada de sua dor por causa de um homem – um homem! – estragaria. Afinal, ninguém tinha morrido. Então, por que ela estava agindo como se tivesse?

Ela jogou as cobertas para o lado, saiu da cama, parando para deixar a cabeça parar de rodar. Se ela ia se recompor, a primeira coisa que precisava fazer era comer alguma coisa, antes que desmaiasse.

Sim, era hora de prosseguir com a vida. A dor seria um peso que ela carregaria no peito, mas ela podia fazer isso. Com ou sem homem. Com ou sem amor.

Nada de amor.

Nada de Connor.

Porra.

QUINZE

MISCHA ESTAVA DIANTE DAS JANELAS LARGAS DO APARTAMENTO DE DYLAN, em Belltown. Era uma cena que se tornara familiar: o céu cinzento acima, os cafés coloridos, lojas e galerias abaixo, a arquitetura urbana que ela adorava, tanto quanto a vitoriana, de São Francisco. Era metade de novembro em Seattle e chovia, claro, mas isso combinava perfeitamente com seu astral. Ela sabia que estava sendo dramática, mas era assim que se sentia por dentro. Por mais que quisesse ter o controle de seu sentimentos, até o casamento de Dylan, ela ainda continuava sensível como no dia em que tinha ido pra casa, em São Francisco. Talvez, agora, mais ainda, por estar aqui, na mesma cidade que *ele*.

Ela pousou as pontas dos dedos no parapeito da janela, absorvendo o frio que entrava pela fresta. Ela percebeu que sempre ficava numa janela, quando se sentia aborrecida. Fazia isso desde pequena. Sempre que se sentia... encurralada. Mas agora, tudo que a encurralava era um mistério de sua própria criação.

Sinto falta dele.

Mas ela ainda estava zangada também. E a raiva era muito mais fácil de lidar. Ela manteria a raiva por perto, para conseguir passar pelo encontro dessa noite, e vê-lo no casamento.

– Misch, você pode me ajudar a decidir quanto às joias? – Dylan chamou, do quarto. – Não consigo resolver.

– Claro.

Ela se juntou a Dylan, que estava com uma coleção de acessórios expostos em cima da cama.

Mischa riu. – Você não conseguiu reduzir pra escolher?

– Toda vez que eu penso, acabo pegando outra joia. Você acha que estou me transformando numa noiva problema?

– Meu bem, se fosse o caso, você teria degolado a nós todas, meses atrás. Eu, certamente, quando a abandonei.

– Você não me abandonou. Achei que já tivéssemos falado sobre isso. Não me faça discutir com você, no dia do meu casamento. – Dylan ergueu a cabeça para Mischa, com os olhos se enchendo de lágrimas. – Oh, meu Deus, eu estou me casando.

Mischa estava ao lado da amiga, num segundo.

– Não vai me dizer que está amarelando?

– Não. Não, claro que não. Eu estou tão feliz. Mal posso acreditar que seja verdade.

Mischa sorriu pra ela, esticou o braço e apertou sua mão.

Dylan fungou. – Quer saber um segredo?

– Sempre.

– Toda vez que eu penso nas palavras "meu marido", isso me faz rir que nem tola.

Mischa teve que rir. – Tenho certeza de que você vai se acostumar. Só não faça isso durante a cerimônia.

Dylan gemeu.

Mischa a pegou pelos ombros e virou para a cama. – Está na hora de escolher alguma coisa.

– Está bem.

– Acho que você deve manter a coisa simples. O vestido é tão bonito que você deve deixá-lo ser o centro das atenções. Que tal esses brincos solitários e a pulseira de brilhante? Eu não usaria colar.

– Claro que você está certa, como sempre. Se um dia você desistir de fazer tatuagens – não que você deva fazer isso –, daria uma ótima estilista.

O interfone tocou e Mischa voltou à sala, para atender. Eram Kara e Lucie, junto com uma mulher alta, de maçãs do rosto saltadas, e cabelos compridos negros e brilhantes.

– Mischa, esta é Veronica. – Kara a apresentou à amiga que viera fazer a maquiagem de Dylan, segundo Mischa ouvira dizer.

Veronica sorriu, pousando seu estojo de maquiagem que era uma pasta prateada grande, bem parecida com a que Mischa usava com seus brinquedos sexuais. Desta vez, ela não trouxera. Não abria há semanas.

– Prazer em conhecê-la. – Verônica sorriu, mostrando um relance de lindos dentes brancos. A mulher era perfeita como uma modelo.

– Igualmente. E eu tenho certeza de que Dylan ficará contente em vê-la. Ela está começando a ficar agitada. Acho que irá se sentir melhor quando as coisas já tiverem começado.

– Então vou usar a dica para preparar as coisas. Que tal ali no bar? –, sugeriu Veronica.

Mischa engoliu ao se lembrar de ter tatuado Connor no bar. Essa não era a hora. Hoje era o dia do casamento de Dylan e ela tinha jurado não deixar que Connor – ou sua impotência sobre seu sentimento por ele – estragasse tudo.

Veronica foi trabalhar na maquiagem de Dylan, enquanto Lucie preparava uma xícara de chá para a noiva e Kara repassou uma lista de fornecedores do local do casamento, fazendo alguns telefonemas de último minuto para confirmar que tudo estava como deveria. Mischa estava contente por ter a função de fazer os cabelos de Dylan. Ela precisava de toda a distração que pudesse obter.

Duas horas depois Dylan estava pronta, deslumbrante com seu vestido glamouroso estilo anos 40, em seda marfim que brilhava como champanhe em contraste com sua pele clara, a pequena cauda graciosa se estendendo atrás dela. Mischa, Kara e Lucie estavam com seus vestidos de damas, todas em estilo vintage, na altura das panturrilhas, em seda rosa.

– Está nervosa? –, perguntou Lucie.

– Só estou pronta –, respondeu Dylan, com a felicidade transbordando em seu sorriso, no brilho de seus olhos cinzentos.

Mischa, por outro lado, desejava ter um calmante à mão. Mas ela conteve os nervos e ajudou Dylan a colocar a estola de pele bege, para o trajeto de limusine até o Museu de Arte Asiática.

As mulheres papearam na limusine, conforme ela deslizava pelas ruas molhadas e Mischa fez o melhor para estar presente no momento que era tão importante para sua melhor amiga. Mas ela não podia evitar aquela parte inegável repleta de pavor da ideia de encontrar Connor. E a pontada de empolgação em sua barriga. Até chegarem ao museu, o sol já estava se pondo por trás das nuvens prateadas e sua pulsação estava disparada nas veias. Ela sentia ter bebido mais que a única taça de champanhe que todas tomaram para brindar à noiva, durante o trajeto.

O carro encostou na frente do museu, onde Dylan e Alec se conheceram. Por sorte, a chuva tinha parado e todas desceram, em seus saltos altos, cautelosamente seguindo caminho pelo pavimento de pedras que conduzia à entrada principal da estrutura *art déco*.

Mal houve tempo para que ela se maravilhasse com a arquitetura interna, ou desse uma espiada na Garden Court, onde seria realizada a cerimônia de recepção. Betsy, coordenadora do cerimonial, era uma morena alegre e miúda como Lucie, e chegou para conduzir Dylan e Mischa ao elevador para levá-las ao piso inferior, enquanto Kara e Lucie iam ao Garden Court conferir quantos convidados já haviam chegado e se certificarem de que tudo estava pronto.

– Como você está? –, Mischa perguntou a Dylan, quando elas foram levadas a um local que parecia uma sala de reuniões.

Dylan apertou-lhe a mão. – Apenas empolgada. Eu só quero me casar com Alec. E... um pouco chocada no quanto estou sendo “noiva”.

Mischa pousou na mesa a bolsa que trouxera com maquiagem para retoque, laquê, água mineral e outros itens de emergência. – Você está se casando hoje, meu bem. Acho que tem permissão pra isso. Quer se sentar?

– Não, eu não quero amassar o vestido. E estou nervosa demais para sentar. Como você está indo, Misch? –, Dylan franziu as sobrancelhas ruivas.

– Estou bem.

Dylan se aproximou. – Está mesmo, querida?

Mischa piscou, forçou um sorriso. – Estou. Mesmo. Estou contentíssima por você, Dylan. Por você e por Alec. Vocês serão muito felizes juntos.

Ela jamais preocuparia Dylan, logo hoje. Nunca lhe diria que se sentia como se o seu coração estivesse prestes a explodir pra fora de seu peito. Tinha vergonha de admitir, até para si mesma o quanto estava distraída, simplesmente em saber que ele estava no mesmo prédio.

Pare com isso. Acalme-se.

Kara entrou na sala. – Acho que estão todos aqui. Lucie está checando com o pessoal do bufê. Está na hora, Dylan.

– Deus, talvez devêssemos ter feito um ensaio de verdade, ontem à noite –, disse Dylan, preocupada, tirando um espelhinho da bolsa para checar seu batom.

– Não vamos fazer a entrada tradicional –, Kara tranquilizou-a.

– Os rapazes já estão esperando lá na frente. Tudo que temos a fazer é seguir pelo corredor de entrada, quando a Betsy nos disser. Fácil. De qualquer forma, era importante que você visse sua família, ontem à noite. Ah, não, querida, não chore. Vai estragar a sua maquiagem.

– Dylan, o que foi? –, Mischa rapidamente encontrou um lenço de papel e cuidadosamente secou os olhos da amiga.

– Eu queria que o Quinn estivesse aqui –, Dylan disse baixinho, referindo-se ao irmão caçula, falecido num acidente, anos antes.

Mischa pegou a mão dela e segurou firme, achando consolo, ao consolar. – Ele estaria tão feliz por você. Apenas foque na parte feliz, está bem?

Dylan fungou. – Posso fazer isso. – Ela sorriu. – Acho que um pequeno ataque de nervos é requisito da noiva.

– Foi o que eu ouvi –, Kara concordou. – Algo para que eu fique na expectativa.

– Kara? –, Dylan se virou pra ela, de olhos arregalados, e imediatamente pegou sua mão. – Oh, meu Deus! Você não disse nada e todas nós estamos tão distraídas para notar. É deslumbrante!

Kara ficou radiante, deixando que Dylan e Mischa examinassem o diamante de noivado. – Eu não quis roubar o brilho.

– Quando isso aconteceu?, – perguntou Dylan.

– Ontem à noite. Acho que a febre matrimonial é contagiosa.

Dylan puxou-a num abraço, depois, Mischa fez o mesmo.

– Parabéns –, ela disse a Kara, soltando-a. – Você encontrou um cara maravilhoso. Estou muito feliz por você.

Ela estava mesmo. Empolgada por Dylan e por Kara. Imaginando se algum dia encontraria a felicidade verdadeira, outra vez. Ela achou que fosse feliz sozinha. Levando sua vida do jeito que escolhera. Droga, ela era, sim, feliz. Mas, agora, tudo tinha mudado... ou talvez esse negócio de casamento fosse, mesmo, contagioso. Ela estava sendo excessivamente sentimental.

– Certo –, anunciou Betsy –, está na hora, moças.

Dylan achou a mão de Mischa e segurou, enquanto elas pegaram o elevador até lá em cima.

– Está acontecendo mesmo.

– Ãrrã –, Mischa lhe disse, sorrindo. – Tudo será maravilhoso.

Lucie estava esperando, quando as portas do elevador se abriram, e houve um pequeno alvoroço conforme Lucie, Kara e Mischa cercaram Dylan, arrumando seu vestido, seus cabelos, certificando-se de que as orquídeas estavam bem presas.

A música começou, com os lindos acordes da ópera *Dueto de Flores*, de Lakme.

– Você primeiro, Mischa –, sussurrou Betsy –, depois Kara, depois Lucie. Vocês todas irão se alinhar à direita do oficiante, com Mischa ficando mais próxima a Dylan. Dylan, você irá assim que elas se posicionarem lá na frente.

Mischa assentiu e se colocou em posição, diante do pequeno lance de degraus que conduzia ao Garden Court.

– E... já –, disse Betsy.

Ela foi subindo os degraus, quase desejando ter um buquê para segurar, apenas para ter algo a fazer com suas mãos trêmulas. Primeiro, ela viu as pequenas peças de arte do sul asiático, colocadas em prateleiras altas, feitas de madeira e pedra. Ao subir mais, viu as fileiras de convidados, de costas para ela. E quando chegou ao topo dos degraus, viu Alec, seu padrinho, Dante, em pé, na outra ponta da linda sala com teto de vidro.

Ao lado de Dante estava Connor.

Ela perdeu o fôlego ao vê-lo. Ele estava lindo de morrer no terno escuro, camisa e gravata marfim. Tão sofisticado. E ele a olhou, desde o instante em que ela pôs os pés no último degrau, mesmo antes que alguém mais visse. Observando-a da forma como sempre fazia. Atentamente. Pensativo.

Ela achou que seu coração fosse pular pra fora do peito. E, mais que tudo, teve vontade de virar e sair correndo. Bem, mais que tudo, exceto fazer do dia de Dylan o que deveria ser: perfeito. Então, ela deu o primeiro passo e seguiu pelo corredor, inexoravelmente, em direção a ele.

Apenas continue respirando.

Ela estava vagamente ciente dos olhos dos convidados sobre ela, ao encontrar seu lugar da frente do salão, e se lembrou de lançar a Alec um sorrisinho encorajador. Ela ficou observando Kara, depois Lucie, entrando no corredor e assumirem seus lugares ao seu lado. Então, finalmente todas as cabeças viraram, conforme Dylan surgiu no corredor, e Mischa se distraiu da tristeza que sentia por dentro, ao ver a expressão de pura alegria no rosto da amiga, sua pele perfeita reluzindo. Naquele momento, ela ficou absolutamente arrebatada pela beleza de Dylan, por sua felicidade, e a empolgação que via no rosto de Alec a envolveu, como uma ternura adorável.

A cerimônia começou com o oficiante, um antigo amigo de Alec, lendo alguns trechos de Rumi, falando sobre os laços duradouros do amor. Mischa deu uma olhada para Connor e o viu olhando-a fixamente. Ela tentou desviar, mas seus olhos eram incandescentes, elétricos. Ela podia jurar que via dor ali. Confusão. Raiva. As mesmas coisas que ela própria estava sentindo.

Ela mudou o peso de um pé para o outro, conforme a cerimônia prosseguiu, e quando o oficiante falou sobre a imperfeição do amor verdadeiro, ela finalmente desviou o olhar. Ela olhou para os convidados, focando na avó de Dylan, na primeira fileira, que alegremente chorava com um lencinho bordado.

Dylan e Alec trocaram as alianças e disseram seus votos. E além deles, o olhar verde de Connor mantinha-se fixo nela.

Por que ele não parava de olhar e a deixava em paz, pelo menos, na cerimônia, quando eles deveriam estar focados no casamento dos amigos? Em vez disso, ele a estava deixando terrivelmente desconfortável. Fazendo com que ela ansiasse estar ao seu lado, droga. E com aquela pequena raiva que ela não conseguira deixar para trás.

Não pense nisso. Não olhe pra ele. Esteja aqui para Dylan.

Com algum esforço, ela desviou o olhar de volta ao casal feliz que terminava de falar os votos, e quando foram pronunciados marido e mulher, eles se beijaram. Um pequeno viva irrompeu entre os convidados e organizadores do casamento, e ela acompanhou, conforme Alec virou Dylan e a segurou nos braços, para um beijo longo e apaixonado.

Alec se endireitou, com um sorriso malicioso e travesso, e murmurou: – Ora, vamos nessa –, e pegou a noiva nos braços, levando-a pelo corredor. Todos riram e Mischa seguiu, sendo acompanhada por Connor. Ele pegou seu braço, conforme eles caminhavam saindo pelo corredor, entre os convidados. Não havia nada que ela pudesse fazer a respeito.

– Que bom vê-la –, ele disse, baixinho.

Ela virou para olhá-lo, encontrou um sorriso em seu rosto, conforme ele assentia para os convidados. Ela tentou fazer o mesmo.

– É mesmo? –, perguntou ela.

– Eu a procurei, Mischa, lembra-se?

Ela não sabia o que dizer.

– Nós precisamos conversar –, disse ele, com o cantinho da boca, conforme chegaram ao portal do fundo da sala.

Ele a conduziu escada abaixo, onde ela soltou seu braço. Ela se virou de frente para ele, fazendo o melhor para permanecer calma, apesar de seu pulso acelerado, o calor de seu corpo, pela proximidade a ele, a garganta apertada, mal conseguindo falar, querendo negar tudo, sem poder.

– Este é o casamento deles! –, ela estrilou, baixinho, desviando o olhar para Dante, que vinha pelo corredor, com Kara num braço e Lucie no outro, depois olhou de volta para Connor. Ela seguiu na direção das portas e ele foi atrás. – Esta não é a hora, nem o lugar.

– Não, a hora e o lugar eram quando fui vê-la, em São Francisco –, disse ele, calmamente, mas com uma emoção contida em seu tom de voz. – E eu sei muito bem que se a deixar ir embora daqui, hoje, você não vai me dar outra chance. E eu não tenho a intenção de deixar que isso aconteça.

A autoridade que sempre a derretia estava ali, e teve o mesmo efeito sobre ela, agora. Ela silenciosamente xingou a si mesma.

– E se eu lhe prometer que podemos conversar amanhã?

Ele sacudiu brevemente a cabeça. – Não é o bastante. Não quero fazer uma cena aqui, mas nós podemos encontrar um cantinho silencioso antes que a noite termine.

– Você não vai aceitar um não como resposta, vai?

Ele sacudiu a cabeça, com os olhos nos dela. Deus, ela quase tinha se esquecido o quanto eram verdes, como os pontinhos dourados faziam com que parecessem iluminados por dentro.

Pare com isso.

– Está bem –, ela finalmente cedeu. – Nós encontraremos um jeito de falar, antes do fim da noite.

– Sim, encontraremos.

Ela bufou, indignada diante de sua insistência, seu jeito mandão, mas também pela reação elétrica inegável que seu corpo tinha por ele.

Kara, Dante e Lucie se juntaram a eles, seguidos pelos convidados. A equipe de garçons circulava com bandejas de champanhe para manter todos ocupados, enquanto as mesas estavam sendo transferidas ao Garden Court, preparadas para o jantar e a dança.

– O salão deve estar pronto em vinte minutos –, Lucie disse a eles. – Alec e Dylan estão tendo um momento particular na sala lateral.

– Tenho certeza de que vão precisar mais do que um momento –, disse Dante, sorrindo.

Kara revirou os olhos: – Você tem a mente suja –, ela disse ao noivo.

– Você gosta –, disse ele, com os olhos cintilando.

Kara sorriu. – Sorte sua que eu gosto.

– Muita sorte –, disse ele, dando um beijo na mão dela.

A barriga de Mischa revirou, conforme ela se lembrou do toque dos lábios de Connor em sua mão. E ela ficou terrivelmente desconfortável, ao pensar a respeito, enquanto ele estava em pé, ao seu lado, fazendo-a sentir saudades do jeito que ele a beijava. Fazendo-a sentir saudades *dele*.

Inexplicavelmente, os olhos dela lacrimejaram e ela pediu licença para ir ao toalete.

Ela secou os olhos, checando seu reflexo no espelho, para ter certeza de que não havia estragado a maquiagem – e não pôde resistir a tirar um momento para sacudir a cabeça para si mesma. Ela deve ser louca para se permitir pensar que algo surgiria dessa conversa com Connor. Ele não era o tipo de cara que realmente quisesse algo com ela. E ela não queria nada dele. Pelo menos, ela não *queria* querer nada. Mas a terrível verdade era que ela queria. Já sabia disso há muito tempo. Sabia desde que deixara Seattle – e ele – para trás. Soubera, no fundo de sua alma, quando o viu, hoje. Mas como podia superar o fato de que o próprio querer a assustava profundamente? Como poderia superar a certeza de que amá-lo significava o fim de tudo pelo qual ela trabalhara tão duro para construir para si mesma? Seu negócio, sua independência. Seu senso de segurança.

Em certo grau, ela sabia que só se sentia segura porque havia construído um muro defensivo à sua volta, um muro que ninguém podia transpor. Exceto Connor, que encontrara uma fresta em sua armadura. E ela não tinha certeza se algum dia conseguiria consertá-la.

E também havia o fato de não ter certeza se ele queria algo além de obter suas desculpas por ela ter sido tão rude com ele. Talvez ele já estivesse farto e quisesse lhe dizer isso.

As lágrimas arderam em seus olhos novamente, mas ela não ia chorar.

Ela pousou uma das mãos sobre o coração disparado. Precisava se acalmar para estar presente para Dylan. Ela era forte o suficiente para aguentar firme, por mais uma noite, droga. Com ou sem Connor.

Ela respirou fundo, ajeitou o vestido e voltou para onde os convidados estavam conversando e tomando champanhe. Dylan encontrou-a e apresentou para sua avó, que agora Mischa percebia parecer uma versão bem mais velha de Dylan. Dylan então a levou até algumas amigas, incluindo Veronica, a deslumbrante maquiadora que ela conhecera mais cedo, no apartamento de Dylan, depois Kara apresentou-a a duas mulheres de quem ela se lembrava de ter visto à distância, no Pleasure Dome. O que levou seus pensamentos de volta a Connor.

Olhando em volta, ela o viu conversando com um grupo de homens. Ele ergueu os olhos e cruzou com seu olhar e eles ficaram se olhando, por um tempo que pareceu se estender demais. Seu corpo inteiro ficou quente, subitamente. Ela desviou primeiro, dando um gole no champanhe que pegara da bandeja de um garçom que passou.

Finalmente estava na hora de todos voltarem ao Garden Court, onde as mesas estavam lindamente arrumadas com tolhas marfins. No centro de cada uma havia um arranjo de lírios e orquídeas verdes. A louça era de vidro simples, deixando a linda arte antiga das paredes ganhar o foco principal do salão.

O DJ, que ficava mais oculto à visão num dos nichos laterais, tocava um pouco de jazz, uma música elegante para o jantar, enquanto todos encontravam seus lugares. Mischa foi até a mesa posta para o grupo do casamento e ficou feliz em ver que estava sentada ao lado de Dylan e aliviada porque Connor estava sentado entre Lucie e Kara.

Ela focou em Dylan, comentando como ela ficara linda de noiva, como a cerimônia havia sido perfeita, o tempo todo observando Connor de canto de olho, perturbadoramente ciente de sua presença. Ela cruzou com seu olhar diversas vezes, mas era muito difícil analisá-lo. Havia um fogo ardendo em seus olhos verdes, mas, o que isso significava? Raiva? Paixão? Qual dos dois assustava mais?

O jantar foi servido, mas ela mal conseguiu saborear o salmão. Deu algumas garfadas com goles de champanhe. Se ia conversar com Connor, precisava manter a cabeça limpa; ela estava tomando muito cuidado com a bebida.

Dante levantou e bateu um talher em sua taça, anunciando que era hora dos brindes. Ele foi parcialmente engraçado, parcialmente sentimental. Mischa tentou se concentrar nas palavras, mas, para seu desânimo, todo o evento passou como um borrão.

O jantar terminou e Dylan e Alec seguiram à pequena pista para a sua primeira dança. Ela não pôde evitar um pequeno suspiro de inveja da forma romântica que Alec girava sua noiva no salão, do jeito que eles se olhavam. Ela achou nunca ter visto um amor assim nos olhos de duas pessoas, e seus olhos ameaçavam se encher de lágrimas novamente.

Kara e Dante se juntaram a eles na pista, e Tyler, companheiro de quarto de Lucie, levou a pequena loura pela mão, para dançar. Ela não teve tempo de pensar, quando Connor já estava em seu cotovelo.

– Mischa.

Ela detestava que seu corpo inteiro reagisse com um tremor adorável, ao som de seu nome saindo dos lábios dele.

Ela já foi sacudindo a cabeça. – Connor...

– Isso é esperado –, disse ele. – Nós fazemos parte do grupo do casamento.

Ela suspirou, mas levantou e se deixou conduzir por ele, que colocou um braço ao redor de sua cintura, e a trouxe para bem perto.

– Tente relaxar e parecer natural, pode ser? –, disse ele.

Ele estava certo. Ela soltou o corpo, derretendo levemente junto a ele.

– Assim é melhor –, disse ele, com um tom mais suave do que usara, a noite toda. – Nada mal, hein?

– Talvez não –, disse ela, sem querer ceder. Eles se movimentavam pelo salão, e sua graça a surpreendeu. – Eu não sabia que você sabia dançar.

– Tem muita coisa de mim que você aparentemente não sabe –, disse ele, com o sotaque mais carregado que nunca. – Como o fato de que posso ser muito teimoso.

– Acho que já vi isso.

– Você não viu nem metade, meu bem.

Ela recuou um pouquinho, olhou em seu belo rosto. Sua expressão estava perfeitamente séria, um pouco dura.

Ela continuou falando baixinho, com a expressão mais neutra possível, ciente de que eles estavam cercados por convidados do casamento. – Connor, eu não sei o que essa coisa de macho significa. É diferente de seu ar habitual de dominador autoritário, que eu até entendo. Mas não estou entendendo o que está se passando. Você foi terrivelmente casual quanto ao que houve entre nós, até agora. Ou até aparecer em minha casa, em São Francisco.

– Talvez eu tenha sido –, disse ele.

– Eu vou morar parte do tempo em Seattle –, ela continuou, agora, sem conseguir parar. – Em sua cidade, me sociabilizando com seus amigos, que por acaso são *nossos* amigos. No entanto, você nunca mencionou nada depois do casamento de Dylan e Alec. Como se o futuro não existisse.

– Nem você.

– Deus, como os homens sabem ser densos!, – ela explodiu, depois deu uma olhada em volta, para ver se alguém tinha notado.

– Não me compare com o restante, Mischa. Eu não sou seu pai, nem o pai de Raine, e nenhum dos homens que a trataram negligentemente.

– Eu nunca *permiti* ser tratada negligentemente.

– Talvez, porque você nunca deixou que ninguém fosse importante. Nunca deixou que ninguém se aproximasse o bastante. Nunca se abriu para as possibilidades, nem boas, nem más.

– Olhe quem fala!

Ela não podia acreditar que eles estavam tendo essa conversa, enquanto dançavam. Ela mal podia acreditar que eles estivessem tendo essa conversa.

– É bem verdade. Verdade até sobre Ginny. – Ele parou e eles pararam de dançar. Ele olhou-a, abaixo, sua expressão mais suave do que ela jamais vira. Ela achou que seu coração fosse partir. Ele prosseguiu, em voz baixa e rouca: – Eu quero mudar. Droga, Mischa, você *mudou* esse aspecto. Isso que estou tentando lhe dizer. Olhe, será que podemos encontrar um lugar tranquilo?

Ela concordou, estarrecida demais pelo que ele dissera, para mudar de atitude, discutir. Para pensar direito.

Meio anestesiada, ela o deixou liderar o caminho saindo da pista de dança, passando pelo Garden Court e descendo a escada até a entrada, que agora estava vazia. Ele subiu outro lance de escada com ela e virou à esquerda, entrando numa galeria pouco iluminada, cheia de gravuras de Meiji, em blocos de madeira, por trás de vidro. No meio da sala havia um banco comprido e estreito e eles sentaram.

– Então? –, ele perguntou, erguendo uma sobrancelha escura. Ele estava perto o suficiente para que ela sentisse seu cheiro: o aroma misterioso de terra e chuva, que era o cheiro de sua pele. Ela fechou os olhos, deixando que se misturasse à dor de um instante, antes de abri-lo e olhá-lo, mais uma vez.

– Você também não deixa ninguém entrar, Connor. Você mesmo disse isso. Nem mesmo a mulher com quem foi casado. Como eu poderia ter mudado alguma coisa pra você?

– Ah, mas aí é que está. Você entrou, mesmo assim. Admito que eu lutei. Quase com a mesma força com que você está lutando. Mas você entrou, Mischa. – Ele pegou a mão dela e quando ela foi recuar, ele segurou com mais força. – Entrou em mim, em meu coração.

Ela sacudiu a cabeça, os olhos novamente enchendo de lágrimas. Desta vez, com tanta voracidade que ela não sabia se conseguiria contê-las. – Pare com isso, Connor. – Ela afastou a mão. Doía demais sentir os dedos dele enroscados aos seus.

– Por quê? Por que é desconfortável ouvir? Acredite em mim, isso também está totalmente fora da minha zona de conforto. Mas eu tenho que dizer.

Ela sacudiu novamente a cabeça. – Não por ser tão difícil de ouvir, mas por ser difícil de acreditar.

– Eu não sou mentiroso. – Agora o seu tom era baixo, perigoso.

– Não é que eu ache que você está mentindo. É que... eu tenho dificuldade de acreditar.

– Ah, mas que falta de fé –, ele disse, baixinho.

Um pequeno sorriso irrompeu em meio à dor e tensão que tinham deixado os lábios dela numa linha reta. – Sim.

– E se simplesmente jogássemos a precaução ao vento e arriscássemos, Mischa? E se nós tentássemos? Não sei quanto a você, mas eu estou ficando maluco sem você. Acho que as coisas não podem piorar muito pra mim.

O coração dela queria voar. Ela não podia deixar. E se ele voasse, só pra depois se espatifar de novo na terra?

– E se tentarmos e não der certo? –, perguntou ela, com a garganta embargada de emoção, ao verbalizar um dos seus maiores medos.

– Então, pelo menos nós teremos tentado. O que você acha que vai acontecer, se não der certo?

– Eu não sei. Algo... terrível. Tudo que sei é o que já vimos.

– Você está se referindo à sua mãe? Porque, por tudo que já me contou, você parece muito mais forte do que ela. Você já fez tanta coisa na vida. Não me vejo – nem a mim, nem a ninguém – fazendo com que você abra mão disso tudo.

– É a sensação que tenho. Eu *sei* que sou mais forte que Evie. Mas estou igualmente certa de que há alguma falha fatal oculta. Que há algum desastre inevitável por baixo. E, francamente, Connor, me deixar vulnerável a ponto de ter um relacionamento com alguém que... Bem, você é igualmente controlado como eu. Igualmente fechado. Tenho certeza de que você tem seus motivos, e já compartilhou alguns comigo. Mas não disse o bastante. E no meu mundo, os homens sempre vão embora. Meu pai, o pai de Raine, todos os homens por quem minha mãe se apaixonou – e foi um bocado. O único motivo por eu não ter sido deixada é ter me protegido disso. Nunca me envolvi o suficiente para isso. Como sei que você vai ficar?

– Como sabe que não vou?

Ele estendeu o braço, mas ela sacudiu a cabeça, alertando que não.

– Como *você* sabe, Connor?

Ele piscou, como se levasse um instante para entender o que ela estava perguntando. Ela ficou na expectativa, enquanto esperava por sua resposta.

Por um momento, ele abaixou os cílios escuros e compridos, deu um suspiro antes de erguer os olhos e olhá-la novamente. – Eu tenho que admitir que isso é algo contra o qual eu lutei. Mas vou lhe dizer algumas coisas. Só vai levar uns minutos. Quer ouvir?

Ela assentiu, sentindo um nó por dentro.

– Eu nunca lhe contei porque me divorciei, não é? Não é algo que costumo contar às pessoas. O Alec sabe. Talvez, mais ninguém. E talvez, o fato de lhe contar, possa piorar as coisas. Mas eu tenho que contar, para chegar ao ponto seguinte. Então... O divórcio foi escolha de Ginny. – Ele parou, puxou o ar, coçou o queixo. – Não posso culpá-la por isso. Ela foi embora, principalmente por causa do meu temperamento. O que herdei do babaca do meu pai. Não que eu o culpe, inteiramente. Porque depois que somos adultos, temos uma escolha, não temos? E eu escolhi extravasar em meu temperamento, até depois que Ginny partiu. Nunca bati nela. Mas bati na parede, algumas vezes.

Ele parou, observando a reação dela.

– Eu nunca o vi perder o controle, Connor. Assim, não. Você obviamente tem controle agora.

Por que ele estava contando isso a ela? Não era disso que eles precisavam falar.

– Foi uma longa estrada até chegar aqui –, admitiu ele. – Eu sempre achei que o temperamento fazia parte de mim, assim como os genes de meu pai: seus cabelos escuros. Sua altura. Sempre fui muito cuidadoso com isso. Estou lhe contando isto agora, pra que você entenda o que significa a necessidade de controle pra mim. E essa necessidade se estende além da dinâmica da escravidão sexual e do sadomasoquismo.

– Você acha que eu não sei disso? –, perguntou ela, levantando para andar pelo piso de madeira. – Acha que isso é que o mantém concentrado, mas também o impede de ir adiante. E embora eu veja os mesmos problemas de controle em mim, ainda me aborrece que você *nunca* abra mão. Que você não possa se abrir. Torna terrivelmente assustador pensar em ter algum tipo de relacionamento com você, quando somos tão... danificados.

Ele disse baixinho: – Eu sei que sou assim. Por favor, sente-se, Mischa.

Ela olhou pra ele, querendo se rebelar, mas voltou e sentou no banco, de braços cruzados.

– O que estou tentando lhe dizer é que as coisas mudaram pra mim. Em alguma altura, houve uma mudança entre eu e você. Ou talvez na forma como eu me sentia em relação a você, e isso me fez enxergar as coisas de outro jeito. Mas um dia, isso simplesmente foi como um soco no estômago. Eu sempre me senti assim. Danificado. E construí minha vida ao redor da luta contra o que eu julgava inevitável. Mas não passou. Ah, eu ainda tenho um temperamento, é verdade. Mas não me prejudica, como acontecia com o meu pai. E o que finalmente percebi é que eu posso ter um pouco do meu pai em mim, mas eu não sou ele. E quem me fez perceber isso foi você.

– Eu? Não entendo.

– Tudo que você me contou sobre a sua mãe. Você tem tanto medo de acabar como ela – naquele desastre inevitável –, mas isso não é nem uma possibilidade remota. Acho que todos podem ver, exceto você. Isso me fez pensar. Porque não há a mais vaga possibilidade que eu termine como meu pai. A bebida, a violência – isto é algo que sempre rejeitei. Aquela porcaria de socar parede era apenas eu, sendo jovem. Sendo um idiota. Eu já sei disso há tempos. Mas a necessidade de controle, isso não foi tão fácil de me livrar. É um hábito, talvez. A esta altura, é algo programado. – Ele passou a mão nos cabelos, desalinhando um pouco, fazendo-a querer arrumar. – Deus, eu nunca falei tanto nisso em toda a minha vida.

– Talvez seja a hora de você começar –, ela disse, baixinho.

– É. É, sim. Estou tentando, aqui, Mischa. – Havia tanto em seus olhos verdes. Emoção. Medo, talvez. Esperança.

– Eu lamento. Sei que você também lamenta. – Ela respirou fundo, se permitindo um momento para assimilar tudo. E ainda tinha perguntas.

– Connor, me conte sobre Ginny. Vocês foram casados, passaram pelo divórcio. Mas você não disse nada sobre o que sentiu em relação a isso, o que aconteceu, fora o fato de você se sentir irritável, tendo aqueles momentos de socar a parede, que tantos garotos jovens têm.

– Não... – Ele sacudiu rapidamente a cabeça. – Olhe, isso é algo que eu francamente me sinto envergonhado em dizer. Mas agora, eu vou lhe contar. Eu nunca amei Ginny. E isso é bem ruim de se dizer, sobre a garota com quem me casei.

– Então, por que se casou com ela?

– Ela era uma boa garota, uma garota legal. Tinha ido a Dublin, para estudar um semestre. Foi assim que nos conhecemos. Ela me amava, mas só Deus sabe o motivo. E você precisa entender, na Irlanda as pessoas se casam jovens, então, pareceu a coisa certa a fazer, principalmente quando ela se esforçou tanto para isso. Eu achei que viria a amá-la. Mas logo depois do casamento, a realidade bateu. E eram apenas duas pessoas que não combinavam, tentando viver juntas. Então, embora tenha sido ela, quem escolheu partir, daria nisso, de um jeito, ou de outro. Nós ficamos juntos por quase dois anos, e no fim, foi um alívio. O que só faz com que eu me sinta um babaca. Mas estou tentando deixar de me recriminar por isso, reconhecer que aos vinte anos, as pessoas cometem erros tolos. Eu só gostaria que ela não tivesse tido que pagar por isso. Eu jurei que nunca mais faria isso com outra mulher. Então, nunca mais houve ninguém, não além de uma parceira temporária.

– Mas, agora...? – Ela não pôde evitar. Tinha que perguntar.

– Agora tem você. E eu não posso me afastar de você. Do que você me faz sentir, pela primeira vez na minha vida sórdida.

Ela sentia que o gelo em suas veias começava a derreter, conforme começava a entender o que Connor estava lhe dizendo. Ele estava dizendo que tinha feito algumas descobertas sobre si mesmo. E ela também. Ela começava a realmente acreditar em si mesma. Talvez, se ela conseguisse fazer isso, também poderia acreditar nele.

– Connor, eu quero ficar com você. Quero tentar...

– Mas?

– Mas... – A cabeça dela girava, com um milhão de pensamentos. – Se vamos fazer isso... esse negócio do relacionamento... Você não vai ficar mandando em mim, o tempo todo. Só para ser clara.

– Eu nem pensaria nisso. – Ele parou, olhando nos olhos dela. Seus olhos verdes e dourados estavam cintilando. – Tudo bem, eu vou pensar nisso. Mas você não vai me deixar fazer. Porque você é dona de si mesma, Mischa. Essa é uma das coisas que amo em você.

Ela estava desesperada para ouvir aquilo, que ele a queria. Que a necessidade que ele tinha dela era algo parecido com o anseio que ela sentia por ele, praticamente, desde o início. Uma necessidade que a fez fugir dele. Mas ela não podia mais fugir. Nem tinha mais certeza se precisava fazê-lo.

– Conte-me mais, Connor.

Ele se aproximou, tocou seus cabelos com os dedos, fazendo seu corpo aquecer. – Eu adoro seu cabelo louro, como ele é sedoso. Como você o mantém tão perfeito. E seus lábios. O tom perverso do batom vermelho, de como são vermelhos, mesmo sem batom. – Ele passou as pontas dos dedos, em seu lábio inferior, fazendo-a estremecer. – Amo a arte que você criou na minha pele, que sua criatividade faça parte de você, que você tenha capacidade de entender a minha; como isso é importante. Amo sua motivação e seu impulso. Amo que você tenha essa necessidade de conquistar o mundo inteiro. Sua paixão. Seu fogo.

Ele parou e ela não pôde evitar que as lágrimas enchessem seus olhos. Pensar que algum homem, mas, principalmente, *este* homem dissesse tais coisas pra ela!

– Eu preciso disso –, ele continuou. – Preciso de uma mulher que seja forte suficiente para se impor a mim, quando for preciso. Alguém que não tenha medo de fazer isso. Porque mesmo que todas as minhas parceiras tenham sido mulheres submissas – e eu não vou fingir que não quero isso também –, do que eu realmente preciso é de uma mulher que possa se submeter a mim, no quarto, ou na boate, mas, quando terminarem os papéis do jogo, seja forte como eu sou. Igual. Este é o erro que eu venho cometendo, repetidamente, ao longo dos anos. Mas você é minha igual, em todos os sentidos. Nunca duvidei disso, nem por um momento sequer.

Ele era lindo, esse homem. Ela podia vê-lo claramente, sob a luz fraca da galeria fechada. Cada traço perfeito de suas feições. Isso a deixava assustada. Ele a assustava. Ela estava lutando muito contra isso, mas o medo ainda pairava. – Isto é loucura, Connor.

– É, provavelmente. Temos que destrinchar uns troços, nós dois. Mas não vejo por que não podemos fazer isso juntos. Você está disposta, Mischa? Diga-me que está, antes que eu perca a cabeça de vez.

– Connor, eu quero. Quero, sim. Ainda estou tentando entender tudo isso, e é... esmagador tentar confiar que isso pode dar certo. Tem a questão da distância...

– Você vai ficar aqui metade do tempo. Você mesma disse. Podemos lidar com isso.

– E tem a questão da sua teimosia. – Ela continuou, quando ele franziu a sobrancelha, – e a minha também, eu sei.

– A teimosia também pode nos fazer atravessar momentos difíceis. Você sabe disso, tanto quanto eu.

– Mas, Connor... – Ela precisou parar, com o coração apertado, disparado. Mas tinha que perguntar. – O que mais existe, para unir as coisas? Para nos manter juntos?

Ele segurou o rosto dela nas mãos, forçando-a a olhá-lo. – Existe amor, minha garota querida. Isso que venho tentando lhe dizer. Eu teria dito, se você tivesse parado de discutir. Existe amor.

DEZESSEIS

– *Connor? O que você está dizendo?*

Ele olhou-a, abaixo, vendo seus olhos azuis cheios de lágrimas. Será que ele a teria assustado? Ele não tivera a intenção. Só queria que ela tivesse certeza de que ele estava dentro. Ele só tivera a intenção de dizer a ela o que precisava, antes de explodir.

Ele limpou uma lágrima do rosto dela, com o polegar, aproximou-se para dar um beijo em seus lábios vermelho rubi e recuou. Ele a olhou, precisando que ela visse seu rosto, que ela acreditasse nele. – Estou dizendo que eu a amo. – Ela ficou olhando pra ele, com seus olhos azuis fixos, sem piscar, então, ele prosseguiu. – Foi aí que eu perdi todo o controle. Dizer isso a você, sentir isso, é uma das coisas mais assustadoras que eu já fiz na vida. Mas eu tenho que lhe dizer. Eu a amo.

Um pequeno choro escapou dela, que mergulhou o rosto nas mãos.

– Mischa?

O que isso significava? Ele abrira seu coração pra ela. Ele achava que ela se sentia da mesma forma. Será que estava errado?

Ele novamente pegou seu rosto nas mãos, forçando-a a olhá-lo.

– Mischa, o que foi?

– É que... eu também o amo.

Então, ela começou a rir e ele achou que teria um ataque do coração, simplesmente por estar tão feliz e aliviado.

Ele puxou-a para um beijo, saboreando suas lágrimas, e pressionou os lábios aos dela. Nada jamais tivera um sabor tão doce quanto Mischa.

Sua.

Finalmente.

Ele recuou. – Droga, mulher. Você sabe o que quase acabou de fazer comigo? Quase me deu um enfarte.

Ela sorriu por entre as lágrimas. – Tenho certeza de que você vai me deixar recompensá-lo.

– Com certeza.

– Ainda é o chefe, Connor? Até agora?

– Sempre, amor.

– Talvez a gente tenha que trabalhar nisso.

– Será um trabalho progressivo.

– Enquanto isso, por que você não trabalha em me beijar novamente? –, disse ela.

Ele a enlaçou com os braços, adorando o perfume de flores em seus cabelos, a seda delicada de seu vestido, e, mais ainda, a mulher que havia por baixo. Ela a beijou com força, abrindo seus lábios, mergulhando em sua doce boca. Ele estava ficando de pênis duro. Não podia evitar. Ele a queria. Mais do que jamais quisera. Parte disso eram seus seios maravilhosos esmagados junto a ele, a sensação de seu corpo macio em seus braços, a avidez de sua boca. Mas grande parte era sua necessidade de ficar mais perto dela, mais do que seria permitido em público, e de roupa.

Ele a puxou de novo, rugiu em seu ouvido. – Mal posso levá-la a algum lugar, onde eu possa colocar as mãos em você.

Ela o beijou no pescoço, fazendo uma trilha de beijos vorazes que o deixou gemendo.

– Eu também, mal posso esperar –, ela sussurrou, colada à sua pele. – Mas nós estamos no casamento dos nossos amigos. – Acho melhor voltarmos lá pra dentro, antes de fazermos algo indesculpável.

Ele gemeu. – Detesto quando você está certa.

– Farei o máximo para também recompensá-lo por isso, mais tarde.

Ela estava sorrindo, sua linda boca parecendo bem beijada, o que o agradava. Nossa, ela o agradava de todas as maneiras.

Ele passou a mão no rosto dela. Não pôde evitar; ele tinha que tocá-la.

– Eu amo você, Mischa.

– E eu amo você.

Ela se sentia como se o seu coração estivesse explodindo, mas da melhor forma possível. Foi uma coisa incrível, maravilhosa, contar a ele. Escutar dele. Acreditar, e ser acreditada. A forma como saber que ele a amava e expressar seus próprios sentimentos, afastou o medo e a dúvida. Ele a ajudou a ficar de pé, a beijou novamente, desta vez, mais de leve, antes de recuar e sorrir pra ela.

– É o melhor casamento a que eu já fui –, ele disse a ela.

– Espere até você experimentar o bolo –, ela provocou.

– Ah, o que eu já provei é muito mais doce.

Ela ficou nas pontas dos pés e o beijou. – Adoro quando você é sentimental.

Ele esticou o braço e deu uma palmada em sua nádega. – É melhor ir se acostumando.

– Talvez eu precise de algum esforço, mas vou tentar.

Ele a segurou, com as duas mãos em seus ombros, curvando-se ligeiramente, para olhar em seu rosto. – Estou falando sério. É bom você se acostumar. E não consigo acreditar que seja eu, dizendo isso. Mas é assim que vai ser.

– Então, sim, senhor.

O rosto dele se abriu num sorriso. – Sua danadinha.

Ela assentiu. – Assim que vai ser, também.

Ele sacudiu a cabeça pra ela. – De volta ao casamento, com você.

Ela riu, pegou a mão dele e juntos, eles foram na direção da luz e da música, e do som de riso.

Como era possível que esse par de otimistas fossem eles? Mas ela percebeu que o amor fazia coisas estranhas. Uma força mais poderosa que seus medos, que as imagens distorcidas que eles tinham um do outro. O amor mudou os dois. E os transformou em algo melhor do que eles haviam sido antes. Ela sentia a força fluindo, só em segurar a mão de Connor. Em saber que ele a amava. Da estranha certeza de que, de alguma forma, tudo ficaria bem.

Quando ele a girou de volta à pista de dança, ela riu, a alegria era como um elemento tangível no ar. Enquanto eles dançavam, ela observou Dylan e Alec, as cabeças juntas, íntimos, mesmo no meio de toda essa gente. Ela viu Kara e Dante abraçadinhos, de olhos fechados, como se o mundo ao redor deles não existisse. Talvez, pra eles, não existisse. E, pela primeira vez, ela entendeu o que isso significava. Qual era a sensação.

– Connor.

– O que foi, querida garota?

– Eu ainda estou com medo.

– Claro, eu também. Sou homem o suficiente para admitir.

– Mas isso não significa que eu precise continuar fugindo.

As mãos dele a pegaram pela cintura com tanta força que ela resfolegou. – E eu não vou deixar você fugir.

Ela recostou a cabeça em seu peito largo, inalou seu cheiro. – Nunca me deixe ir, Connor.

Ele não disse mais nada, apenas abraçou-a, balançando com a música. E era exatamente do que ela precisava. Ele era tudo que ela precisava. Ela estava feliz por finalmente entender isso.

Eles deixaram o casamento juntos, depois de se despedirem dos noivos, que partiram para a lua de mel. Mischa não estava pronta para explicar as coisas para Dylan. Ela só queria aproveitar Connor, por um tempo, tê-lo só pra ela.

Estava chovendo, quando eles seguiram de táxi, de volta à casa dele, e as gotas transformavam a cidade numa aquarela de luar prateado, iluminação pública amarela, tudo em tons metálicos. Eles estavam quietos, de mãos dadas, olhando um para o outro, nenhum dos dois se atrevendo a dizer mais, até que estivessem finalmente sozinhos.

Quando eles chegaram ao apartamento dele, estava escuro, fora as luzes da rua, que passavam pelas persianas finas, quando ele fechou a porta. Ele não tinha soltado a cintura dela, desde o instante que ajudou-a a descer do táxi.

– Connor? Quando você vai me beijar? –, perguntou ela.

– Em dois segundos, querida garota. Eu quis esperar até ficar realmente sozinho com você.

– E por quê?

– Porque assim que eu beijá-la, as coisas vão ficar nuas muito depressa.

– Ah, eu estou gostando disso.

Ela suspirou, enquanto ele a despia, com mais cuidado que o habitual, no entanto, ela sentia a paixão contida em todos os movimentos das mãos dele, a respiração ofegante, mesmo antes de tocá-la. Isso a excitava, pensar nele ficando com tesão apenas por tirar sua roupa, depois de todas as coisas que eles já tinham feito. E ela estava igualmente excitada por isso. Simplesmente por saber que ele estava se contendo. Que tinha que se conter.

– Ora, vamos, Connor –, implorou ela, precisando sentir sua pele nua nas mãos.

Ele deu um pequeno passo atrás e, sob o luar que entrava pela janela, ela o observou. Ficou vendo enquanto ele tirava o paletó, a gravata, a camisa, conforme surgiam os músculos de seus ombros imensos, de seu peito. Ela queria, como antes, tracejar suas tatuagens, sentir a tinta em sua pele, principalmente a que ela própria pusera ali.

Marcando-lhe...

Sim.

Em vez de esperar que ele ditasse o ritmo, e desse os primeiros passos, como ela normalmente fazia, em deferência aos papéis de dominador e submissa, ela esticou o braço e afagou seu bíceps. Pegou a mão dele, e virou, para ver as palavras gaulesas no interior de seu antebraço: "Nada pode penetrar num punho fechado". Ela sabia que isso era seu juramento a si mesmo, de ser um homem melhor. Ele já era.

Ela levou os dedos ao seu peito, tracejando uma longa linha abaixo, passando por seu abdômen musculoso. Deleitada pelo arrepio que causou nele. Ela olhou acima, para seu rosto, enquanto desabotoava sua calça, enfiou a mão e pegou seu pênis. Ela adorou o gemido baixinho que escapou dele, conforme ela segurou seu sexo rijo e pesado.

– Ah, você está me matando, minha garota.

– Ainda não...

Ela sorriu pra ele, conforme abaixou de joelhos. Sorriu quando ele gemeu alto. Então, ela puxou sua cueca e o colocou na boca. Primeiro, só a pontinha, girando a língua em volta. Ela segurou atrás das coxas dele, sentindo sua tensão, ao engoli-lo inteiro. Ela chupava com força e o levava até o fundo da garganta, e ele mergulhou as mãos em seus cabelos. Ela já não podia discutir que uma parte dela adorava servi-lo, dessa forma. Adorava o chão duro de madeira sob seus joelhos. Saber que mesmo ao servi-lo, o poder era seu. Era uma noção inebriante, e aquele gosto doce dele, em sua boca.

– Se você não parar, eu vou gozar, amor –, Connor alertou, com os dentes cerrados.

Ela o engoliu mais fundo ainda, puxando-o com as duas mãos em suas nádegas.

Ele riu, e disse, num tom embargado: – Nada disso.

Antes que ele pudesse pensar, ele ajoelhou no chão e a suspendeu, abrindo suas pernas e passado-as ao seu redor. Ela sabia que ele podia sentir o quanto ela estava molhada por ele, com o sexo aberto junto à sua barriga.

Ele a ajeitou e seu pênis mergulhou nela, numa enterrada única.

– Ah, Connor!

Eles começaram a se mover juntos, os lábios dele beijando levemente o seu pescoço, seu ombro. Eles arqueavam os quadris, primeiro, num movimento lento, ondulado. O prazer a tomava, queimando em suas veias como um incêndio na floresta, tão selvagem quanto o sentimento que ela não podia mais controlar, nem queria.

– Connor... eu amo você –, ela disse, ofegante.

– Eu amo você, garota querida.

Ele parou, por um momento, pegou o rosto dela com as duas mãos, olhou em seus olhos. – Eu amo. Nunca achei que isso significasse tanto.

Ela sorriu pra ele, transbordando de felicidade, com um calor adorável, como ela jamais sentira. Ela recostou sobre ele, enlaçou seu pescoço com os braços, eles ficaram quietos, em silêncio, os corpos unidos, simplesmente *sentindo* um ao outro, enquanto os trovões ecoavam lá fora, enquanto a sensação irrompia em seus corpos.

Depois de um tempo, ele levou a mão dela aos lábios, dando beijinhos que a puseram em chamas outra vez. Ela beijou seu ombro musculoso, a lateral de seu pescoço, e eles começaram a se mover mais uma vez, ele pressionando o pênis dentro dela, primeiro, suavemente, depois, com mais força. O tesão suave foi crescendo até que eles chegaram a um ponto primitivo, que os atraiu, no começo. Aquele ritmo rude que seus corpos conheciam, e ansiavam um do outro.

Batendo um quadril no outro, os corpos escorregadios de suor, enquanto se seguravam com força. Os dois estavam ofegantes, se esfregando um no outro, o tesão do desejo físico tão grande quanto o emocional.

O prazer foi crescendo dentro dela, girando. Suas unhas arranhavam atrás do pescoço dele, os dedos dele cravados no quadril dela, os dentes dele mergulhados no pescoço dela. Mas eram *eles* e a dor somente os incitava a ir mais alto, mais rápido.

Ele mergulhava fundo dentro dela, repetidamente. Ela parecia estar eternamente à beira do clímax, querendo irromper gozando. Ela mordeu o lábio, conforme a onda se aproximava, lutando com a maior força que podia. Mas era demais: seu pênis lindo entrando nela, seu clitóris roçando nele, o cheiro dele, sua pele nas mãos dela. Ela sentiu o orgasmo se espalhando como a chuva que caía lá fora. Como um trovão, ecoando dentro dela, fazendo-a tremer inteira. Ela sentia como seu sexo o engolia, o recebia mais fundo. Ela tremia em seus braços, gozando, gozando, sua cabeça girando. Fora de controle. Mas isso já não importava...

– Mischa, eu vou gozar.

– Sim –, ela murmurou.

– Não estou de camisinha. Espere.

Ele saiu dela, mas continuou a segurá-la, com o pênis junto à sua fenda. Ele impulsionava o quadril e, compreendendo, ela se arqueou contra ele.

– Mischa... ah...

Ele pressionava o quadril, ao gozar, quente, na pele dela. E quando ele gozou, ele a beijava, com força, segurando seu rosto, enfiando a língua entre os lábios dela.

Quando ele parou ao lado dela, ele ainda continuou a beijá-la, e foi adorável, manter o desejo fluindo entre eles. Mantendo-os ligados.

Eles estavam encharcados de suor, do gozo dele, do dela. Nada importava, exceto estarem juntos. Que ele a beijava e beijava.

Finalmente, ele recuou.

– Vamos nos limpar e ir pra cama? –, perguntou ele, com a voz baixa, junto ao ouvido dela.

– Hum... só se você me beijar mais, quando chegarmos lá.

– Posso fazer isso. Então, venha.

Ele levantou, levando-a junto, carregando-a pelo apartamento, até o banheiro.

– Agora você pode me pôr no chão –, ela lhe disse, rindo, enquanto ele esticava um dos braços para abrir a torneira de água quente do chuveiro.

– Já, já –, ele disse a ela.

Ele a beijou novamente, enquanto eles esperavam que a água esquentasse, emaranhando as línguas, numa pressão suave dos quadris, ele só parou o tempo suficiente para entrar no chuveiro, onde finalmente a colocou de pé, embaixo do jato de água morna. Ele mais uma vez se curvou para beijá-la, enlaçando sua cintura, ela com os braços em volta do pescoço dele.

Ele parou somente pra lhe dizer, mais uma vez – Eu a amo, minha garota.

– Eu o amo, Connor.

– Venha, deixe-me lavá-la.

Ele a ensaboou, enxaguou com o chuveirinho, depois fez o mesmo no próprio corpo. E mesmo tendo passado bastante tempo juntos, no chuveiro, isso parecia mais íntimo do que nunca.

– Connor... algo quanto a ter admitido isso pra você... que eu o amo, e saber que você também me ama, torna tudo diferente.

Ele concordou. – Nós estamos diferentes. Isso nos faz diferentes.

– Sim, exatamente isso.

Eles saíram e ele a secou cuidadosamente, depois se secou também, e eles foram pra cama, de mãos dadas. Ele a segurou nos braços, enquanto eles adormeciam. Mischa dormiu, sem sonhos, o sono mais tranquilo de sua vida.

Era de manhã quando o sol de inverno entrava pelas persianas, como uma névoa branca. O corpo de Mischa estava morno ao seu lado, seu braço meio anestesiado do peso dela, mas ele não queria se mexer.

Por um instante, Connor pensou na noite anterior, sobre o que tinha acontecido. Ele sentia como se o seu peito estivesse explodindo. Foram vários minutos, até que ele percebesse que isso era a sensação da felicidade.

Quando ele esfregou a mão livre no queixo, sua barriga roncou.

Ele também estava faminto.

Ele virou e a beijou para acordá-la, sorrindo, quando seus olhos azuis se abriram.

– Hora de acordar, querida –, ele lhe disse.

– Hum... está bem, acordei.

Ele a beijou novamente, depois merguhou embaixo da coberta, para beliscar um mamilo com os dentes.

-Ei! – Ela estava rindo, mesmo ao segurar a cabeça dele junto ao peito.

Ele saiu de debaixo do edredom cinza. – Vou fazer café pra gente.

– Oooh, eu ganho serviço na cama. Legal.

– Espertinha.

Ele se virou pra ela e deu um tapa gostoso em seu traseiro, fazendo--a rir de novo, antes que ele levantasse, colocasse uma calça azul de pijama e seguisse até a cozinha.

Enquanto fazia ovos mexidos com torrada e chá, ele percebeu que estava assoviando, algo que não fazia há anos. Ele parou, sacudiu a cabeça e disse: – Dane-se – para a cozinha vazia, e continuou assoviando.

Ele levou um prato e duas canecas de chá de volta ao quarto, contente em ver Mischa sentada em sua cama, seus olhos azuis brilhando, a curva de seus seios lindos pra fora das cobertas. Ele sentou ao seu lado, deu-lhe o ovo em seu garfo, e eles tomaram chá.

– Então, quais são seus planos, Mischa? Pra Seattle, eu quero dizer.

Ele não tivera a intenção de ser tão insistente, mas tinha que saber.

– Bem, eu conversei com Billy, na Thirteen Roses, e, por ele, tudo bem, em cuidar das coisas por lá, a maior parte do tempo. Eu ainda terei tempo para estar lá e tatuar, de vez em quando, mas ele e Greyson e eu concordamos que eu preciso fazer da 1st Avenue Ink uma prioridade, até que o estúdio esteja estabelecido.

– E isso significa...?

– Que eu estarei aqui a maior parte do tempo, pelos primeiros seis meses, pelo menos. Dylan vai me deixar ficar no apartamento, até que eu encontre um lugar meu.

– Fique comigo.

As palavras saíram antes que ele pudesse pensar no que estava dizendo. Mas assim que ele disse, pareceu a coisa certa.

– Connor, você tem certeza? – Ela pousou a caneca na mesinha de cabeceira. – Isso ainda é tão novo.

– É. Eu tenho certeza. Você está em dúvida?

Ela sorriu pra ele. – Não, sobre nós. Um pouquinho sobre mim, talvez. Eu não serei ótima nesse negócio de relacionamento, sabe. Não tenho experiência. E não gosto de fazer nada sem fazer de forma perfeita, então, isso vai me deixar um pouquinho maluca. Eu talvez fique ranzinza.

Ele deixou o prato na cama, pegou o rosto dela com as duas mãos, olhou em seus olhos. Os olhos azuis como o céu, em Dun Laoghaire. – Não preciso que você seja perfeita. Só preciso que seja você mesma. Nós sempre vivemos um pouquinho como forasteiros, eu e você. Abraçamos isso. É parte da ligação, você não acha?

– Sim.

– Eu vou errar com regularidade, tenho certeza. O que pode deixá-lo maluco. Você consegue conviver com isso?

– Isso vai fazer com que eu me sinta melhor, quanto a não acertar tudo também.

–Então. – Ele ergueu uma sobrancelha. – Você vai pensar, pelo menos?

Ela jogou os braços ao redor do pescoço dele, segurando forte.

– Isso é um sim?

– Sim, eu certamente vou pensar.

– Garota teimosa. Talvez eu tenha que te dar umas palmadas, pra consertar esses seus modos errados.

Ela recuou pra olhar pra ele, e os olhos dela brilhavam. Lindos. – Talvez eu tenha que continuar teimosa, até que você me corrija.

O celular dele tocou, na outra sala, e ele murmurou: – Droga. Eu preciso atender. Estou esperando uma ligação de trabalho. – Ele levantou, e gritou, por cima do ombro: – Mas depois vou cuidar dessas palmadas, e de quanto tempo você vai continuar com a teimosia. Ainda vou fazer você minha, querida.

Mischa sorriu consigo mesma, enquanto o via caminhar pra fora do quarto, olhando seus músculos flexionando nas costas. Ela quase suspirou, vendo a beleza do homem. E ele era todo seu.

Não era?

Eles tinham conversado sobre amor. Sobre ele querer que morassem juntos. Mas não tinham conversado sobre compromisso. Isso era parte do pacote? Ou talvez não fosse, até que eles declarassem isso. Ele disse que a faria sua. Ela queria ser. Queria mostrar a ele.

Jogando a coberta ao lado, ela caminhou nua pelo quarto, até a cômoda dele – e viu, pela primeira vez, que ele tinha substituído um desenho da parede acima da cômoda, por um novo. *Dela*.

O queixo dela caiu. Quando ele tinha colocado ali? Como ela deixara de notar?

Ficou lindamente desenhado em lápis, em papel grosso, emoldurado em preto, com paspatur bege; ela, deitada no sofá, nua, com um joelho flexionado, a cabeça erguida, olhos focados, cheios de promessas sensuais. Embora ela estivesse sozinha no quarto, mesmo que nunca tivesse vergonha de seu corpo, ela se pegou corando. Era um grande elogio, o fato de que ele a desenhara, e ainda se dera ao trabalho de mandar emoldurar, para pendurar em seu quarto, não no corredor, na galeria de trabalhos.

Ela sentiu uma onda de calor em seu peito. Ela perguntaria a respeito, mais tarde. Mas, agora, ela tinha algo importante a fazer.

Ela abriu a primeira gaveta da cômoda, onde sabia que ele guardava inúmeros brinquedos, incluindo uma coleira preta de couro, aquela da qual ela se esquivara. Era um símbolo muito forte de propriedade e os que usavam eram profundamente submissos. Mas ela sabia que no momento, queria usar pra ele, queria que ele a colocasse em seu pescoço. Queria aquela sensação de ser dele, de sentir isso até os ossos. E ela entendeu que essa era a única forma de chegar lá.

Ela afastou os cabelos do rosto, ficou de joelhos no tapete, aos pés da cama, de frente para a porta, e ficou parada, enquanto ouvia o murmúrio dele ao telefone, na sala. Ela não tinha a intenção de ouvir, mas gostava de ouvi-lo falando de trabalho, seu tom, todo profissional. Confiante. Profundamente capaz.

Sexy.

Seu corpo estava frouxo de desejo – o desejo físico que era puramente querer seu toque, e o desejo mais poderoso, que era pertencer a ele. Ainda pairava um leve choque, por ela querer tanto uma coisa estranha, que nunca quis com homem algum.

Ela estava tremendo, quando ele voltou ao quarto e a encontrou, de braços estendidos, segurando a coleira de couro nas mãos. No chão, à sua frente, ela colocou a venda de couro, outro item previamente visto como um tabu, e um par de algemas de couro.

Ele franziu as sobrancelhas. – Mischa?

– Connor... – Ela precisou parar, para puxar o ar. Aquilo parecia tão crucial. Ela prosseguiu, baixinho – Eu preciso lhe dizer... agora, eu entendo. Entendo o que significa me dar a você. Eu não poderia ter feito isso com um homem por quem eu não sentisse nada. E eu sinto algo por você, desde o começo, embora eu não tivesse reconhecido. Só agora, em retrospectiva. Mas, mesmo naquela época, eu não poderia ter me entregado completamente a você, até que eu confiasse em mim. Mas isso é mais profundo ainda. Porque eu não consegui encontrar a confiança, até que encontrei o amor.

Ele se aproximou, curvou-se acima dela. – Mischa... – Ele afagou seu rosto, depois tocou a coleira que estava na mão dela. – É o que você realmente quer?

Ela assentiu. – Certamente. Este é meu presente. Não apenas a entrega, mas o amor, Connor. Estou lhe dando tudo.

– E não estou desistindo de nada. Prometo.

– Eu sei.

Ele afagou o rosto dela, seus cabelos. – Ah, eu a amo, minha querida garota.

– Mostre-me, Connor.

Talvez não fosse a forma de outras pessoas expressarem o que sentiam, mas eles não eram como o restante. Para eles dois, isso estava totalmente certo. Ele pegou a coleira das mãos dela.

– Fique bem aí, onde você está, de joelhos, querida, e vire sua cabeça pra mim –, ele disse a ela. Seu tom era baixinho, mas a autoridade que ela tanto adorava estava ali, entremeada com emoção.

Ela fez o que foi pedido, com uma sensação de expectativa. Então, ela sentiu que ele colocou a coleira de couro em seu pescoço, fechou a fivela. Ele deixou as mãos ali, por um tempo, enquanto ela estremecia, absorvendo a sensação de pertencer. Não parecia com nada que ela já tivesse experimentado. Ela queria jamais deixar de se sentir assim.

– Connor –, sussurrou ela, erguendo o olhar do chão, até o dele. Seus olhos estavam inebriados de desejo, acesos com amor. – Agora, eu sou sua. Finalmente.

– Sim. Minha, Mischa. Mas você sabe o que significa uma coleira entre nós, que eu pertenço igualmente a você. Essa é a única coisa que pode significar.

O coração dela deu um salto e ela sorriu pra ele. – Isso é exatamente o que eu preciso. Disso e de *sentir* você. Por favor, Connor.

Ele se inclinou acima e delicadamente a deitou no tapete, e a lã roçou em seu pescoço nu. O corpo dela estava aceso de desejo, desejo e amor que se fundiam em seu ser, como um calor líquido.

Ele estendeu os braços dela acima da cabeça e usou as algemas para prender seus punhos. Ela se deleitou com a sensação de Connor a dominá-la, no fato de ceder a ele. No jeito que seu corpo estava estendido, alongado. A sensação de segurança que ela sentia nas mãos dele, sob seu comando, sua coleira no pescoço. Ela se sentia preciosa, conforme ele a olhava com uma emoção pura nos olhos, que ficaram tomados de desejo.

– Agora –, disse ele.

Ela fechou os olhos e colocou a venda por cima dos olhos. Ela inalou o cheiro forte do couro, exalou. Houve um rápido tremor de medo, mas no instante em que ele pousou a mão grande em seu coração, pressionando somente um pouquinho, ela se lembrou o quanto estava segura com ele.

– Você está bem, meu amor?

– Sim.

Era verdade. O último fiapo de medo desapareceu e ela se entregou, verdadeiramente, totalmente, pela primeira vez.

Ele a beijou, um beijo leve nos lábios, e ela sorriu. O que veio a seguir foi uma pesquisa sensual e longa de seu corpo, as mãos dele, bocas por todo lado. Beijos em seus ombros, seios, barriga. Carícias em suas coxas, queixo, os lábios dela nos dedos dele, até que ela tremia de desejo, como uma corrente elétrica que a percorria.

Aquilo pareceu durar uma eternidade. E mesmo quando o tesão se transformou numa dor que quase a fez gritar, ela só queria que ele ditasse o ritmo.

Ela sabia, de um lugar distante, que estava voando em endorfinas. Que sua mente estava embaçada pela sensação, seu corpo inteiro estava ofegante e sensível. Uma vontade tão forte que ela mal conseguia suportar, no entanto, ela dava aquela vontade pra ele.

Finalmente, os dedos dele mergulharam em sua fenda ansiosa e ela suspirou, conforme o prazer a varreu, quente e líquido.

– Ah, eu adoro ver você assim. Perdida de prazer. E nunca antes assim, querida. Você não tem ideia do que isso faz comigo. Eu não tinha ideia do que podia fazer...

Ela ouviu quando ele inalou longamente, sabendo que ele estava tentando se acalmar. Sentiu-se satisfeita que ele precisasse fazer isso. E pulou, quando ele beliscou a parte interna de sua coxa.

– Oh!

– É bom, não é?

– Ah, sim...

Ele sabia exatamente como fazer; como levá-la às alturas do prazer, depois aumentar, dando a medida certa de dor.

Ele a beliscou novamente e ela se contorceu, gemendo, dor e prazer se misturando de forma extraordinária em seu corpo.

– Agora vamos, Mischa –, disse ele, usando uma das mãos para deixá-la imóvel. – Fique parada pra mim. Apenas respire. – Ela inalou, forçando seu corpo a ficar parado, enquanto ele beliscava a parte interna de sua coxa, a outra mão em seu sexo, enfiando os dedos lá dentro.

O coração dela estava disparado, seu sexo se apertava.

– Ainda não. Não goze ainda.

Tanta autoridade em sua voz, se ele não estivesse dizendo especificamente para que ela não gozasse, talvez ela tivesse gozado, simplesmente pelo som de sua voz.

Ele continuou com os dedos dentro dela, impulsionando delicadamente, levando o prazer ao fundo. Ao mesmo tempo, ele passou a outra mão por baixo e beliscou sua nádega, cada vez mais forte, repetidamente, no mesmo lugar. Doeu tanto que sua cabeça girava. Ela teve que morder o lábio para não gritar. De dor sublime. Um prazer insuportável.

– Você consegue, amor. Respire.

Ela fez como ele disse, contendo o orgasmo. Pra ele.

– Ah, você é boa. Tão boa, minha linda garota. – Ele parou de beliscar, e ela sentou a palma descansando em sua coxa. – Agora, eu quero que você relaxe. Sei que parece impossível, mas não é. Relaxe, Mischa.

Ela tentou, mas o desejo vinha forte em suas veias, fluindo por seu corpo.

– Eu não sei como –, ela sussurrou. – Preciso gozar. É forte demais.

– Ah, mas isso tem tudo a ver com o controle, querida. Controle ao abrir mão. Entende o que estou dizendo? Você consegue.

Aquilo fazia um sentido estranho pra ela. Ela inalou novamente, convenceu seu corpo a relaxar, aos pouquinhos, mesmo com os dedos dele mergulhando dentro dela, em pequenos movimentos que traziam um prazer novo, elevando-a a outras alturas.

– Ah, aí está. Perfeito.

Ela se sentia incrivelmente quente, por toda parte, seu corpo relaxando. Ela recostou e o deixou mexer nela, fazendo-a voar, deixando fluir por seu corpo, como água.

Ele finalmente disse: – Está na hora, amor. Goze.

Ela gozou, com o prazer explodindo por dentro, fluindo em seus membros, a água rugindo em sua cabeça.

– Ahhhh.... Ahhh...

Ela não conseguia parar de gemer, não conseguia parar de tremer, em ondas longas. A sensação era infinita, seu corpo se entregava. E Connor foi com ela, seus dedos dentro dela, a outra mão puxando-a para seu colo. E ela ainda gozando, seu sexo tremulando, um prazer infinito.

Ele acabou tirando a mão dela e puxando a venda de seu rosto, cobrindo-a com a colcha da cama. Ela pressionou o rosto em seu peito, junto ao batimento de seu coração. Eles ficaram sentados, juntos, no chão, por um bom tempo, e depois, enquanto ela ouvia a chuva caindo novamente lá fora, aquilo a fazia sentir-se segura e aquecida, no colo dele.

– Connor... faça amor comigo.

Ela nunca dissera essas palavra a nenhum outro homem.

Tantas primeiras coisas com ele.

Eles deslizaram ao chão e ele cobriu seu corpo com o dele. Ele ficou acima, seus olhos verdes intensos de desejo. Grandes e maravilhados pelo amor. Ela sentia isso em cada olhar, cada toque. E quando ele entrou nela, ela sentiu lá no fundo de seu corpo. Em seu coração.

Ela estava procurando por isso. No entanto, ela o encontrara, de alguma forma. E agora, conhecendo Connor, conhecendo o amor, ela não podia imaginar como passara a vida inteira aceitando jamais ter isso.

Ela passou os braços em volta dele, depois as pernas, puxando-o para mais perto, conforme o desejo aumentava outra vez.

– Nunca me deixe ir, Connor –, ela sussurrou colada ao seu pescoço.

– Por que eu faria algo tão tolo? Você é tudo pra mim, meu amor. Você é minha. *Minha.*

Dele.

Era tudo que ela queria. Mais do que achara ser possível.

Ela conheceu, pela primeira vez, a beleza de pertencer a alguém.

Esse livro foi impresso em
Sabon MT para a LeYa e
impresso em setembro de 2013.